D1178671

UNE FEMME HEUREUSE

RETIRÉ DE LA
COLLECTION

DU MÊME AUTEUR

Un été sans histoire, roman, Mercure de France, 1973 ; Folio, 958.

Je m'amuse et je t'aime, roman, Gallimard, 1976.

Grands Cris dans la nuit du couple, roman, Gallimard, 1976 ; Folio, 1359.

La Jalousie, essai, Fayard, 1977 ; rééd., 1994.

Une femme en exil, récit, Grasset, 1979.

Un homme infidèle, roman, Grasset, 1980 ; Le Livre de Poche, 5773.

Divine Passion, poésie, Grasset, 1981.

Envoyez la petite musique..., essai, Grasset, 1984 ; Le Livre de Poche, Biblio/essais, 4079.

Un flingue sous les roses, théâtre, Gallimard, 1985.

La Maison de jade, roman, Grasset, 1986 ; Le Livre de Poche, 6441.

Adieu l'amour, roman, Fayard, 1987 ; Le Livre de Poche, 6523.

Une saison de feuilles, roman, Fayard, 1988 ; Le Livre de Poche, 6663.

Douleur d'août, récit, Grasset, 1988 ; Le Livre de Poche, 6792.

Quelques pas sur la terre, théâtre, Gallimard, 1989.

La Chair de la Robe, essai, Fayard, 1989 ; Le Livre de Poche, 6901.

Si aimée, si seule, roman, Fayard, 1990 ; Le Livre de Poche, 6999.

Le Retour du bonheur, essai, Fayard, 1990 ; Le Livre de Poche, 4353.

L'Ami chien, récit, Acropole, 1990.

On attend les enfants, roman, Fayard, 1991 ; Le Livre de Poche, 9746.

Mère et Filles, roman, Fayard, 1992 ; Le Livre de Poche, 9760.

La Femme abandonnée, roman, Fayard, 1992.

Suzanne et la province, roman, Fayard, 1993.

Oser écrire, essai, Fayard, 1993.

L'Inondation, récit, Fixot, 1994.

Ce que m'a appris Françoise Dolto, Fayard, 1994.

L'Inventaire, roman, Fayard, 1994.

Madeleine Chapsal

Une femme heureuse

ROMAN

BIBLIOTHÈQUE Centrale-annexe VILLE DE MONTRÉAL

Fayard

© Librairie Arthème Fayard, 1995.

VILLE DE MONTRÉAL

3 2777 0112 5441 9

Elle est si contente de divorcer. Si totalement résolue. D'autant plus qu'Albert et elle se séparent d'un commun accord.

Famille et amis n'y comprennent rien :

– Puisque vous vous entendez si bien, pourquoi ne restez-vous pas ensemble ?

– J'ai besoin de ma liberté ! clame Clotilde.

– La liberté, pour quoi faire ? murmure Raymond de sous sa moustache grisonnante.

– Mais tout ! rétorque Clotilde. Voyager où je veux, quand je veux, me coucher à l'heure qui me convient, voir mes amis tranquillement, comme toi en ce moment...

Ils sont au premier étage du café de Flore et Clotilde, sachant qu'Albert ne rentrera pas cette nuit-là – il l'a prévenue –, savoure de n'avoir pas à consulter sa montre. Être délivrée de se sentir attendue, nécessaire, ne plus entendre répéter : « Le dîner est-il prêt ? », c'est le premier bénéfice de sa liberté en marche. Comment se fait-il que son vieil ami Raymond ne le comprenne pas ? Qu'il la dévisage de cet air perplexe ?

– Tu vas aussi prendre des amants, je présume...

– Enfin, Raymond, ce n'est pas pour coucher que je divorce, ce serait trop bête, mesquin... C'est pour me retrouver, moi ! Sais-tu que je ne me connais pas ? Je n'ai jamais été seule de ma vie, tu te rends compte ? J'ai quitté mes parents pour me marier. Je n'ai pour ainsi dire passé aucune nuit sans quelqu'un auprès de moi. Albert partait peu, ou alors il m'emmenait. Nous prenions nos vacances ensemble, à voyager...

– C'est vraiment dramatique !

– Quoi ?

– Tu es bien à plaindre : tu as été accompagnée toute ta vie, jusqu'à tes trente-cinq ans, si je ne me trompe ?

– Justement, je peux en avoir assez, à mon âge, d'être tenue en lisière...

– Clotilde, la liberté est un état d'esprit. Certains écrivains persécutés, internés, surveillés jour et nuit, sont plus libres que bien de leurs lecteurs à l'Ouest...

– Oh, toi et ta littérature !

Raymond est professeur de lettres à l'Université et la plupart de ses références sont des romanciers, des poètes, des philosophes, des gens hors norme. Souvent Clotilde s'en enchante, parfois non.

Ce jour-là, entre elle et Raymond, son aîné de dix ans, ça grince. Il ne lui a pas encore demandé de quoi elle comptait vivre. Du point de vue de Clotilde, c'est ce dont elle est le plus fière.

– Comment vivras-tu ?

Enfin !

– Albert me fait une pension, mais seulement pour commencer...

– Et après ?

– Dès que je gagnerai suffisamment, je ne veux plus lui pomper d'argent.

– Tu comptes travailler ?

– Tu sais bien que j'ai une licence en droit.

– Sais-tu qu'il y a la crise, le chômage ?

– Oui, Raymond. Mais je dois t'avouer que j'ai des privilèges et que je compte bien en profiter...

– Grâce à Albert ?

– J'entre en stage dans le cabinet notarial d'un de ses amis.

– En somme, pour se séparer de toi, ton mari te case... Pourquoi pas ? Les hommes s'entendent toujours entre eux par-dessus la tête des femmes. En échange de cette complaisance, Albert saura rendre des services à son ami notaire... Tu vivras où ?

– Tu m'agaces !

– Mais encore ?

– Dans l'appartement. Albert s'en ira dès qu'il aura trouvé quelque chose.

– Et quand tu ne pourras plus régler le loyer ?

– Et toi, tu te débrouilles comment ?

– Dans les trois pièces encombrées que tu connais. Mais moi, je n'ai pas tes goûts de luxe...

– Tu me crois incapable de vivre sans luxe ?

– Incapable de vivre sans amour, oui, et le

luxe est un cocon qui aide à supporter son absence.

— Mais on m'aime, j'ai plein d'amis !

— Les siens ou les tiens ?

— Raymond, tu serais capable de me lâcher parce que je divorce ?

— Moi, non. Mais les autres ?

— S'ils me délaissent, je n'en serai que plus libre ! s'écrie Clotilde en se levant d'un bond, ce qui fait que plusieurs têtes se tournent.

Elle se sent belle dans son souple mouvement pour quitter la table, minijupe haut la cuisse, ses talons aiguilles claquant sur le parquet tels les sabots d'une pouliche impatiente de s'essayer à la course. Elle se « voit », ce jour-là, par les yeux de consommateurs inconnus : une jeune femme paraissant moins que son âge, libre, désirable. Mue par un irrésistible élan vital.

Raymond lui-même consent à sourire.

Est-ce le fait que la cafetière électrique, son filtre encore plein de marc, soit sur le plan de travail, et deux tasses rincées dans l'évier ? Une odeur ? Un déplacement d'objets ? Quelque chose l'alerte dès l'entrée.

Pas grave : Albert a bien le droit de recevoir en son absence. Il est chez lui.

S'ils partagent encore le même territoire, c'est qu'il est difficile de trouver sur-le-champ un appartement à louer convenable, dans le bon quartier. Albert, industriel connu, ne peut s'installer n'importe où sous prétexte qu'il divorce. Clotilde ne le désire ni pour elle, ni pour lui. « Prends ton temps, tu ne me gênes pas... » Ils font chambre à part depuis déjà un moment. Albert a transporté ses affaires de toilette dans le petit cabinet pour invités, avec lavabo, water, miroir. Il ne prend sa douche que lorsqu'elle-même en a fini dans la salle de bains.

Sa présence ne gênerait pourtant pas Clotilde. Après quinze ans de mariage, ils se connaissent physiquement par cœur. Mais monsieur se veut pudique ! À moins qu'il ne la désire encore et que ce ne soit un moyen délicat d'éviter la tentation : ne plus la lorgner en déshabillé. Ou nue ?

Naguère, il en profitait, le matin, pour lui passer la main entre les seins. Les fesses, aussi. Ils en restaient là. Quand on a toute la nuit pour se contenter, le jour est dédié au travail. Mais une caresse intime au passage, ça ravigote, ça maintient dans l'idée qu'on est belle, aimée. Bandante.

C'est ce qui l'a tant déprimée durant le séjour chez ses parents. Dans leurs regards, leurs paroles, il y avait ce jugement sous-jacent : « Ton mari te rejette. Normal : à trente-cinq ans, une femme commence à se décatir ! Et tu n'as même pas su le retenir, mauvaise femme ? C'est la fin, pour toi... Et puis nous, de quoi avons-nous l'air ? »

La France entière divorce, mais on dirait qu'à Alès, ils ne sont pas au courant. Ou que cela n'a jamais lieu, du moins dans le milieu de son père et de sa mère. De modestes propriétaires terriens, des fabricants qui se prennent pour des notables et ne se fréquentent qu'entre eux.

Marguerite et Xavier ont dû se vanter auprès d'eux du beau mariage de leur fille avec un Parisien, de la magnifique situation de leur gendre, et voici que leur piédestal s'effondre : Clotilde divorce. Allez leur faire entendre que c'est elle qui le désire, que c'est son choix, sa façon d'envisager la liberté !

Impossible à des gens qui vivotent à Alès !

Clotilde a passé ces deux jours à aller et venir de la maison au jardin, de la cuisine au salon, affrontant d'abord leur colère, puis leur morosité, enfin – le pire – leur compassion.

– Ma pauvre fille... Peux-tu me passer le sucre ?

Chaque fois que son père s'adresse à elle, la phrase commence par « ma pauvre fille ».

Elle est allée à la cabine téléphonique se renseigner sur l'horaire des trains pour Paris afin d'en prendre un plus tôt que prévu. Elle n'en pouvait plus.

– Tu reviens te réfugier chez nous quand tu veux, lui a lancé son père au moment du départ. Ta mère et moi nous t'accueillerons. Tu restes notre enfant. On aura toujours de quoi t'abriter et te nourrir...

La déclaration est généreuse : bien des filles ou des femmes se retrouvant seules dans la vie en seraient comblées. Pourquoi Clotilde l'a-t-elle prise comme une suprême injure ? C'est les jambes coupées qu'elle s'est hissée dans son wagon.

Pendant plus d'une heure, elle a gardé les yeux rivés sur la vitre pour que les autres voyageurs ne remarquent pas ses yeux embués de larmes.

Elle s'était rendue exprès à Alès, chez ses parents, afin d'atténuer le choc de la nouvelle, tenter de leur faire moins de peine, et ce sont eux qui lui en ont fait. Cruellement, sans même essayer de la comprendre.

Mais l'ont-ils jamais comprise, et n'est-ce pas pour cela qu'elle s'est mariée si jeune ? Elle se souvient de sa joie, à son premier voyage pour Paris en compagnie d'Albert ! Sa vraie vie commençait.

C'était vrai. Et elle n'a pas échoué, elle continue sur sa lancée, mais autrement. Elle se sent maintenant assez grande pour ne plus avoir besoin de cette béquille : un mari !

Ainsi a-t-elle tenté de se raisonner, de se reprendre durant le reste du trajet. Rien n'y a fait : la vision de ses parents côte à côte sur le quai, lui disant au revoir du même geste guindé, comme des gens qui ont fait leur devoir, et advienne que pourra, lui mordait le cœur. Elle en était humiliée.

Elle va droit à sa chambre. Sur le lit, l'ordre des oreillers est dérangé. Clotilde pose systématiquement le petit sur le grand ; là, c'est l'inverse. Et puis, le dessus de lit est bordé au carré, pas seulement jeté. On a donc couché dans sa chambre. Albert ? Il a dû en avoir assez du divan-lit du salon qu'il prétend pourtant bon. Mais pourquoi la photo de leur mariage a-t-elle été déplacée ? De la table de nuit, la voici passée sur la commode au fond de la chambre...

Clotilde rabat les draps d'un coup. Albert a bien couché dans son lit. Mais pas seul ! La trace est là, obscène.

– Comment as-tu pu ! Pourquoi m'as-tu fait ça ?

– Clotilde, tu es ridicule, où est le mal ?

Le pire, c'est qu'il ne comprend rien à ses clameurs indignées.

Alors elle en rajoute :

– Ça ne doit pas être la première fois, je présume ! Dès que j'ai le dos tourné, tu l'amènes ici, c'est ça ? Qui est-ce, à propos, je la connais ?

– Ma parole, tu es jalouse !

– Je trouve seulement que ce n'est pas correct. Tu me déçois, tu aurais pu attendre...

– Quoi ?

– Eh bien, qu'on soit divorcés !

– Tu peux m'expliquer ce que cela changerait ? Ça va faire des mois que nous ne couchons plus ensemble.

– Ce n'est pas une raison pour faire l'amour dans mon lit avec une autre !

– Écoute, ça s'est fait comme ça, sans être prévu ! On était pressés... Enfin, moi je l'étais...

Un désir irrépressible ! L'idée fait à Clotilde

l'effet d'un coup de poignard. Pour se venger, elle raille :

– Au point de ne pas avoir le temps d'ouvrir ton lit-divan...

– Je ne pensais pas aller jusque-là.

Ils devaient s'embrasser dans le couloir, puis il l'a bousculée, ou bien la femme l'a poussé, la main dans son pantalon, excitée de se trouver chez la « légitime ».

– Tu aurais pu éviter de faire ça dans mes draps !

Clotilde s'entend et s'en veut : quand il s'agit d'elle, elle fait l'amour ; les autres, eux, font *ça*.

– Je sais que tu tiens à ton couvre-lit, je ne voulais pas le froisser...

Il a pensé à elle au dernier moment ! Elle devrait en être contente. Et cette expression de petit garçon pris en faute qu'il affiche maintenant !

– Au moins, tu aurais pu changer les draps !

Une opération qu'il n'a jamais faite. Le ménage, c'est elle et Mme Sanchez. Lui gagne l'argent, règle les notes, c'est sa fonction virile. Est-ce l'idée d'un subit renversement des rôles qui l'encolère ? Que sa femme paraisse lui dénier sa supériorité de mâle ? Il se redresse, fermé, furieux :

– Ici, je suis encore chez moi !...

Ce qu'il prouve en quittant dans l'instant l'appartement, la porte d'entrée vivement claquée.

Clotilde s'effondre sur le lit, en larmes.

Une vraie scène de ménage comme ils n'en avaient pour ainsi dire jamais eu.

Remise, elle empoigne le téléphone pour appeler son avocat.

— Madame, je suis désolée, mais Me Meunier est en rendez-vous...

— C'est très urgent, je vous dis !

La gourde de secrétaire finit par lui passer l'avocat qui a dû quitter son bureau pour venir au bout du fil.

— Clotilde, mais que se passe-t-il ?

— Vous savez ce qu'Albert m'a fait ? Il a couché dans mon lit avec je ne sais quelle pute...

Meunier, interloqué :

— C'est pour ça que vous me dérangez ?

— Enfin, c'est monstrueux ! Ramener une autre femme chez moi alors qu'on n'est pas divorcés !

— À propos, la date de la conciliation est fixée. Cécile va vous la donner. Je vous quitte, je suis en rendez-vous.

Puis, sur un ton légèrement ironique : « Vous divorcez toujours ? Vous ne m'appeliez pas pour me dire que vous vous êtes ravisée ? »

Raymond ne lui montre guère plus de sollicitude. Clotilde lui a donné rendez-vous dans le bistrot qu'il affectionne, près de Censier, un peu bruyant mais jeune, chaleureux.

— Comment Albert a-t-il osé me faire une chose pareille ? Et Meunier qui m'envoie péter...

Elle parle toute seule depuis un quart d'heure, mêlant dans la même souffrance son amertume face à la réaction de ses parents, le choc causé par la monstrueuse indélicatesse d'Albert, puis par son indifférence. Raymond va s'indigner, prendre son parti, la défendre, engueuler Albert comme il le mérite.

Il l'écoute avec patience, buvant son quart de blanc. Clotilde s'arrête pour quêter son accord :

— Tu es bien de mon avis ?

— Non.

— Tu ne m'as pas écoutée, c'est ça ?

— Si, Clotilde, très attentivement. Mais, à te dire vrai, je n'ai entendu qu'une chose : tu raisonnes toujours comme une petite fille ! Tu voudrais que tout le monde continue à te considérer comme telle et t'approuve dans tout ce que tu fais. Tes parents devraient applaudir à ce divorce qui les prend de court, les pauvres, tu le sais bien. Et ton futur ex-mari se conduire en amoureux transi... Avoue-le, cela ne t'aurait pas étonnée de trouver dans ta chambre un bouquet de fleurs accompagné d'un petit mot tendre : « Tu m'as manqué ! »

Clotilde se tasse sur elle-même. Même si elle a du mal à l'avaler, Raymond a raison : son monde est en train de changer et elle n'y est pas préparée.

Si elle crie si fort : « Je divorce ! », serait-ce pour arriver à se fourrer en tête ce que tout le monde a déjà saisi, sauf elle ? Elle veut bien se séparer d'Albert, mais à condition que tout reste comme avant...

— Tu vas être une femme seule, Clotilde. Je t'avais prévenue : il va falloir t'y faire !

Une femme seule, c'est quoi ?

« Madame Morand, voulez-vous classer ce dossier ? Mᵉ Valois aimerait aussi que vous vous fassiez remettre les archives Boussekine. Il vous expliquera lui-même de quoi il s'agit. »

Dès son arrivée à l'étude – quelques minutes avant l'heure convenue –, Jeanne, la secrétaire du notaire, précise à Clotilde, stagiaire, son travail du jour. Ou bien c'est Mᵉ Rouscard, le clerc, qui lui donne des documents à remettre en ordre.

Son embauche, par un récent matin d'octobre, n'a pas fait de vagues. Du moins en apparence, car Clotilde a vite perçu que, dans une étude, tout procède à pas feutrés. Les pires drames sont exprimés en termes atténués, les personnages désignés par des formules neutres : le testataire, le légataire, les ayants droit. Une opération qui risque d'aboutir à la ruine d'une des parties est évoquée avec autant de précautions que chez un cancérologue : là aussi, il faut savoir interpréter le jargon professionnel pour comprendre qu'on est foutu.

La première semaine, Clotilde a eu envie

d'en rire, et lorsque Albert lui demande au téléphone comment cela se passe, elle entreprend un numéro comique sur ce qu'elle observe.

D'habitude, Albert se réjouit de son humour, s'amuse de ses saillies. Dans les dîners, en particulier, Clotilde avait l'habitude de proférer avec drôlerie ce qui ne se dit pas, et Albert dissimulait un sourire sous sa serviette tandis que leurs hôtes, retenus par la position sociale d'Albert, haussaient les sourcils sans oser protester.

« J'ai une femme folle ! » disait-il à la sortie en la prenant tendrement par les épaules. Grâce à elle, il s'était moins ennuyé que redouté.

Par ailleurs, il se montrait indulgent pour ses tenues osées : jupe archi-courte sur bas et jarretières. Les hommes lorgnaient le bout de cuisse nue. « Eh bien, ton substitut, je peux t'assurer que c'est un joli cochon ! » se payait-elle le luxe de commenter, et Albert d'en rire.

Aujourd'hui, il ne paraît guère d'humeur à goûter ses plaisanteries.

– Fais attention, je connais l'étude Valois, on ne dit rien par-devant, mais tous tes faits et gestes sont enregistrés. Tu es à l'examen, ne l'oublie pas. Le statut de stagiaire est fragile ; s'ils t'ont prise à l'essai, c'est pour me faire plaisir. Qu'ils trouvent quelque chose à te reprocher, et ils te balanceront...

– Mais...

La suite lui demeure dans la gorge. Si elle ne convient pas, que fera-t-elle d'autre ? Albert l'a prévenue, elle a été acceptée par privilège. Bien sûr, elle n'est pas à la rue, le jugement de divorce lui octroie une pension. Mais Clotilde se refuse à être éternellement dépendante de son ex-mari. Sinon, le mot liberté n'aurait aucun sens.

Tout de même, il avait plus d'humour, avant.

Le reste du monde également, se dit-elle en trimbalant le gros dossier Boussekine jusqu'à la petite table qui lui est attribuée dans le bureau des secrétaires. La plus éloignée de la fenêtre.

– La famille Boussekine est notre cliente depuis plusieurs générations, lui apprend Marcel Valois qui l'a convoquée.

Il ne s'est pas levé à son entrée dans son beau bureau meublé à l'ancienne, ce qui a quelque peu surpris Clotilde. Quand elle le recevait chez elle, il lui baisait la main. Mais, ici, être femme ne suffit pas à vous valoir un rang supérieur dans la hiérarchie, ni des hommages. Même si certaines clientes sont reçues comme des reines. En fonction de leur fortune ? Il faut qu'elle cesse de porter des jugements critiques sur son milieu de travail. « Tu dois te débrouiller pour donner satisfaction », lui a dit Albert.

– Mme Boussekine a un neveu qui lui cause des soucis, il dépense à tort et à travers. Pire même, semble-t-il... Nous n'avons pas à en savoir plus : seulement que Mme Boussekine, veuve, sans enfants, désire revoir son testament. Mais elle ne connaît pas la liste exacte de ses biens. C'est pourquoi elle nous demande d'en faire l'inventaire. Comme tout s'est compliqué à la mort de son mari, lequel avait des enfants d'un premier lit, il faut reprendre le dossier par le début. Occupez-vous d'en dresser un état.

– Bien.

Doit-elle dire « Marcel », comme avant ? Ou alors « Monsieur » ? « Maître » ?

– Devant les clients, vous m'appellerez « Maître », tranche Marcel Valois, conscient de son embarras.

Clotilde n'a plus de mari, elle a un maître.

– Albert ! Tu es là ?

Clotilde se rue si vite dans l'appartement qu'elle passe sans la voir devant l'enveloppe à son nom posée sur le plateau de l'entrée.

C'est en revenant sur ses pas qu'elle découvre le rectangle blanc, pourtant bien visible et non cacheté :

> *Pour préserver notre tendresse et ménager l'avenir entre nous, il vaut mieux que je parte sans attendre. Je m'installe provisoirement chez Gilberte. Je t'appellerai. Je t'embrasse. Albert.*

Clotilde s'approche machinalement du placard à liqueurs, sort la bouteille de cognac, en avale une rasade au goulot. Elle se sent défaillir. Puis elle se laisse tomber sur le divan, la lettre sur les genoux, les mains pendantes.

Elle n'a nul besoin de la relire. Les mots essentiels lui ont sauté au cœur : les uns sont mauvais, les autres bons. *Tendresse, avenir* sont positifs. Mais le mot *Gilberte* – sa mère à lui – est tout à fait négatif. Le *Je t'embrasse*, presque injurieux ; ce sont les messages à sa mère qu'il terminait aussi platement. Quant à la signature, *Albert,* en soi innocente, elle la blesse également : pour se désigner l'un l'autre, ils avaient des mots-codes, dérivés de leurs prénoms ou évoquant un événement récent, quelque chose qui s'était passé au lit, une allusion qui faisait du billet un message réservé à eux seuls. Cette lettre-là aurait pu être rédigée par l'avocat !

Clotilde a l'impulsion d'appeler Albert au bureau, chez sa mère, n'importe où, pour lui dire : « Tu m'écris sous la dictée de ton avocat, maintenant ? »

Puis elle réfléchit : ce n'est pas le style de la lettre qui compte, mais le fait qu'Albert soit parti.

Qu'il ait pris la décision sans en discuter avec elle, la plaçant devant le fait accompli.

Au point où ils en sont, en instance de divorce, c'est normal. Elle n'a rien à y redire.

Tout de même, qu'il ait choisi de faire sa valise sans elle ! Et pour emporter quoi ?

Clotilde se lève, les jambes molles, ouvre des placards à vêtements, jette un coup d'œil dans la salle de bains, sur la bibliothèque. En homme bien élevé, Albert n'a pris que ses affaires personnelles, costumes, dossiers. Le strict minimum.

Il lui laisse tout le mobilier, dont l'horrible lampe de Chine que leur a offerte Gilberte en cadeau de mariage. Clotilde va la lui rapporter illico !

Puis elle se reprend. L'homme avec qui elle

a vécu pendant quinze ans vient de la quitter pour toujours, et tout ce qu'elle trouve à se dire, c'est : « Il faut que je me débarrasse de la lampe de ma belle-mère » ?

Le cœur étreint, Clotilde se dirige vers le téléphone. Elle doit parler à quelqu'un pour retrouver ses marques ! Raymond n'est pas chez lui. Christiane non plus. Quant à appeler ses parents, ce serait se jeter dans la gueule du loup.

Non, cette fois, elle est seule.

Roulée en boule sur le divan de Christiane, un mouchoir pressé dans sa main, Clotilde est transformée en fontaine. D'où tire-t-elle tant d'eau ?

— Tu peux rester coucher ici cette nuit, lui dit Christiane quand elle la voit dans cet état. Éric ne rentre que demain ; ce soir, il reste chez son père.

C'est au matin que cela l'a prise. La veille, Clotilde s'est endormie grâce à un cocktail de somnifère et d'alcool, après avoir regardé la télévision. Le téléphone posé sur le tapis, près d'elle.

Plus tôt dans la soirée, déjà un peu embrumée, ce qui a dû lui donner du courage, elle a appelé chez Gilberte :

— Albert est-il là ?

— Non.

— Alors, pouvez-vous lui demander de me rappeler dès son arrivée ?

— Mon fils ne rentre pas avant lundi, lui a lancé Gilberte d'un ton plus qu'acide. Il est parti pour le week-end.

Clotilde a failli demander où, mais s'est retenue : la vieille garce en aurait profité pour lui porter quelque coup bas, du style : « Je ne sais pas si je suis autorisée à le dire... »

Elle s'est contentée d'ajouter sur le ton le plus désinvolte possible :

– S'il vous appelle, pouvez-vous lui dire que j'ai besoin de lui parler. C'est urgent.

– Je ne pense pas qu'il le fasse, a répondu Gilberte. Mais vous pourrez le joindre lundi, à son bureau.

La ravalant au rang de n'importe quel solliciteur.

C'est sa faute, aussi : quelle idée d'appeler la première ! Dans sa lettre, il lui a dit qu'il le ferait... Pourquoi n'a-t-elle pas attendu ? Elle a espéré le trouver chez sa mère, rentré pour prendre une douche avant le dîner, comme il aimait le faire du temps qu'ils vivaient ensemble.

Ils ne vivent plus ensemble.

Reste que si Albert avait entendu la façon dont sa mère lui parlait, comme à une importune, presque une étrangère... Il faudra qu'elle le lui dise.

Où peut-il être ? En Normandie, chez son copain Justin ? Elle peut appeler, elle a le numéro. Mais elle aurait l'air de lui courir après. D'autant plus qu'en réalité, elle n'a rien de particulier à lui dire.

Ce qu'elle aurait voulu – puisque ni Raymond ni Christiane n'étaient alors chez eux –, c'était un contact, parler à quelqu'un. Demander à Albert s'ils pouvaient aller marcher au

Bois, le lendemain dimanche, en invoquant la nécessité de discuter de certains détails restés pendants.

Concernant la voiture, par exemple : va-t-il la lui laisser ? Meunier lui a dit : « Vous pouvez peut-être la lui racheter d'occasion, la carte grise est à son nom. À moins qu'il ne vous l'abandonne : elle n'est plus toute neuve, et si vous négociez bien, il le fera... »

Sous-entendu : de toutes façons, il a la BMW, c'est mieux pour un homme.

Quand elle vivait avec Albert, c'est lui qui se servait de la Clio – plus facile à garer – et il lui laissait volontiers la BMW.

Ses larmes se sont remises à couler.

Ce Meunier ! L'autre soir, quand il lui a dit : « Je vous raccompagne chez vous », elle aurait dû objecter : « C'est tout près, je rentre à pied ! », ou : « Albert m'attend » – mais l'avocat le savait en déplacement.

Et quelle idée de le laisser monter sous pré-texte qu'il désirait voir l'appartement pour se « faire une idée » ! Estimer si le loyer était convenable, et ce qu'il était possible d'obtenir d'Albert : une pension pour qu'elle puisse continuer d'habiter là, ou bien l'achat d'un appartement plus petit, pour personne seule. À partir de quoi il serait quitte avec elle.

« N'oubliez pas, toutefois, que s'il ne se remarie pas, et vous non plus, en cas de décès, vous aurez droit à la moitié de sa retraite ! »

De quoi lui parlait-on ? Dans la voiture, déjà, puis dans l'ascenseur, l'avocat l'avait tellement assourdie de notions auxquelles elle n'avait jamais songé que, lorsqu'il l'a prise dans ses bras, sitôt la porte de l'appartement refermée, Clotilde en était encore à tenter de saisir ce qu'il lui avait dit !

Le reste s'est si vite passé.

Il faut dire qu'il y avait bien six mois qu'elle n'avait pas fait l'amour. Cela devait lui manquer.

Bien découplé, ardent, l'homme n'était pas déplaisant.

Après, elle a tenté de recouvrer un peu de sa dignité, laissant entendre qu'elle n'était pas coutumière d'un tel abandon :

– Si je m'attendais ! Et avec mon avocat, en plus !

– C'est fréquent, vous savez...

– Vous n'allez plus me défendre de la même façon !

– Ne t'en fais pas pour ça ! lui a-t-il dit en reprenant l'assaut.

Sur le palier, Meunier lui lance : « Tu en avais envie, hein ? », ce qui la vexe, mais lui donne à réfléchir. Son corps parlait plus haut qu'elle, il n'y a qu'à voir comment elle l'a enlacé pour un dernier baiser, son ventre collé au sien.

Il va falloir qu'elle se surveille. Mais son élan a dû plaire : « Tu es une maîtresse merveilleuse », lui dit-il en s'engouffrant dans l'ascenseur.

Devenue la maîtresse de son avocat !

Ça s'est passé le mardi soir. Le mercredi, Clotilde profite de l'heure du déjeuner pour s'acheter des dessous en soie, une parure blanc et ivoire dont elle a envie depuis longtemps. Sans penser à rien de précis. Se repassant seulement en esprit la scène de séduction avec un brin d'amusement. Tout bien pesé, elle s'est montrée plutôt *cool*.

C'est à partir du jeudi qu'elle commence à attendre un coup de téléphone.

Qui ne vient pas. Le vendredi non plus. Elle cherche alors à joindre Albert. Bien sûr, elle n'a pas l'intention de lui raconter ce qui s'est passé avec Meunier, mais elle a besoin d'un contact familier, affectueux. Pour reprendre pied. Compenser un manque.

« Il est injoignable, se borne à lui répéter sa secrétaire. Mais je l'ai prévenu de vos appels. »

En fait, tandis qu'elle téléphonait depuis l'étude, Albert, rentré de voyage sans la prévenir, était chez eux, en train de faire sa valise et de la quitter !

Après s'être fait « jeter » par Gilberte, Clotilde a fini par joindre Christiane dont la voix rauque de tabagique, un peu gouailleuse, la réconforte.

– Ça va, la Clo-Clo ?

– Albert m'a quittée.

– C'est pas toi qui veux divorcer ?

– Si, mais l'appartement sans lui, ça fait drôlement vide ! Je crois que j'ai le *blues*. Qu'est-ce que tu fais, ce soir ?

– Je dîne avec Stephen, un vieux copain de passage à Paris. Ça me fait plaisir de le revoir. Éric est en week-end avec son père.

Cela va faire plus de cinq ans que Christiane

est divorcée et qu'elle vit seule avec son fils, à présent âgé de treize ans.

— Et demain ?

— Je compte faire des rangements dans l'appartement, c'est mon jour de ménage.

— Je peux venir ?

— Si tu veux, mais je ne vais pas me réveiller avant onze heures.

— Eh bien, j'arrive vers midi.

— Il n'y a rien pour déjeuner !

— J'apporterai une pizza et de la salade, ça te va ?

— O.K. On a sonné, faut que j'y aille.

Elle tient le coup pendant le déjeuner, puis l'après-midi en aidant Christiane à remettre de l'ordre, préparer une machine de linge, ranger la vaisselle.

C'est pendant que les deux femmes regardent la télévision qu'elle se met à pleurer. Doucement d'abord, puis sans discontinuer, avec des sanglots.

— Mais qu'est-ce que tu as ?

— Je ne sais pas.

— Tu ne veux plus divorcer ?

— Mais si.

— Tu te sens seule ?

Clotilde hoche la tête sans répondre.

— C'est comme ça, au début, lâche Christiane. Éric au lit, qu'est-ce que je pleurais devant ma télé ! Puis on s'habitue, cela ne me vient même plus à l'idée. Faut s'organiser. Prends-toi un amant !

Lui avouer que c'est fait et que le type en

question ne l'a même pas rappelée ? Elle aurait l'air d'une idiote.

— Heureusement que tu es là.

— Bienvenue au club ! réplique Christiane.

— Au club de quoi ?

— Des femmes seules, imbécile...

Elle, Clotilde, une femme seule ? Certainement pas. Elle est en train de divorcer, c'est tout. Mais il n'est pas question qu'elle s'installe dans la solitude.

Rien que le mot a quelque chose de peu ragoûtant.

Mais elle ne peut pas le dire à Christiane, cela risquerait de la vexer ! Il faut dire que celle-ci n'est pas particulièrement séduisante comme femme, si elle est fidèle et vraie comme amie. Trop grosse dans ce jogging qui fait des poches aux fesses et aux genoux ! Et la racine noire de ses cheveux décolorés qui a poussé et qui se voit !

Une remarque de sa mère lui revient : « Une femme doit toujours être soignée, même chez soi ! On ne sait jamais qui peut sonner à la porte... »

Clotilde replie ses jambes et pose le menton sur ses genoux.

— Il y a eu du stress au bureau, on est en plein licenciement...

— Ils te gardent ?

— Pourquoi dis-tu ça ?

— Je croyais que le patron était un ami d'Albert ?

— Je ne vois pas le rapport !

– C'est vrai que vous divorcez en bonne intelligence ; il ne cherchera pas à se venger.

Albert, mesquin ? Jamais Clotilde n'aurait cru Christiane capable d'un tel soupçon ! Sans compter qu'on est content d'elle à l'étude, elle se donne assez de mal pour ça. Comment une idée aussi basse a-t-elle pu venir à son amie ? Ses origines, peut-être. Elle n'est pas issue de la bourgeoisie, comme Albert, un milieu auquel elle, Clotilde, s'est bien intégrée.

Peut-être aussi Christiane voit-elle tout en noir ? Cela doit faire trop longtemps qu'elle vit seule.

– Tu ne rencontre plus Jeremy ?

– Quand il vient à Paris. Mais il est souvent en tournée avec sa troupe.

Jeremy travaille dans l'administration d'un petit théâtre qui survit tant bien que mal.

– Ça va, vous deux ?

Christiane la dévisage avec étonnement.

– Je ne me pose pas la question. Quand il est là, il est là. S'il n'est pas là, ce n'est pas une affaire... Cela lui est déjà arrivé de disparaître pendant six mois, à la colle avec une actrice... Puis il revient !

– Et s'il ne revenait pas ?

– Clotilde, si j'ai choisi de vivre seule, c'est que j'aime ça, imagine-toi ! Évidemment, j'ai parfois quelqu'un d'autre, comme Stephen hier soir. Surtout, j'ai Éric, mais je ne l'aurai pas toujours... Dommage que tu n'aies pas eu d'enfant. Cela t'aiderait...

– Mais je n'ai aucun besoin d'être aidée !

Clotilde essuie subrepticement ses joues humides.

– Ce que je veux dire, c'est que je trouve inconvenant d'avoir des enfants dans l'idée qu'ils vous soutiendront le jour où on divorcera ! Si j'ai divorcé, c'est pour...

– Pour ?

– Être libre.

Christiane se tait, puis reprend :

– Eh bien, tu l'es ! Tu dois être contente ?

– Je le suis, dit Clotilde en se tamponnant les yeux. C'est juste les nerfs.

Ce Meunier l'a perturbée, elle ne le reverra plus.

Sauf à son cabinet, bien sûr.

– Encore un peu de thé, petite ?

– Et vous, Jacqueline ?

– Suffit pour moi ! C'est bientôt l'heure de mon whisky.

La vieille dame – mais peut-on parler de Jacqueline de La Forgerie comme d'une vieille dame ? – se rencogne dans les coussins de soie de sa bergère du même bleu délavé que ses yeux.

C'est elle qui a appelé Clotilde :

– Il paraît que mon grand dadais de filleul te fait des misères ?

– Ce n'est pas exactement ça, Jacqueline. En fait, nous sommes d'accord pour divorcer, c'est même moi qui ai pris l'initiative, et...

– C'est toi qui veux ta liberté ? Intéressant. Viens me voir. Tu me raconteras.

Jacqueline – dite « Jaja » – a été d'une beauté étourdissante et elle a gardé les manières assurées – des façons de reine – des femmes qui ont su régner sur les hommes à une époque où c'était concevable.

Ce n'est pas elle qui se déplace, on vient la voir.

On s'assoit sur le siège qu'elle désigne, on boit ou mange ce qu'elle offre, et c'est elle qui mène la conversation avant de mettre un terme à la visite – l'audience – quand cela lui chaut.

Sans doute lui reste-t-il quelque argent, mais pas des masses : sa fortune a fondu sous le coup des taxes, impôts, redevances et prélèvements, et son grand appartement de la rue Théodore-de-Banville, s'il reste garni de meubles de prix, n'est plus repeint ni restauré.

Mme de La Forgerie y vit seule en compagnie d'une vieille employée qui peste contre la longueur des couloirs, les persiennes de métal trop compliquées à fermer tous les soirs. (Ce qui fait que Léonie se contente désormais de tirer les épais rideaux de damas.) Quant à l'antique chauffage central, il est si faiblard qu'il faut des radiateurs électriques d'appoint dans les pièces où l'on se tient.

Ainsi dans la chambre de Madame où le grand lit à la Pompadour est recouvert d'une fourrure de vigogne râpée. Son nécessaire en argent, gravé à ses initiales, est disposé sur la toilette de bois de rose, dans une éternelle senteur de Chanel 5 qui, depuis le temps, a dû imprégner jusqu'aux murs.

Seule actualité : sur la table de nuit, des ouvrages de Jean d'Ormesson, Hubert Reeves, Marguerite Duras, Jacques Attali rappellent qu'on est à la fin du XXe siècle.

Et puis il y a le petit salon – qu'on appelait autrefois le boudoir – avec ses légers fauteuils

Louis XV, sa table de jeu marquetée, ses appliques dorées, la cheminée aux chenêts en forme de satyres grimaçant dans les flammes quand on y fait du feu.

En dépit de son âge, Mme de La Forgerie s'habille chaque matin de pied en cap comme si elle devait sortir ou recevoir toute une compagnie. Certains jours, pourtant, elle reste seule avec ses livres, son téléphone, sa télévision.

Aujourd'hui, elle est de clair vêtue, une tunique de soie rose tendre sur un pantalon de crêpe saumon, un châle tissé dans un autre ton de rose sur les épaules. Les trois rangs de son collier de perles en retirent un éclat nacré, comme ses joues poudrées aux pommettes rehaussées d'une légère touche de fard. Les lèvres aussi.

Ce soin délicat apporté à sa personne, fût-elle fanée, a toujours fasciné Clotilde qui n'a rien remarqué de tel chez sa grand-mère ni chez sa mère, lesquelles s'habillent sans recherche particulière. Elle-même, quand elle est pressée, enfile à la va-vite son éternel pantalon noir, un pull d'un ton variable, chausse des ballerines et sort sans s'être toujours regardée dans le miroir. Il y en a un dans l'ascenseur de son immeuble et c'est devant lui, bien souvent, qu'elle se donne un ultime coup de peigne ou bien se passe une couche de ces fonds de teint si pratiques qui remplacent la poudre. Dans la voiture, aux feux rouges, la jeune femme allonge ses cils au mascara, ce qui amuse les conducteurs masculins.

Mais, pour aller voir Jacqueline de La Forgerie, Clotilde a soigné sa mise : un tailleur vert sur sa blouse noire à pois blancs, des collants bien tirés, ses escarpins neufs. En somme, elle s'est habillée comme si elle avait rendez-vous avec un homme.

Elle a bien fait : la vieille dame l'ajuste d'un regard sévère avant même de lui dire bonjour. Puis, l'ayant embrassée, le verdict tombe :

– Ce vert bronze te va bien, mais tu devrais porter des escarpins fauves, ce serait plus joli que le noir.

– Vous avez raison, Jacqueline, mais je n'en ai pas !

– J'en ai vu de pas trop chers dans un magazine, je te chercherai la référence. Alors, Albert et toi, on se quitte ?

– Le divorce sera prononcé dans deux mois. Nous sommes séparés de corps, il est rentré chez sa mère.

– Grand bien lui fasse ! Gilberte est une garce doublée d'une chipie. D'ailleurs, je ne la vois plus. Tu as un amant ?

La même réflexion que Raymond, mais aussi que sa mère dès qu'elles se sont retrouvées seules ! Pourtant, les deux femmes ont peu en commun, si ce n'est d'appartenir à une autre génération.

– Ce n'est pas ça.

– Il te trompe ?

– Je ne pense pas qu'il ait une double vie.

– Bon, je vois ce que c'est, il t'embête au lit. Non, ne dis rien, je ne te demande pas de confidences... Mais, de mon temps, ce qu'on n'avait pas dans le lit conjugal, on allait le chercher ailleurs et on ne faisait pas tant d'histoires !

– J'ai envie d'être seule.

– Toi ?

La vieille dame la considère comme si elle cherchait à se faire une opinion. Puis se gratte la joue, perplexe.

– Cela te va comme un tablier à un lapin !

– Pourquoi dites-vous ça ?

– Ma petite fille, combien pèses-tu ?

– Mais... Je ne sais pas, moi, 52 kilos, quel est le rapport ?

– Tu ne fais pas le poids ! Tu as vu tes attaches, la finesse des tes poignets, tes chevilles ! Que veux-tu faire toute seule ? Qui te portera ta valise, tes paquets, qui poussera ta voiture quand elle tombera en panne ? Je sais bien, tu fais partie des femmes modernes qui ont un agenda rempli de SOS ! SOS plombier, SOS traiteur, SOS déménagement, SOS J'ai le cafard... C'est ainsi que tu tombes sur n'importe qui ! Je me rappelle mon premier veuvage : moi aussi j'avais décidé de vivre seule – enfin, j'allais être libre ! Tu me croiras si tu veux, mais pendant l'enterrement, le croque-mort en chef s'est mis à me faire du plat...

– Jaja, que me racontez-vous là ?

– Des histoires de mon temps, qui restent vraies. Je le sens !

La vieille dame touche son nez aux narines vibrantes et délicates.

– Tu vas voir, ton concierge va te faire la

cour, ou bien c'est ton avocat qui va vouloir te sauter !

« Mince ! » pense Clotilde.

– Jaja, vous croyez que c'est si grave ?

– Pas de coucher, non. Je pense qu'une femme n'en fait jamais assez avant d'être vieille. La prétendue sérénité du grand âge dépend de la liste de tes amants : plus elle est longue, plus tu es apaisée, pour ne pas dire que tu en as jusque-là !

D'un geste vif, Jaja pose le tranchant de sa main sur son larynx.

– Quand on a eu son content d'hommes, la sagesse n'est pas de la résignation : c'est un véritable soulagement ! C'est à ce moment-là qu'on aspire à être seule, crois-moi, pas avant !

– Jaja, ce n'est pas pareil...

– Quoi ?

– Maintenant on vit en groupe, j'ai beaucoup d'amis, j'irai chez les uns, chez les autres...

– Même les fins de semaine ? Au mois d'août ?

– Eh bien oui, pourquoi pas ?

– Ou tu vas chez des copines qui ont un mari, il te court après et tu perds la copine. Ou tu te laisses sauter par les célibataires, tu te fais une réputation infernale et tu n'es plus réinvitée. À moins que tu ne tiennes à être considérée comme l'oreiller de service ?

– Jaja !

– Je te choque ?

– Vous voyez les choses comme si les

femmes n'avaient encore que le choix entre être des mammas ou des putains !

— Tu connais quelque chose entre les deux ?

— Eh bien oui, les femmes qui travaillent, qui se font respecter grâce à ce qu'elles entreprennent, à leur réussite...

— Combien gagnes-tu ?

— 12 000 francs.

— Par semaine ?

— Enfin, Jaja, par mois !

— Tu n'es pas respectable.

— Mais c'est épouvantable, ce que vous dites là !

— Moi, j'avais hérité de pas grand-chose de Paul-Henri. Dès que j'ai vu comment on me traitait à son décès, je me suis dépêchée d'accepter ce pauvre Jean. Pas très malin, assez riche, mais surtout un parfait garde du corps ! Sous son nom et sous son aile – il avait été ailier au rugby –, j'ai pu faire tout ce que je voulais. Quand je l'ai perdu, je me suis dit : « Ça y est, j'ai cinquante ans, fini pour moi, les maris ! Enfin libre ! » Eh bien non, ma chère, il y a encore eu Marcel...

— On vous courait toujours après ?

— Cette fois, c'est moi qui l'ai voulu ! Je suis tombée éperdument amoureuse. Sans compter qu'il était plus jeune que moi. Pas fortuné du tout, remarque. Ça ne fait rien, on s'en est payé ! Des voyages, de l'amour. Il s'est tué bêtement en voiture. Mais, cette fois, j'avais atteint l'âge.

— De quoi ?

— D'être une femme seule, bêtasse ! Toi,

crois-moi, tu ne l'as pas. Bon, c'est l'heure de mon émission, je ne te renvoie pas, mais je veux la regarder tranquillement.

– Je dois rentrer, Jaja. J'ai des choses à faire, je reviendrai vous voir.

– Autant que tu veux. Il te fait une pension ?

– Il m'aide à payer le loyer de l'appartement. Pour l'instant. Je gagne ma vie et la gagnerai demain encore mieux.

– Un toit sur ta tête et deux yeux pour pleurer, c'est déjà ça ! Enfin, tu es jeune, tu as sûrement quelques rencontres à faire. Choisis-les bien. Ce sont les femmes qui choisissent les hommes, n'oublie pas !

La vieille dame s'est levée, a pris sa canne au pommeau d'ivoire sculpté et s'est mise en mouvement vers sa chambre où se trouve le téléviseur. Léonie vient d'entrer avec le verre de whisky à l'eau sur un petit plateau d'argent, un rite.

– Au revoir, ma chérie, au revoir. Pense aux chaussures fauves et fais-toi raccourcir les cheveux, ça fait plus jeune ! Bonne chance, ma jolie !

« Quel numéro ! se dit Clotilde en remontant dans la Clio. Je ne me rendais pas compte qu'elle était aussi démodée. Au contraire, je la croyais moderne avec ses jugements à l'emporte-pièce, sa morale élastique ! Mais, aujourd'hui, quel savon ! À croire que je suis en chute libre parce que je divorce d'un filleul qu'elle n'apprécie pas vraiment ! Elle a toujours trouvé Albert trop sérieux et trop peu bavard. Elle aime les hommes qui la font rire. »

La petite Clio démarre avec son allant ordinaire.

« Et moi, qu'est-ce que j'aime, côté hommes ? »

Depuis son mariage, Clotilde n'a jamais été en chasse. Ses rares aventures, ce sont les hommes qui les ont voulues. Pour sa part, elle s'est contentée de céder.

Comme il y a deux ans avec ce grand Norvégien rencontré sur les pistes de ski. Et, à la rentrée, avec le petit Justin, comme elle en stage de droit pour un diplôme complémentaire, sur qui toutes les filles louchaient. C'est lui qui a choisi de la courtiser ; elle n'allait pas refuser cette occasion de se mettre en vedette. Puis, leur stage terminé, l'aventure l'était aussi.

Cela peut paraître ridicule, mais Clotilde ne sait trop quel genre d'homme l'intéresse. Il va falloir qu'elle s'y mette. C'est l'un des bons côtés de la liberté : on va à la découverte de soi.

Elle penche la tête, aperçoit un coin de son visage dans le rétroviseur. Elle a vraiment une jolie bouche, si tendre. Surtout quand elle l'entrouvre.

Demain, elle déjeune avec Albert. Elle va faire en sorte qu'il la regrette.

– Je vous ai gardé votre table habituelle, Monsieur. Bonjour, madame Morand ! Venez, je vous précède...

Sébastien, le maître d'hôtel de *Chez Vierzon*, « leur » restaurant, les conduit lui-même à la petite table ronde, un peu à l'écart, d'où l'on peut observer les autres clients sans trop les entendre.

Depuis des années, Albert et Clotilde ont coutume de s'y retrouver une ou deux fois par mois, à dîner quand ils veulent sortir, à déjeuner pour se rencontrer sans rentrer à la maison. L'addition est un peu salée – le cadre, le quartier –, mais Albert a la possibilité de la faire passer en note de frais comme s'il s'agissait d'un repas d'affaires.

Quand il lui a dit au téléphone : « Peut-on se retrouver, demain ou après-demain, *Chez Vierzon*, j'ai à te parler ? », Clotilde a eu un mouvement de plaisir.

Depuis leur séparation, elle n'est pas retournée dans cet endroit, n'y ayant plus été invitée, et il est hors de question qu'elle se le paie elle-même. Quand elle y allait avec Albert, c'était histoire de se sustenter, elle n'en faisait pas une vraie sortie. Aujourd'hui, elle apprécie la courtoisie du maître d'hôtel, l'emplacement de leur table, la promptitude du service. On ne doit pas savoir, ici, qu'ils sont en instance de divorce, et on l'appelle toujours Mme Morand.

Est-il nécessaire qu'elle dise ce qu'il en est à Sébastien ? Il l'apprendra par des clients un jour ou l'autre. Puisqu'elle déjeune avec Albert, c'est qu'ils sont toujours bien ensemble. Le reste ne regarde qu'eux deux.

À peine assise, et tout en dépliant sa serviette, Clotilde, qui se sent gaie, se met à raconter des petits faits de sa vie qu'elle n'a pas eu l'occasion de lui communiquer. Ils ne se sont pas revus depuis trois semaines et, au téléphone, cela aurait paru dérisoire. La façon dont Gilberte l'a reçue lorsqu'elle a rapporté la lampe, par exemple. Et qu'elle a dû conduire la Clio au garage, le pot d'échappement étant pourri ; le mécanicien a même eu une réflexion marrante : « C'est pas de pot ! »

– Ça lui a *échappé* !... ajoute Clotilde en appuyant sur le dernier mot.

D'ordinaire, Albert rit volontiers de ses calembours. Par coquetterie, il arrive alors à Clotilde de jouer la modeste : « Quand même, tu dois me trouver assommante, avec mes bêtasseries ? – Tu racontes très bien, ma chérie. Après les réunions du bureau, tes petites histoires sont rafraîchissantes ! Alors, chez le coiffeur, tu as vu qui ?... »

Lui se raconte peu, voire pas du tout.

C'est par d'autres que Clotilde a eu vent, il y a six mois, de la fusion qu'il concoctait avec une assez grosse boîte, assortie d'une augmentation de capital destinée à préparer une entrée sur le Second Marché.

Mais, aujourd'hui, elle ne parvient pas à le dérider. Même avec la description haute en couleurs de Christiane qui était allée ouvrir en bigoudis, ce dimanche-là, pensant que c'était Éric, son fils, pour se retrouver nez à nez avec Jeremy, lequel débarquait à l'improviste ! Les mésaventures de Christiane, sur lesquelles elle force toujours un peu, étaient pourtant l'un de ses meilleurs succès auprès d'Albert. Aujourd'hui, rien ne le distrait. Il doit avoir des ennuis, qui expliquent son mutisme.

– Ça ne va pas ? Tu as l'air tout chose.

– Cela va très bien.

– Écoute, Albert, je te connais, je vois bien que tu es préoccupé. Que se passe-t-il ?

– Il faut que je te parle.

– Tu me l'as dit au téléphone. Vas-y !

Une histoire d'amour qui tournerait mal ? Dès qu'elles savent un homme en instance de divorce, les femmes se précipitent... Sans doute attend-il ses conseils et Clotilde se sent assez détachée, désormais, pour les lui prodiguer en toute honnêteté.

En fait, sa confiance la touche. Elle se sent mûre pour devenir sa meilleure amie.

Elle pose son coude sur la table et sa joue dans sa paume, dans l'attitude de quelqu'un qui se veut tout ouïe. Mais rien ne vient et elle a envie de crier : « Au fait, au fait ! », comme on crie : « Au feu ! » en imitant le pin-pon des pompiers...

Cela risquerait de le bloquer encore plus.

Clotilde s'est souvent demandé comment, chez Albert, ce renfermement pouvait se concilier avec la réussite professionnelle. L'un de ses collaborateurs lui a dit que c'était sa manière d'impressionner ses interlocuteurs en se montrant impénétrable : Morand donne le sentiment de retenir des informations capitales et de dominer la situation.

Clotilde a ri. Ce n'est pas elle, sa femme depuis longtemps, qui se laisserait prendre à ses silences ! Si Albert se tait, c'est qu'Albert n'a rien à dire, c'est tout ! À moins qu'il ne se noie dans un verre d'eau...

Comme aujourd'hui, probablement.

— C'est quoi, ton problème ? Raconte...

— J'ai parlé de nous avec Marcel Valois.

— Tu n'as rien dû lui apprendre ! Il sait que nous continuons à nous voir. Il trouve ça très bien, il m'a même dit que depuis que lui-même a divorcé d'avec Viviane, ils ne se sont jamais mieux entendus, et...

— Tu me laisses aller jusqu'au bout ?

Clotilde est médusée. Jamais Albert ne s'adresse à elle sur ce ton. Il a des yeux méchants, brusquement, il serre les mâchoires. Qu'a-t-elle dit de mal ?

— Il ne s'agit pas de Viviane, il s'agit de toi, reprend-il.

— De moi ?

— Oui. Marcel est gentil, il te garde.

— Comment ça, il me garde ?

— Il ne va pas te licencier en fin de stage.

— Il en était question ?

— Tu n'ignores pas qu'il procède à des compressions de personnel. Ton poste a été créé en surnombre, pour me faire plaisir, rappelle-toi !

— Peut-être était-ce le cas au début, mais, depuis, j'ai rendu des services à l'étude. Il m'a souvent dit que j'étais une collaboratrice modèle...

— C'était avant la crise. Maintenant, ce que deux personnes font, une seule doit pouvoir le faire.

— Qui veux-tu qui fasse mon travail de relations publiques ? J'ai des clients, ils tiennent à moi ! Tiens, Mme Veyrins me l'a dit : elle ne voudrait jamais de quelqu'un d'autre...

— Il y a Colette !

— Albert, tu plaisantes, elle n'a pas de diplômes, c'est moi qui l'ai formée ! Au surplus, elle est laide comme un pou, elle a des moustaches, et...

Une sorte de froid l'a saisie, qui l'a prise aux pieds et va lui atteindre le cœur, en remontant par le ventre.

Vite, il faut qu'elle boive quelque chose, sinon elle va s'évanouir. La comparer à Colette, cette sous-femme, ils sont fous !

— Verse-moi du vin, s'il te plaît.

Clotilde n'en boit pas à déjeuner, d'ordinaire. Quant à Albert, il se contente du bordeaux maison. Il en reste dans le pichet de quoi remplir un demi-verre. Clotilde le vide d'un trait.

– Colette ne te vaut pas, mais elle se contente d'un faible salaire. Marcel et moi, nous en avons discuté ensemble...

Cela rappelle quelque chose à Clotilde : quand le généraliste lui a dit qu'il avait examiné son cas avec le spécialiste et qu'ils en avaient conclu qu'il fallait l'opérer de ce kyste à l'ovaire. Elle avait éprouvé alors le même sentiment : il s'agissait d'elle, mais elle était hors du coup. N'avaient-ils pas fait allusion entre eux à une biopsie, « juste pour voir » ? Finalement, le kyste n'était pas malin, on s'était contenté de l'extirper, mais c'est un souvenir qu'elle préfère oublier.

Albert, son Albert, parler d'elle avec Marcel Valois comme d'un pion sur l'échiquier du travail !

Quelle froideur dans le regard qu'il lui lance tandis qu'elle s'essuie la bouche après le vin !

– Tu peux te rassurer : on te garde.

– Merci bien.

– Toutefois, il va falloir que tu consentes un petit sacrifice.

À nouveau le froid. Cette fois, il n'y a plus de vin dans son verre ni dans le pichet. Mais le regard d'Albert l'a galvanisée : elle aussi peut se montrer glaciale, s'il le faut.

Ou plutôt se comporter comme s'il ne s'agissait pas d'elle. « Vous avez été très courageuse, Mme Morand », lui avait dit le chirurgien après l'opération. En fait, elle mourait de trouille, tout le monde sait que les anesthésies ne sont jamais sûres à cent pour cent. Mais elle ne l'avait pas montré. Ni qu'elle redoutait le résultat de la biopsie à laquelle on avait procédé en cours d'opération.

Maintenant aussi, elle joue la comédie du sang-froid :

– Quel genre de sacrifice ?

– Marcel m'a demandé de t'annoncer qu'il te faut accepter une certaine réduction de ton salaire. Oh, pas énorme...

C'était donc ça !

Il aurait pu lui envoyer une lettre recommandée, ç'aurait été tout aussi bien. Sans doute Albert croit-il plus « humain » de le lui jeter à la tête devant une sole grillée !

– Combien ?

– Oh, pas excessive : dix pour cent. Cela te fera 10 800 francs au lieu de 12 000.

Il connaît les chiffres par cœur, ils ont dû les soupeser ensemble. À leur façon d'hommes évaluant un budget : « Il lui faut tant pour la nourriture, tant pour le chauffage ; une fois les impôts déduits, il lui restera tant. Pour une femme, cela doit suffire... »

Clotilde continue de se taire.

– Bien sûr, il faut que tu changes d'appartement, que tu en prennes un plus petit, d'un loyer moins élevé. Je contribuerai au déménagement. Après, tu n'auras pas tellement de frais en dehors de ton quotidien.

Que ne donnerait-elle pas pour un peu de vin !

Elle louche si fort du côté de la table de leur voisin, sur laquelle trône une bouteille de rouge à peine entamée, que l'homme – cheveux argentés, décoration à la boutonnière – finit par la dévisager, croyant sans doute qu'elle cherche à l'aguicher.

Alors qu'elle n'en veut qu'à son vin !

– Autrement dit..., commence-t-elle.

Albert la regarde, attendant la suite.

– Rien, achève Clotilde.

Elle ne va pas s'abaisser à lui révéler ce dont elle vient de prendre subitement conscience.

Elle croyait gagner sa liberté en divorçant, se retrouver à égalité avec lui. C'est le contraire qui advient : jamais elle n'a été autant entre ses mains. À la merci de son bon vouloir d'homme.

Et il ne tient même pas ses promesses ! Parlant de l'appartement, il lui avait dit : « Tu ne bougeras pas d'ici ! » Sous-entendu : « Je ferai en sorte que cela reste ton chez-toi. »

La crise a bon dos.

– Ce qu'ils me font, c'est parfaitement dégueulasse !

– Je me doutais bien que cela allait arriver.

– Vraiment ?

– J'ai des informations sur l'étude de votre ami Valois ; je savais qu'il lui fallait impérativement procéder à des compressions.

– Pourquoi moi ?

– Question d'utilité...

– Mais je suis indispensable !

– Je ne le conteste pas, mais il lui appartient d'en juger, et, actuellement, on privilégie plutôt les petits salaires. De toutes façons, ne vous affolez pas, il vous garde !

– J'ai besoin de cet argent ! Il faut que vous en demandiez pour moi à Albert. Il a des économies, des comptes-épargne...

– Je vous l'ai dit dès le début : vous n'avez droit à rien de ce qu'il a gagné, vous êtes mariés sous le régime de la séparation de biens.

– Cela me paraissait plus convenable, non ?

– En attendant, son patrimoine lui reste, et

comme c'est vous qui demandez le divorce, et qu'il vous l'accorde de bonne grâce, vous n'avez rien à exiger de plus. Je ne vois qu'une solution : renoncez à divorcer !

– Enfin, Maître !

– Aurait-il quelque chose à reprocher à votre conduite ? Non ? Alors, nous sommes bons.

Que Meunier ose lui dire ça après ce qui s'est passé entre eux deux, quel cynisme !

– Et vous, vous ne détenez pas de preuves d'une liaison ou d'une inconduite notoire de sa part, que nous pourrions faire passer pour de la « cruauté mentale » ?

– Merde !

– Clotilde, je ne cherche qu'à vous aider.

– C'est ignoble.

– Vous n'êtes pas dans votre état normal.

– Non ! C'est pour cela que je vous appelle.

– À quoi bon ? Vous n'écoutez pas mes conseils.

– Ils sont jolis, vos conseils !

– Ils sont légaux.

– C'est tout ce que vous trouvez dans votre arsenal ?

– C'est pourtant simple : si vous pouvez faire la preuve que votre mari – il l'est encore – vous a trompée d'une façon odieuse qui a compromis votre équilibre et votre santé mentale, nous pouvons changer notre fusil d'épaule : au lieu de demander le divorce par consentement mutuel, vous vous posez en victime, vous réclamez une pension suffisante pour conserver le niveau de vie qui était le vôtre en ménage, et...

– J'ignore si Albert a ou a eu des liaisons, et je ne veux pas le savoir !

Une affaire de petit mot d'amour parfumé, retrouvé dans une poche de son pardessus, lui revient en mémoire. De toutes façons, elle l'a déchiré. La concierge avait fait allusion à « la dame qui est passée pendant que vous étiez à la montagne », mais comme Clotilde venait de s'envoyer le Norvégien, elle aurait trouvé tout à fait déplacé de se lancer dans une investigation poussée.

Le parallélisme de leurs aventures l'avait plutôt fait rire : Albert et elle avaient eu au même moment besoin d'un peu d'air, et alors ? Cela prouvait plutôt qu'ils s'entendaient bien !

À quelles médiocrités vous poussent les avocats, sous prétexte de vous défendre : tout ce qu'on a refoulé dans le coin le plus sombre de sa mémoire resurgit pour revêtir un autre sens, coupable, menaçant.

Comment a-t-elle pu coucher avec ce Meunier, elle est folle !

– On peut se voir pour en parler. Que faites-vous demain soir à dîner ?

– Ah non !

Silence au bout du fil. Puis :

– C'est comme vous voudrez, Clotilde. Toutefois, réfléchissez à ce que je vous ai dit. Si vous changez d'avis, vous avez encore quelques jours pour que nous refassions le dossier. Après, il sera trop tard.

Elle aurait dû se choisir un avocat femme.

C'est à pleine vitesse que Clotilde fait prendre à la petite Clio les rues à angle droit du quartier résidentiel de Sartrouville où habitaient ses parents avant de se retirer à Alès. Va-t-elle éprouver autant d'émotion que d'habitude à revenir sur les lieux de sa prime jeunesse ? Un attendrissement qui se double d'un refus : elle ne supporterait plus de revivre dans cette banlieue.

Les trottoirs, les maisons, les magasins, tout y fait pauvre, comparé à l'élégant coin du XVIIe où elle s'est installée avec Albert, sitôt après leur mariage.

Au début, elle avait dû dissimuler sa gêne : le saut d'un milieu à l'autre était si subit ! Longtemps, elle est passée devant la loge briquée de la concierge en frôlant les murs, de crainte que cette femme ne lui demande où elle allait ! Pourtant, depuis son enfance, elle s'était dit qu'un jour elle serait riche, adulée, et vivrait dans les beaux quartiers, servie par une « bonne ». Deux, peut-être.

En passant devant le petit pavillon que ses

parents ont vendu pour aller prendre leur retraite à Alès, lieu d'origine de Marguerite, Clotilde se rappelle sa première visite ici en compagnie d'Albert. C'est lui qui avait insisté pour se rendre chez ses futurs beaux-parents. Jusque-là, Clotilde s'était arrangée pour éviter de l'y emmener.

Elle avait proposé de faire les présentations dans les salons du Crillon, sous prétexte que son père et sa mère habitaient trop loin du centre de Paris. Marguerite et Xavier n'étaient jamais venus dans l'hôtel chic de la place de la Concorde, et elle avait dû rassurer son père : l'entrée était libre, il n'aurait qu'à demander le bar où Albert et elle les attendraient. Sa mère avait mis un chapeau et Clotilde lui en avait été reconnaissante. Cela faisait meilleur effet qu'être en cheveux, pour une femme de son âge, même si le chapeau semblait un peu « tarte ». Quant à son père, bedonnant dans son costume trois-pièces, la surprise de se trouver là lui donnait un air raide qui ne pouvait que plaire à Albert, lequel les accueille avec chaleur. D'autorité, il commande du thé pour les femmes, et deux whiskies à l'eau pour son futur beau-père et lui-même.

C'est un bon souvenir. Clotilde s'est félicitée d'avoir choisi un terrain neutre pour ce premier contact. Albert, amoureux, la contemplait avec tant d'admiration qu'elle avait craint une fausse note, une déception.

Il a néanmoins insisté pour connaître les lieux où elle a passé son enfance, et, quelques jours avant le mariage, Clotilde comprend qu'elle doit céder. Autrement, Albert demandera ce qu'on lui cache. Après tout, le pavillon n'a rien de déshonorant. Ses parents ne sont certes pas des bourgeois, et alors ? À présent, les préjugés sont bien atténués, et si son père n'a guère fait fortune avec son garage, c'est qu'il est un homme honnête. De cela, ils peuvent tous être fiers. Le fait que Marguerite et lui aient gardé des goûts simples a d'ailleurs plu à leur futur gendre.

« Comme je comprends tes parents ! lui a déclaré Albert au retour. Ils préfèrent jouir d'un bout de jardin en banlieue, dont ils s'occupent eux-mêmes, plutôt qu'habiter un appartement parisien sans âme. Ton père est un sage. Quant à ta mère, on sent qu'elle adore son intérieur, tout y est impeccable. Cela suffit à la rendre heureuse. J'espère que tu le seras autant dans notre petit nid du cinquième étage ! »

Jusque-là, Clotilde n'avait pas considéré le pavillon de Sartrouville comme un choix délibéré qu'auraient fait ses parents, plutôt comme un pis-aller en rapport avec leurs moyens. Cette vue des choses que lui expose Albert les valorise à ses yeux, et elle lui en est reconnaissante : il sait donner une aura à tout ce qui entoure la femme de sa vie.

Tout était bien en ce temps-là.

Aujourd'hui, les deux mains agrippées à cette grille derrière laquelle vivent des étrangers, Clotilde pleure. Elle a été si heureuse ici, si choyée. C'est maintenant, quand c'est fini, qu'elle s'en rend compte.

Un coin de rideau se soulève à la fenêtre de ce qu'elle sait être la cuisine.

Clotilde se détache de la grille, essuie ses yeux, s'en va.

« Ce n'est quand même pas ma faute si nous avons pris le même ascenseur ! » se dit Clotilde.

Les cabines qui conduisent à l'étage de l'étude sont tous les matins le théâtre de l'imprévu. À quelques secondes près, on se retrouve en compagnie d'un membre du petit personnel ou d'un clerc, avec plus ou moins de satisfaction selon les affinités, plaisantant ou bien échangeant des informations qui vont épargner une communication par interphone ou un déplacement de bureau à bureau.

Clotilde, qui a couru pour se faufiler dans la cabine numéro 2 avant que la porte ne se referme, s'y retrouve nez à nez avec le notaire, Me Marcel Valois. Cela s'est déjà produit et ils échangent d'habitude quelque phrase amicale. Est-ce parce que Clotilde a rougi – l'idiote ! – en se remémorant sa conversation de la veille avec Albert ? Valois se détourne aussitôt, après un bref salut, pour continuer une conversation avec son premier clerc.

Clotilde, qui a horreur d'être exclue, se

tourne vers Colette, la secrétaire, pour lui demander si les actes de vente sont revenus signés.

– Rappelez-vous, Clotilde, c'est seulement pour cet après-midi !

Elle le sait, mais, l'esprit embrumé, elle n'a rien trouvé d'autre à proférer. Reste que Colette a répondu un peu sèchement. Tout le monde est-il au courant de sa réduction de salaire ?

Au cours de la matinée, Clotilde épie les comportements. Deux filles du contentieux sont entrées l'une après l'autre chercher une précision, sans paraître remarquer sa pré-sence ! Elle aussi en fait autant quand elle est archi-pressée, réservant les salutations à plus tard, mais, tout de même, cela lui semble louche.

Au moment de la pause-café, il y a toujours quelqu'un – un homme – pour offrir de lui payer sa tasse. Là, elle a beau farfouiller dans son sac sans y découvrir la moindre pièce d'un franc, nul ne lui en propose. Elle doit aller trouver Régine, l'hôtesse, et faire de la mon-naie.

– Qu'est-ce qui se passe, aujourd'hui ?

– Je n'ai rien remarqué...

– Tout le monde est d'une humeur de chien !

– Ce doit être le temps, dit Régine en faisant pivoter son siège vers son ordinateur.

L'hôtesse n'a-t-elle pas esquivé son regard ? « Je deviens paranoïaque, se dit Clotilde en revenant à son bureau, son gobelet de carton à la main. Je ne vais quand même pas m'imaginer que tout le monde me méprise parce que je gagne moins d'argent ! »

Une petite voix lui murmure : « C'est toi qui n'es plus la même ! »

L'appréhension la contracte comme une envie de faire pipi. Ce spasme ventral lui rappelle une des grandes humiliations de son enfance, le jour où sa note de rédaction avait été divisée par deux, la professeur ayant estimé qu'elle avait copié. En fait, Clotilde avait appris la page par cœur, mais nul n'avait voulu la croire...

Les blessures de l'enfance ne sont jamais totalement cicatrisées et s'enveniment à tout nouveau coup.

— Me Valois voudrait que vous voyiez avec Mme Boussekine, lui lance Colette, qui s'est déplacée tout exprès. Elle a besoin d'éclaircissements sur son dossier et pense que vous pouvez les lui donner.

Curieux, on la croit donc capable de rencontrer une cliente d'importance ?

— Quand ?

— Tout de suite. Le premier clerc vous laisse son bureau.

Tout en feuilletant les kilos du dossier Boussekine, elle lance des regards sur le visage trop immobile de la femme assise en face d'elle.

« Est-elle plâtrée ou tirée à mort ? » se demande-t-elle.

La dame est entrée à pas lents, le bras appuyé sur celui de Mᵉ Valois à qui Clotilde n'a jamais vu, à l'étude, un air aussi épanoui.

« Obséquieux », a-t-elle rectifié lorsque le notaire, une fois sa cliente installée dans le fauteuil à oreillettes, a eu repris dans la seconde son expression habituelle. Celle qu'il affiche devant ses subordonnés : sévère, rigide, préoccupée.

– Bonjour, ma petite, a murmuré la dame en se laissant tomber sans retenue.

La phrase s'adressait plus à son tour de cou qu'à Clotilde, ce qui fait que celle-ci n'a pas répliqué. Ce sont les sourcils froncés de Valois, signifiant : « Qu'attendez-vous pour être polie ? », qui l'ont fait réagir.

– Bonjour, madame !

D'un ton plutôt cordial, Valois lui dispense alors ses ordres :

– Je vous confie notre très chère madame Boussekine. C'est tout à fait compréhensible qu'elle ait du mal à s'y retrouver dans ses affaires, lesquelles sont dans des coffres bancaires ou des garde-meubles. Tout n'étant pas assuré, ou ne l'étant plus, il n'y a pas de liste, il va falloir que vous alliez voir avec elle ce qu'il en est. Ou en son nom, comme elle l'entendra...

– Ces coffres de banque, murmure l'octogénaire, pourquoi sont-ils toujours en sous-sol ? Mes genoux répugnent à descendre autant de marches. Vous verrez, mon petit, quand vous atteindrez mon âge...

Clotilde comprend que, pour Mme Boussekine, elle est et restera « mon petit ».

Quelques jours plus tard, les deux femmes roulent à l'arrière de la Lincoln. Diane Boussekine est emmitouflée dans une couverture de fourrure en dépit de la douceur d'un printemps précoce. Clotilde, elle, arbore son tailleur marine à blouse blanche.

« J'ai l'air d'une secrétaire bon chic bon genre, ou alors d'une gouvernante pour maison huppée ! », s'est-elle dit le matin en se considérant dans la glace. Mais Valois le lui avait précisé la veille : « Mme Boussekine a téléphoné, elle vous emmène demain au CCF, puis au Crédit Lyonnais, peut-être aussi chez OBC. Elle vous a à la bonne. Bravo, mais habillez-vous en conséquence... C'est une femme d'une autre génération, il ne faut pas l'indisposer. Mon père s'occupait déjà d'elle et de son mari. » Il était devenu rêveur, puis avait repris : « Des biens considérables... Ah ! Prenez tout le temps qu'il vous faudra... Enfin, qu'elle voudra... »

Cela promet de durer jusqu'à la fermeture des établissements bancaires. Partout elles sont attendues par le directeur, accompagné d'un ou deux de ses adjoints. D'être reçue avec autant d'obligeance, Mme Boussekine a recouvré des jambes de jeune fille pour atteindre le saint des saints.

Ce qui étonne le plus Clotilde, c'est qu'elle appelle chacun de ces hommes importants par leur prénom :

– Dites-moi, mon petit Dominique, vous l'avez fait changer, votre porte blindée ? Elle m'a paru un peu faiblarde, la dernière fois ! Vous savez qu'on fait des merveilles, de nos jours, d'après ce que j'ai pu voir à Genève.

– Ne vous inquiétez pas, chère madame, le système d'alarme a été renforcé, la sécurité aussi.

Ce n'est pas un seul coffre que loue Mme Boussekine dans chacune de ces banques, mais des panneaux entiers. Assise à une table en métal, elle exige que le chauffeur aille chercher dans la voiture un coussin pour sa chaise, plus la couverture de fourrure. Puis, au fur et à mesure, elle confie les clés de chaque coffre à l'employé. La porte ouverte, elle demande à Clotilde de sortir les objets un à un et de les lui apporter.

« On se croirait chez un antiquaire », pense celle-ci, éblouie.

Il y a de tout : tableaux anciens et modernes, argenterie, bronzes, bijoux, monceaux de papiers.

– Apportez-moi ça, mon petit, le paquet avec la faveur bleue... Ce sont les lettres de l'ambassadeur du Maroc ! J'avais oublié. Il était follement amoureux de moi, à l'époque... Il doit y avoir la parure de turquoise qu'il m'avait fait remettre par son premier secrétaire. Je ne l'ai jamais portée : la bijouterie arabe, je n'apprécie pas, de la bimbeloterie !... Allez, rentrez-moi tout ça, sans intérêt ! Vous avez dressé la liste ?

– Oui, madame.

Sur un gros cahier bleu à spirale, Clotilde note, mettant des numéros, tentant d'établir un ordre.

Mme Boussekine n'en a aucun. À peine a-t-elle entr'aperçu certains objets qu'elle exige qu'on les réenfourne tout de suite :

– Ça, je sais ce que c'est, ce n'est pas la peine !

« Pourquoi ne vend-elle pas ? Ou ne donne-t-elle pas, puisqu'elle n'y tient pas ? » s'interroge Clotilde.

Il lui reste à apprendre que si les riches sont riches, c'est parce qu'ils entassent.

– Remontrez-moi ça ! Mais c'est vrai qu'il est joli, ce tableautin, un dernier cadeau de ce bon Octave... Je l'avais méprisé, à l'époque, parce que je le trouvais trop petit pour le grand salon... Vous pensez, à côté du Rembrandt, il aurait fait mesquin. Un si petit Vermeer... Mais il ne fera pas mal du tout dans ma chambre ! On l'emporte, passez-le à Didier.

Le chauffeur se rapproche, la casquette de sa livrée sous le bras, s'empare du Vermeer pour le ranger dans un fourre-tout préparé à cet effet, qui contient déjà une broche de chez Van Cleef et Arpels. (« Il paraît que cela revient à la mode, ces machins-là... Sur mon velours noir, cela peut faire son petit effet... ») Didier s'est aussi vu confier une argenterie du XVIIIe (« Cela nous changera de la Puiforcat ! ») et deux petits Saxe qu'il a emmaillotés dans du papier bulle.

Aucune connivence entre Clotilde et Didier. L'homme est cuirassé contre cet insensé déploiement de trésors, Clotilde pas encore. Mais, à la troisième banque, la fatigue aidant, elle consulte sa montre au lieu de s'éberluer sur les Picasso.

— Il y a de quoi vous faire crever, dit Diane Boussekine une fois qu'elles sont remontées dans la Lincoln. Ces expéditions ne sont plus de mon âge ! Si Henri était ce qu'il devrait être, c'est lui qui s'occuperait de ces choses-là à ma place...

Henri, c'est le neveu, mais, méritant ou non, jamais sa tante ne le laissera en charge de ses biens avant sa mort. Pour Clotilde, c'est évident.

— Allons nous refaire à la *Marquise* ! lance la vieille dame en posant sa main fripée et endiamantée sur le genou de Clotilde. C'est ce que nous faisions avec mon cher Octave après chaque expédition en banque ! C'est si épuisant...

— Madame, la *Marquise de Sévigné* n'existe plus. Ses salons ont fermé.

— Comment ça, depuis quand ?

— Des années...

— Comme c'est étrange, je ne m'en suis pas aperçue ! Mon petit, vous me portez un coup ! Il faut nous rendre dans un bar et que je me commande un *side-car* bien tassé... Didier, lâche-t-elle à travers l'interphone, au bar du *Plazza*, s'il vous plaît !... C'est là que je me suis fiancée, ajoute-t-elle à l'intention de Clotilde, j'espère que ce petit café aura le bon goût de durer autant que moi !

« C'est moi, songe Clotilde, qui serai usée avant ! »

La porte d'entrée repoussée, Clotilde sent monter son angoisse en même temps que l'appel autrefois familier : « Tu es là ? »

Une fois, elle s'est même laissée aller à le crier dans ce qu'elle sait être le vide : « Tu es là ? »

Silence, bien sûr. Rien ne l'attend.

Sauf le répondeur, l'ami indéfectible. Lorsqu'elle oublie de le brancher, quelle déception ! Écouter les messages, c'est la première chose qu'elle fait avant même d'ôter sa veste ou son manteau. Puis rappeler ceux qui ont laissé leur nom : Raymond, Christiane, Albert parfois...

Quand il n'y a rien, elle grommelle tout haut : « Ce qu'on tient à toi, ça fait peur ! »

Il lui arrive de passer une heure au téléphone. Avec Christiane en particulier, gymnastiquant pour se débarrasser de son manteau, envoyant valser une chaussure, puis l'autre. Jusqu'à ce que son interlocutrice insinue : « Allez, il faut que je m'occupe de mon dîner... »

Ce n'est jamais Clotilde qui propose de rac-
crocher.

Elle sait trop ce qui l'attend : un bout de
fromage, peut-être, mangé debout dans la cuisine avec une biscotte, s'il en reste, un fruit.
Puis elle s'allonge sur le divan devant la télévision. S'endort lourdement. Se réveille pour
pleurer. Finit par se déshabiller, se démaquille
un peu, se met au lit.

Les derniers temps, Albert rentrait tard, parfois pas du tout, mais elle savait qu'il se sou-
ciait d'elle. Il devait se dire : « Il faut que je la
prévienne que je ne reviens pas... » Ou alors :
« Que doit-elle penser ? » Ou bien : « Demain,
elle va m'attraper si je n'ai pas d'excuse
valable... » Clotilde, de son côté, était occupée
par ce qu'elle lui reprocherait ou exigerait la
fois suivante : même dissociés, ils continuaient
une vie de couple.

Désormais, elle n'a rien à attendre.

Sauf d'être à l'heure à l'étude. Demain.

Un matin, de fait, Valois lui a dit : « Ma chère, j'ai une nouvelle amusante pour vous : Mme Boussekine désire que vous l'accompagniez en Suisse pour y continuer l'inventaire... À ses frais, bien entendu. Vous ferez un voyage magnifique ! »

C'est avec un homme que Clotilde aurait voulu visiter la Suisse, pas avec Diane Boussekine.

– Tu te rends compte, il m'a lâché : « Allez-y, puisqu'elle vous le demande ! »

– Il a raison : vas-y !

– Enfin, Christiane, je la connais à peine... Il n'y a pas que ça : je ne suis pas une accompagnatrice, ni une gouvernante, ce n'est pas mon rôle... Cette bonne femme est capable de me traiter comme sa bonne !

– Tu verras bien ! Et je ne me fais pas de bile : tu es tout à fait capable de te défendre ! Tu verras du pays, veinarde : les montagnes, les lacs...

De quoi s'agissait-il, au juste ? D'une mission

notariale ou de se transformer en garde pour personne âgée ?

Elle a tenté de refuser. Difficile, face à l'insistance de Valois qui, en bon professionnel, devait avoir préparé ses arguments : Clotilde avait conquis la vieille dame, un exploit que personne n'avait réussi avant elle. Or, conserver cette richissime cliente, très influente, était capital pour l'étude. En plus d'un voyage dans des conditions parfaites, Clotilde recevrait donc une somme pour le temps passé là-bas. Très substantielle : de quoi se payer une voiture neuve ! Tout cela pour une petite semaine en compagnie d'une personne dont Valois avait tout à fait conscience qu'elle n'était pas rigolote. Mais, comme elle était très âgée, dormait beaucoup, faisait la sieste, la jeune femme aurait des heures libres. Ah, le lac de Genève, le jet d'eau, la traversée en vedette jusqu'à Montreux, quoi encore ? Le marché au fromage...

« Ma parole, il y passe sa vie ! » se dit Clotilde.

Elle a demandé à réserver sa réponse jusqu'au lendemain, et le soir même, après sa visite à Christiane, c'est Albert, mis au courant par Valois, qui l'appelait : « Permets-moi d'intervenir, car je crains que tu ne te rendes pas compte de ta chance ! Entrer dans l'intimité de la famille Boussekine peut t'ouvrir un nombre de portes dont tu n'as pas idée... Sans compter que tu rends un sacré service à Valois ! »

Qu'il était aimable ! La voix tendre, complice, le même ton que le notaire, comme si ces deux hommes faisaient partie d'un club très privé dans lequel ils étaient disposés à l'admettre ! Un club où l'on sait saisir les occasions par les cheveux, la fortune aussi.

Clotilde finit par dire oui. Non par intérêt, mais pour une raison bien différente de tout ce que ses conseillers imaginent : parce que ses parents lui ont raconté avoir fait un petit tour en Suisse, au cours de leur voyage de noces, celui que leur bourse leur permettait, dans des hôtels de troisième ordre, mais quel beau séjour illuminé par l'amour ! Et, toute son enfance, Clotilde a entendu résonner, comme autant de lieux-dits du Paradis, les noms de Montreux, Lausanne, Wengen, Berne – ah, les ours de Berne ! – et bien sûr Genève.

Tout de même, jamais elle n'aurait cru que Christiane se mettrait aussi de la partie.

– Tu m'enverras des cartes postales ! lui dit son amie d'un air noyé par la nostalgie.

– Enfin, Christiane, la Suisse n'est pas l'Amazonie, c'est la porte à côté...

– Pas la Suisse riche, rétorque Christiane sur le pas de la porte. Cette Suisse-là, c'est de l'autre côté de la planète, du moins de la mienne !

Du coup, Clotilde voit en effet l'intérieur de Christiane tel qu'il est : la peinture écaillée, le linoléum troué par endroits, des montages électriques bricolés par l'un ou l'autre de ses hommes de passage. Elle-même dans ce jogging qui poche aux genoux, le cheveu plat et collant, faute de temps pour les shampooings...

Quand Clotilde venait chez son amie, ce n'était pas pour observer, mais pour s'asseoir devant la table en Formica de la cuisine, puis, un verre de rouge à la main, épancher son cœur. Si on a de la peine et que quelqu'un est prêt à l'entendre, le cadre, est-ce que ça compte ?

Le protocole du luxe, c'est ce que Mme Boussekine allait non pas apprendre à Clotilde – on n'apprend que ce qu'on veut bien retenir –, mais lui faire découvrir.

« Je préfère le TGV, lui avait-elle dit. L'avion, c'est bas de gamme. Les horaires ne sont pas respectés et on vous trimbale comme des paquets. Sans compter qu'on doit s'occuper soi-même de ses bagages à main. »

Dans le TGV, en revanche, Didier peut les installer à l'aise. Puis le chauffeur prend la route avec le gros des valises.

Bien sûr, la Lincoln n'arrivera pas à Genève avant ces dames, mais le valet de chambre sera à la gare avec la seconde voiture affectée à la maison sise sur la belle colline de Coligny, au-dessus de la ville.

C'est un monceau de magazines que Didier dépose sur la tablette entre les deux femmes. Mais Diane Boussekine n'est pas d'humeur à lire, ni d'ailleurs à dormir. Quatre heures de suite, Clotilde doit écouter ses propos tissés de souvenirs parfois confus, de plaintes à l'encontre de proches ou de serviteurs, de déblatérations contre les changements qu'impose la vie moderne, lesquels, hormis le TGV, sont tous déplorables.

Clotilde croit poli et nécessaire de donner son opinion, voire de contredire son interlocutrice.

Mais, dès qu'elle ouvre la bouche, Mme Boussekine la fixe de son œil d'oiseau dépourvu de cils, et laisse tomber le silence comme si Clotilde avait commis une incongruité.

La jeune femme cesse de l'interrompre et, comme il arrive lorsqu'on n'est plus sollicité, coule dans la somnolence. Ses yeux papillotent sur le paysage de la Bourgogne, puis du Jura qui défile sans cahots, à toute allure.

« Ma vie est comme ce voyage, confortable et triste, se dit-elle. Je vois tout de derrière une vitre, sans en faire partie... »

Adolescente, elle était allée en « colonie », camper dans les Hautes-Alpes. Le groupe de filles et de garçons accompagnés par des moniteurs avait voyagé en secondes, sacs à dos empilés à l'entrée du compartiment, chantant, mangeant des sandwiches, chahutant. Ils étaient descendus du train dans les rires et les bousculades pour rejoindre un car où ils s'étaient entassés. Une fois à Vars-les-Clauds, ils avaient marché une heure pour gagner le campement. Quelle gaîté ! Comme Clotilde avait bien respiré là-haut sous les mélèzes !

Respirer...

– Je crois que je vais aller dans le couloir fumer une cigarette.

– Vous fumez ? lance la dame d'un air surpris.

– Cela m'arrive. Ne vous inquiétez pas, je le fais à l'écart...

– Il y a si longtemps que je n'ai pas tiré sur une clope ! Tenez, vous m'en donnez envie ! Passez-m'en une et restez donc là, nous allons fumer ensemble !

Raté pour l'évasion.

En sus du valet de chambre et de son épouse, qui fait office de cuisinière, il y a une femme de chambre à demeure, une femme de ménage cinq heures par jour, le jardinier, son aide, Didier qui a fini par arriver, et la secrétaire qui vient matin et soir, que Mme Boussekine soit ou non présente.

« On devrait hisser le pavillon sur le toit lorsqu'elle est là, comme au Vatican quand le pape est dans ses murs, se dit Clotilde. Ou comme sur les vaisseaux de guerre quand le commandant se trouve à bord. »

La jeune femme commence par s'amuser de ce régiment de serviteurs qui n'ont que son bien-être et celui de Diane Boussekine à assurer. Mais, dès le lendemain, elle éprouve une sorte de malaise à constater que tous ses gestes sont anticipés. Bien sûr, il n'est pas désagréable de profiter de serviettes en abondance dans la salle de bains, de papier à lettres à entête de la maison sur le secrétaire de sa chambre, avec enveloppes et instruments à écrire, comme dans les bons hôtels. Mais trouver la table garnie pour le petit déjeuner – elle a refusé qu'on lui monte un plateau dans sa chambre – avec thé, café, chocolat, jus d'orange, confitures, miel épais, miel liquide, beurre, crème, fines lamelles de gruyère et plus de petits pains, croissants, toasts, biscottes, cracottes, fruits, yaourts, fromage blanc qu'elle ne peut en concevoir, lui donne un sentiment de gâchis.

Légèrement écœurée, elle se contente d'une tasse de café et d'un toast beurré, les yeux rivés sur le parc. Des arbres, des fleurs, du gazon, même entretenus au cordeau, c'est encore la vie.

Errant de pièce en pièce – « Mademoiselle n'a besoin de rien ? » s'enquiert la femme de chambre au passage –, Clotilde finit par tomber sur le bureau de la secrétaire, une jolie brunette trônant parmi des appareils électroniques sophistiqués : ordinateurs, imprimantes, fax, magnétophones, diverses espèces de téléphones avec ou sans fils.

La jeune fille est déjà au travail sur un clavier.

– Je ne vous dérange pas ?

– Je tape le courrier qu'a reçu Mme Boussekine. Elle n'aime pas lire des lettres écrites à la main, ni même sur des papiers à lettres disparates. Je dois tout reprendre sur son papier mauve, le seul qu'elle tolère, en faisant des résumés quand la lettre est trop longue.

– Même les lettres personnelles ?

– Mme Boussekine prétend que les gens se laissent aller et ce qu'ils disent en deux pages

peut toujours se condenser en deux lignes...
Cela gagne du temps. Elle me dicte sa réponse
et j'ai une machine qui imite son écriture et
sa signature ; elle n'a pas besoin de revoir le
courrier que j'expédie.

– Elle vous fait confiance...

– Là-dessus, oui, mais elle a une signature
spéciale pour les chèques ; elle les signe tous
elle-même !

– À propos, savez-vous quand nous devons
nous rendre à la banque ?

– Aux banques ! Il y en a plus d'une, et cela
vous prendra plusieurs jours. Je crois que vous
commencez dès cet après-midi. Bon courage !

Diane Boussekine a remis la visite bancaire au lendemain et embauché Clotilde pour des courses au *Bon Génie*, le somptueux grand magasin de Genève, puis chez son bijoutier-horloger, enfin chez son libraire.

Clotilde a voulu protester – elle n'est pas là pour ça ! – mais, est-ce la curiosité ou cette sorte de langueur qui monte du lac, elle se laisse emmener.

Vu l'empressement général, elle a le sentiment qu'on n'a pas vu Mme Boussekine depuis longtemps, et celle-ci se montre d'une humeur rare chez elle : charmante. Achetant à foison parfums, sacs, dessous de soie. Il n'y a qu'au rayon « collants » qu'elle renâcle :

– Je ne veux pas de nylon, ça me gratte la peau. Heureusement que j'ai eu le bon esprit de faire provision de bas de soie avant qu'ils n'interrompent...

Une vendeuse chevronnée prend la parole :

– J'ai une bonne nouvelle pour vous, chère madame, on va refaire des bas en soie véri-

table ! C'est depuis que la Chine s'est rou-
verte...

– Tiens, les communistes se civilisent ! Vous
me préviendrez, Hélène...

Chez l'horloger, elle veut à toute force que
Clotilde se choisisse un bracelet-montre, ce
que la jeune femme refuse. Elle ne peut accepter un tel cadeau ! Mais la vieille dame est
tenace et sur le point de se vexer :

– Ne soyez pas ridicule, mon enfant. En
Suisse, les montres, c'est comme le gruyère,
un produit qu'on trouve au marché... N'est-ce
pas, Gustave ? Donnez-lui une petite chose
simple, puisqu'elle fait sa mijaurée.

C'est une Piaget, bracelet or et acier, un petit
chef-d'œuvre dont Clotilde ne peut même envisager le prix. Puisque cela fait tellement plaisir
à la dame...

Ça lui fait quoi, à elle ?

C'est au dîner que Diane Boussekine dévoile
ses batteries :

– Demain, nous ne serons plus seules. Nous
aurons un homme pour nous accompagner...

Comme aucune question ne vient, elle
reprend :

– Henri, mon neveu !

Le débile ?

– C'est un bon garçon, tout compte fait. Ou
plutôt, si on ne lui laisse pas faire les comptes !
Vous verrez, vous allez beaucoup lui plaire !

Et elle, cherche-t-on à savoir si l'homme lui
plaira ? Décidément, Diane la traite comme un
objet qu'elle s'est acquis à coups d'argent.

– Votre neveu nous accompagnera à la banque ?

– Vous tenez tant à y aller, mon petit ?

– Si je reviens sans la liste, Me Valois sera en droit de me faire des reproches. Je n'aurai pas rempli ma mission.

– Votre Valois, je m'en charge. Mais, comme Henri sera là, autant en profiter. Il y a des choses qu'il est grand temps qu'il connaisse, s'il veut devenir un homme.

Quoi ? se demande Clotilde. Les façons de faire avec l'argent, peut-être, cet autre « fromage suisse » qu'on trouve partout, comme les montres ?

Est-ce la compagnie de Diane Boussekine qui finit par la rendre cynique ? Pourtant, jamais la vieille dame n'a manifesté autant d'entrain ; la voix flûtée, presque folâtre, elle en oublie de critiquer le monde !

– Arrête un peu de lire, mon chéri, viens-t'en plutôt parler avec nous !

Tout de suite après le dîner, Henri s'est plongé dans des bandes dessinées. Il se les est procurées quand Mme Boussekine a demandé à Didier d'arrêter la Lincoln devant la librairie pour y prendre les livres qu'elle avait commandés la veille, une pile de romans à la mode. Henri, assis à côté du chauffeur, s'est précipité sans rien dire à sa suite pour revenir avec un paquet emballé dans du papier métallisé.

– Il adore lire ! Une vraie passion..., se félicite Diane Boussekine qui, depuis qu'il est là, ne cesse de chanter les louanges de son neveu.

C'est le soir qu'Henri exhibe sa lecture : rien que des B.D...

« Mais il suit les images du doigt ! » s'ébahit Clotilde.

Henri est grand, mince, peu musclé, mais très nerveux, ce qui lui permet des réactions vives si quelque chose l'agace ou l'attire. « Il doit facilement donner des coups de pied... », diagnostique Clotilde. Le visage lisse, les yeux noisette ombrés de cils, seul son crâne dégarni trahit son âge réel, la quarantaine. Sinon, il a l'air d'un garçon qui vient juste d'entrer en puberté et ne sait comment en sortir !

Très soigné de sa personne dans son costume gris à léger motif prince-de-galles, il porte une grosse chevalière en or à l'annulaire de la main gauche.

– Ce sont les armes de sa famille maternelle, susurre Mme Boussekine. Sa mère était d'une grande famille. Hélas, elle est morte avec mon regretté frère dans ce fatal accident de hors-bord. J'ai dû l'élever.

Clotilde comprend que Diane Boussekine ne s'est pas donné trop de mal : Henri a passé sa jeunesse dans ces pensions suisses réservées aux rejetons de milliardaires du monde entier. On lui a enseigné de quoi passer son baccalauréat et même de pousser jusqu'à une licence.

Certainement pas un métier.

Inutile d'apprendre à gagner sa vie quand on a une tante richissime dont on est le seul héritier.

« Ce n'est pas que son état l'ait rendu paresseux, se dit Clotilde. C'est pire : ce pauvre garçon n'a aucun désir pour rien... »

– Clotilde et toi devriez prendre un bain dans la piscine avant le déjeuner, suggère Diane Boussekine, laquelle sait vouloir, pour ce qui est d'elle, à défaut de désirer. Cela vous ouvrira l'appétit...

La piscine, bijou de marbre noir, vitraux

jaunes et mosaïques bleutées, est enchâssée dans un bâtiment annexe surchauffé, situé au fond du parc. Clotilde, à l'intention de qui la femme de chambre a préparé une demi-douzaine de maillots de bain neufs de toutes formes, tailles et couleurs, a accepté. Davantage par oisiveté que par curiosité.

Arrivée la première au pavillon, elle voit venir Henri, grossi par un peignoir blanc en éponge très épaisse, suivi du valet de chambre qui porte une serviette et ce qui se révèle être un bonnet de bain à jugulaire. Henri l'informe, en se coiffant de l'objet caoutchouteux, qu'il est sujet aux otites.

Une fois à l'eau, le pauvre garçon esquisse quelques brasses, puis, manifestement épuisé, s'accroche au rebord de la piscine et bat des pieds. Comme Clotilde s'approche, il tente de l'éclabousser de la main. « Mais il a douze ans ! » se dit-elle, stupéfaite.

L'eau est si chaude, l'air ambiant si moite que l'envie de remuer passe aussitôt. Trempoter, c'est tout ce qu'on peut faire dans une telle étuve. Rien de plus fastidieux.

La jeune femme n'a point trop aimé non plus le regard du valet de chambre lorsqu'elle est apparue dans le maillot une pièce noir qu'elle a choisi d'enfiler et qui ressemble, avec ses baleines aux bons endroits, à celui d'Ava Gardner dans *La Comtesse aux pieds nus*.

Un écrin provocateur.

Henri serait-il lui aussi sensible à sa tenue ? Il cherche à la saisir par la cheville quand elle le croise en nageant sur le dos. Encore une puérilité qui achève de la dégoûter de l'exercice.

Est-ce par besoin de fraîcheur ? Lui revient un lointain souvenir des débuts de son mariage. Ce jour-là, Albert l'avait entraînée dans une baignade quelque peu folle dans le lac d'Annecy. On était en novembre et se réchauffer n'avait pas été facile. Mais ils étaient jeunes, amoureux, habités par un grand désir de tout...

Justement, est-ce qu'il n'y a pas « tout », ici ?

Appelés par la cloche, lorsqu'ils font ensemble leur apparition dans la salle à manger, Mme Boussekine balaie le couple d'un regard aigu :

– C'est bien de faire du sport quand on est jeune, ça donne bonne mine ! De l'appétit aussi, j'espère...

Clotilde s'est considérée dans la glace de l'entrée et elle voit maintenant Henri : tous deux ont les yeux cernés, les traits tirés, et leur coiffure, collée par un rapide séchage, ne les avantage ni l'un ni l'autre.

Quant aux cailles rôties, s'il y a quelque chose que Clotilde déteste qu'on lui serve, c'est bien ces pauvres petits oiseaux...

– Mme Boussekine vous prie de l'excuser, elle a un peu mal à la tête, elle ne descendra que pour le déjeuner. Elle suggère que Mlle Clotilde aille faire un tour avec M. Henri. Il peut prendre la petite Mercedes. Didier nous accompagnera avec la Lincoln si nous avons besoin de nous rendre en ville.

Ce matin, les choses sont organisées de telle sorte qu'elle se retrouve seule avec Henri. Clotilde l'a aussitôt remarqué, mais où est le mal ? Diane doit se dire que son neveu s'ennuie et que le commerce avec Clotilde ne peut lui faire que du bien.

La veille, quand ils se sont retrouvés tous trois dans le sous-sol de la banque, un énorme établissement ayant quelque air de parenté, par son style et ses proportions, avec la Cour des comptes, Clotilde a trouvé le garçon beaucoup plus alerte que d'habitude. C'était lui qui transbahutait les objets du coffre jusqu'à la petite table recouverte d'un tapis de velours qu'avait disposé Didier devant Diane. Quand l'œuvre d'art se révélait trop grande ou trop lourde (sculpture, tableau), Henri la présentait de loin, avec une certaine emphase, comme l'eût fait un commissaire-priseur. À chaque objet sorti de sa cachette de métal, la tante et le neveu poussaient des cris de surprise. Ce pouvait en constituer une pour Henri, mais cela semblait être aussi le cas pour Diane qui paraissait avoir oublié l'étendue de ses trésors.

« Où bien le prétend-elle pour se donner le genre "détachée des biens de ce monde" ? » se demande Clotilde, le soir, dans sa chambre.

– Quelle merveille, quelle splendeur ! répétait Diane. C'est une œuvre inégalable. Ils seraient fous, chez Sotheby's, s'ils voyaient ça. Décidément, ce pauvre Octave avait un goût exceptionnel. Et des antennes. À une vente, il emportait toujours ce qu'il y avait de mieux... Montre-moi encore, Henri ! Vous avez vu, mon petit, regardez-moi ça, vous n'aurez pas souvent l'occasion d'en contempler de cette qualité, même dans les musées !

Clotilde feignait l'admiration.

Difficile d'éprouver une véritable émotion artistique dans une salle des coffres, à moins justement d'être expert. Quant à Didier, il restait de marbre et Clotilde l'avait surpris à consulter subrepticement sa montre.

Il n'y avait qu'Henri pour frémir à l'unisson de sa tante, jusqu'à émettre quelque suggestion : « Si vous accrochiez le Rembrandt à la place du Poussin dans la grande salle à manger ? »

Est-ce pour le remercier de s'intéresser enfin aux petites affaires de sa tante ? Celle-ci lui a offert un ours en bronze de Pompon pour son « studio » parisien – cent vingt mètres carrés, a précisé Henri à Clotilde, avec deux terrasses. Également une paire de manchettes platine et diamants de chez Cartier. « Un souvenir de ton cher oncle, pour les jours où tu t'habilles. Pour les chemises, je te recommande Hilditch, rue de Rivoli, ils doivent avoir gardé son compte, tu feras ouvrir le tien : même nom, même adresse. Je paierai. »

La générosité peut se donner les gants d'être délicate quand l'argent ne compte pas. Quand on ne peut littéralement le compter.

La vente d'un seul de ces tableaux de maître aurait permis à Clotilde de vivre combien d'années ? Oppressant. Elle aussi, comme Didier, a fini par regarder sa montre, la Piaget.

Vu l'heure, Mme Boussekine a consenti à remettre l'expédition prévue à une autre banque où elle n'a que « trois petits coffres et des babioles ». Ce sera pour vendredi, veille du départ de Clotilde. Et ils sont rentrés prendre le thé à Coligny.

Henri et sa tante se sont mis à papoter. Le neveu a posé des questions sur la provenance ou l'origine de tel ou tel objet qu'ils venaient d'inventorier. Diane Boussekine en a profité pour raconter des épisodes de sa vie. S'esclaffant lorsqu'elle avait « oublié » comment l'œuvre avait abouti dans son coffre, surtout s'agissant d'un objet de grande valeur comme tel angelot de Rodin ou tel oiseau de Braque.

– Ce dessin d'oiseau, a souligné Henri d'un ton pénétré, je l'ai reconnu tout de suite.

Matisse en a fait de semblables, mais ceux de Braque ont quelque chose qui me parle plus...

— Tu l'aimes tant que ça, ce petit Braque ?

— Ma tante, si j'osais, je vous dirais qu'il me fait bander !

Diane a éclaté de rire, émoustillée. Le neveu a dû calculer son coup : moins demeuré qu'il y paraît !

— Puisqu'il te plaît tant que ça, je te le donne.

— Oh, ma tante, vous me comblez !

Le voussoiement doit être le produit de son éducation dans les pensions suisses.

— À propos de donation, il faut qu'on parle un peu, tous les deux. Je me fais vieille...

— Tante Diane, comment pouvez-vous dire ça ? Je vous regardais cet après-midi descendre de voiture : une vraie jeune fille...

« Ce que je ne comprends pas, s'est dit Clotilde, c'est pourquoi ils tiennent tant à exposer leurs histoires de famille, c'est-à-dire d'argent, devant moi ! »

« Pourtant, j'en ai embrassé, des hommes, parfois inconnus ; jamais je n'ai éprouvé ça ! »

Gluante comme une limace, jaillie d'un liquide filant, visqueux, la chose – la langue d'Henri – la fait défaillir de dégoût. Elle est si horrifiée qu'elle finit par lui asséner des coups sur le torse, les épaules, remuant la tête en tous sens pour se dégager. Mais l'homme s'agrippe, agité de spasmes, se frottant contre elle à la manière d'un chien vicieux.

Tout est arrivé si vite, sans préparation, ni verbale ni autre.

Ils ont visité une exposition à la Cinémathèque et Henri, en riant, lui a dit : « Ma tante veut que je vous fasse voir le musée, mais j'imagine que l'exhibition d'art d'hier vous a suffi ! »

Clotilde s'est sentie touchée par sa sollicitude. Personne ne lui en a manifesté depuis qu'elle réside à Genève, même si elle bénéficie chez Diane Boussekine de tout le confort possible.

– Je propose que nous allions marcher dans

le parc. Il est fort beau. Nous possédons des arbres vénérables aux essences rares...

Bien sûr, tout ici est léché, à la suisse, mais on ne peut demander aux abords d'une grande ville de conserver la sauvagerie de régions peu habitées comme la Meuse, les Cévennes, l'Auvergne, tous ces lieux où elle a campé, enfant, ou fait plus tard des voyages d'agrément en compagnie d'Albert, dans leur petite Juvaquatre. De Rocamadour, elle se souvient d'avoir rapporté une pierre fossilisée ; d'Épinal, des pots de gelée de groseille, et aussi une image. Des trésors qu'elle n'a pas eu besoin de protéger dans des coffres de banque...

Clotilde a envie d'en parler à Henri, pour rire un peu, mais partagerait-il son ironie ? L'héritier ne semble guère disposé à plaisanter des manies de sa tante ! À tout prendre, le chauffeur la comprendrait mieux, bien qu'il semble manquer totalement d'humour et de l'envie d'entretenir la moindre complicité avec elle.

Ici comme ailleurs, Clotilde se sent seule.

Il va falloir qu'elle s'y fasse.

– Nous serons en retard pour le déjeuner, ma tante n'appréciera pas. Je vais téléphoner pour la prévenir... Attendez-moi dans la voiture.

Une fois Henri dans la cabine, elle remarque que la Mercédès est équipée du téléphone. Bah, il doit être en panne...

– Ma tante nous fait dire qu'elle n'est toujours pas bien. Inutile de nous presser. Et si nous ne rentrions pas ? Je vous invite à déjeuner dans une auberge. Il y en a de charmantes, plus haut sur les collines...

L'idée de se retrouver face à face avec Henri dans la trop vaste salle à manger de la maison de Coligny, servie par deux domestiques, le valet et la femme de chambre, n'est guère souriante. Elle préfère encore déjeuner sans témoins. Elle pourra peut-être le faire parler.

D'emblée, Clotilde apprécie les nappes bleues et blanches, le vin du pays en pichet posé sur la table, les plats au fromage, la serveuse aux joues rouges, la vue sur la vallée par les fenêtres à petits carreaux. Rien à voir avec la trop grande maison, et Clotilde se détend.

— On est bien, ici.

— Je savais que ce cadre vous plairait. Vous êtes une drôle de fille !

— Pourquoi donc ?

— On dirait que le luxe vous agace...

— Je ne me donnerai pas le ridicule de prétendre que je n'aime pas l'argent. J'en ai besoin, surtout maintenant que je viens de divorcer... Ce que je n'aime pas, dans le genre de vie de votre tante, c'est que tout en étant perpétuellement entouré, on se sent seul !

— Alors, pourquoi divorcez-vous, si vous n'aimez pas être seule ?

— Mon mari et moi ne nous entendions plus...

— Il était jaloux ?

— Au contraire, il ne s'intéressait plus à moi. Nous nous sommes mariés tout jeunes et...

Elle ne va quand même pas raconter sa vie à Henri !

– Et vous, comment se fait-il que vous ne soyez pas marié ?

– Je me fiance parfois, mais ça ne tient jamais. Je suis difficile...

– C'est vous qui rompez ?

– En tout cas, on se sépare !

– Vous n'avez pas envie d'avoir des enfants ?

– Cela peut arriver...

C'est proféré sans enthousiasme. « L'enfant, c'est lui, pense Clotilde. Il en est encore à se chercher une maman. »

La voici qui s'empare de la main qu'il a posée sur la table étroite. Est-ce son envie à elle d'avoir des enfants qui la pousse à materner ce grand bébé que personne n'a aidé à sortir de son berceau ?

Le résultat est immédiat : Henri lui fait du genou sous la table. Clotilde retire ses jambes, les replie sous sa chaise, les glisse finalement de côté... Henri recommande du vin et Clotilde s'en inquiète : c'est lui qui conduit !

À peine sont-ils à nouveau dans la voiture, garée sur le parking désert du restaurant, que l'homme se tourne vers elle, la ceinture, lui introduit la « limace » dans la bouche.

En soufflant très fort. En se trémoussant.

Clotilde cherche à lui échapper à coups de poings inefficaces, puis tente d'ouvrir la portière pour descendre de voiture : mais toutes sont verrouillées.

Saisie de haut-le-cœur, Clotilde se dit qu'elle va vomir quand, d'un seul coup, l'homme cesse de la forcer.

Il s'affaisse, se recule, comme pris de malaise.

Clotilde lui jette un coup d'œil inquiet. Comprend : il vient d'éjaculer dans son caleçon.

Si elle n'était pas si fâchée – en particulier contre elle-même –, elle éclaterait de rire.

Sa nuque contre l'appuie-tête, Henri garde les yeux fermés et Clotilde n'éprouve plus l'envie de fuir, il n'y a plus de raison : l'attaque est finie.

Mais elle se sent sale, abattue.

C'est lui qui parle le premier :

– C'était bon !

Clotilde n'en croit pas ses oreilles : cette parodie d'amour lui a plu ?

– Voulez-vous m'épouser, s'il vous plaît ? Ma tante est d'accord.

C'était donc ça, le mal de tête de Diane ? Un lamentable traquenard !

Dans le vain espoir de ne blesser personne par un départ précipité, Clotilde invoque un appel de son avocat : Meunier aurait besoin d'elle dès le lendemain pour des formalités concernant son divorce. Si elle ne rentre pas d'urgence, déclare-t-elle au petit déjeuner qu'elle prend seule face à Henri, elle risque de compromettre l'issue de son procès.

Elle pourrait se dispenser d'explications : son vis-à-vis lui oppose un visage fermé et ne daigne pas lui répondre. Il finit d'ailleurs par déployer entre eux la *Tribune de Genève*.

Clotilde n'en croit pas ses yeux : est-ce ainsi qu'on traite une femme qu'on vient de demander en mariage ? Même si elle refuse ? La grossièreté – pour ne pas dire l'imbécillité – des gens riches ne laisse pas de surprendre. S'imaginent-ils parvenir à leur but en offensant ceux qui leur résistent ?

En plus de n'être guère désirable, Henri ferait un mari odieux !

C'est avec Didier qu'elle négocie son départ de la maison. Le chauffeur lui indique l'heure

des trains pour Paris et le numéro de la borne-
taxi. Il n'est plus question qu'elle dispose d'une
voiture pour se rendre à la gare. Puisqu'elle
ne veut pas d'Henri, Clotilde redevient ce
qu'elle est : une employée de l'étude. Rien, en
somme.

« Suis-je vraiment rien ? » se demande-t-elle
en faisant la queue au guichet pour obtenir
son billet de seconde dans le premier TGV en
partance. « Alors, nous sommes beaucoup
dans ce cas-là ! Une armée de riens... »

De nombreuses personnes vont et viennent
à travers la gare, les unes avec enfants, caddies
surchargés de bagages, souvent un chien
inquiet au bout de sa laisse – où va-t-on ? fait-
il bien partie du voyage ? Il y a aussi des
hommes seuls, un attaché-case au bout du
bras : les éternels commis-voyageurs du monde
moderne, sortant désormais de leur mallette
un objet jusque-là inconnu des nomades, leur
ordinateur portable. Manière de passer le
temps, d'épater les autres voyageurs, ou véritable outil de travail ?

C'est en tout cas ce que fait son voisin, sitôt
le train démarré. Cet homme grand, sans âge
appréciable – quarante, cinquante ? –, après
avoir aimablement proposé de lui monter son
bagage dans ce qui s'appelait jadis un filet et
qui est maintenant une sorte de cache hors de
portée d'une femme de taille moyenne, a tiré
son appareil de sa housse : un bel objet noir
et silencieux, sur l'écran duquel apparaissent
rapidement des séries de chiffres.

Clotilde lance un regard en biais sur ces

tableaux qu'elle n'arrive pas à identifier : comptes d'entreprise, plans d'architecte, rapport prévisionnel ? Décidément, le monde se complique... Que vont devenir ceux qui savent à peine lire, pas du tout écrire ? Le fossé se creuse entre eux et les initiés aux technologies de pointe. Ces nouveaux détenteurs du savoir, à quelque niveau qu'ils se trouvent, ne sont d'ailleurs que des instruments dans la main de leurs patrons. Mais ceux-là mêmes, sont-ils en sécurité ?

Il n'y a que les richissimes comme Diane Boussekine et ses pareils pour pouvoir jouir en paix de l'existence, songe encore Clotilde. Ou bien ceux qui se contentent de peu, comme ce voisin agriculteur qui disait à sa grand-mère : « Je suis un homme libre, je me lève et je me couche quand je veux, et si un jour je n'ai pas envie de travailler, je laisse tomber... – Même les vaches ? avait demandé l'aïeule qui connaissait la tyrannie des travaux des champs. – L'été, elles sont au pré, j'ai qu'à leur apporter à boire... »

En fait, la liberté des hommes, sur cette planète, se réduit à prétendre que ce sont eux qui choisissent d'accomplir leurs tâches.

Clotilde repose le magazine féminin dont elle s'est bornée à contempler les illustrations : les femmes y ont l'air d'une nouvelle espèce animale plutôt que d'êtres humains « normaux ». Lire le texte d'accompagnement, lui aussi hors de la réalité, lui paraît au-dessus de ses forces ; elle n'y puiserait aucun encouragement pour ce qui l'attend au retour : la confrontation sans merci avec ses semblables.

Puis elle s'endort, bercée par le mouvement doux et souple du train à grande vitesse.

Quand elle rouvre les yeux, quelques quarts d'heure plus tard, elle se sent paisible. Est-ce de sentir la distance s'allonger entre les Boussekine et elle qui la rend presque heureuse ?

De surcroît, elle a faim. Au petit déjeuner, ce matin, elle n'a absorbé que du café, dédaignant l'amoncellement de victuailles préparées pour un régiment, alors qu'ils n'étaient que deux.

Elle remue un peu sur son siège tout en lançant un regard significatif du côté du couloir. L'espace est si réduit qu'il va falloir que son voisin se lève pour qu'elle puisse quitter sa place et se rendre au bar.

L'homme a sûrement perçu son mouvement ; toutefois, il continue à tapoter sur le clavier de son ordinateur. Puis, avec un sourire, il lui glisse le petit écran sous les yeux. Clotilde y lit en grosses lettres : « Madame, voulez-vous venir prendre un café au bar avec moi ? Je vous invite. »

Elle lui sourit en retour et acquiesce. Pourquoi dirait-elle non ? Il y a tant de gentillesse et si peu d'agressivité chez cet inconnu. Sans doute est-ce pour l'avoir perçu qu'elle a si bien dormi à ses côtés.

– Mais Jaja, coucher avec Henri ! Impossible !

– Dans ce domaine, impossible ne signifie rien pour une femme. D'ailleurs, je l'ai bien fait, moi, quand il a fallu !

– Je suis sûre qu'ils étaient moins moches.

– Tu y étais, dans leur lit ? Tu ne les as mêmes pas connus...

Débarquant de la gare de Lyon, Clotilde venait de pénétrer dans son appartement quand le téléphone a sonné : c'était Jacqueline.

– Où étais-tu ? J'ai appelé plusieurs fois, ça ne répondait jamais !

– J'étais en voyage, Jaja, je rentre à la minute !

– Vacances ?

– Pas vraiment...

– Alors, voyage d'amour ?

– Si vous saviez...

Sans qu'elle l'ait prévu, Clotile a éclaté en sanglots au bout du fil.

– Mais que se passe-t-il, ma petite fille ? Je parie que tu as essayé de te raccommoder avec

mon bêta de filleul et que cela n'a pas marché !
Il t'a encore fait de la peine...

– Ce n'est pas Albert ! a protesté Clotilde,
pleurant toujours.

– Alors qui ?

– C'était... Le notaire...

– Valois a voulu te sauter ? Cela ne m'étonne
pas de lui ! C'est comme ça qu'il croit tenir
son personnel. Son père était pareil, mais son
père était un monsieur, je l'ai bien connu...

– Mais non, Jaja ! Ce sont les autres, les
Boussekine, ils m'ont emmenée à Genève...

– Et alors ? Elle ne tient pas un bordel, que
je sache, Diane Boussekine ! J'ai vu sa maison
de l'extérieur, elle est sublime.

– Elle voulait que je l'épouse...

– Qui ça ?

– Son neveu, Henri.

– Fine mouche, pan dans la cible, du premier coup ! Là, tu m'épates...

Le ton est admiratif.

– Mais vous ne comprenez pas, Jaja, c'était
horrible !

– Pourquoi donc ?

– Je ne l'aime pas !

Silence. Puis :

– Viens déjeuner avec moi demain, tu
m'expliqueras. Et prends donc un somnifère,
tu m'as l'air bien émotive, tu as besoin de te
calmer.

Clotilde est contente de pouvoir se faire
réconforter par Jacqueline avant d'affronter
Valois. Mais, à son étonnement, la vieille dame
ne comprend pas qu'elle soit ainsi sous le choc.

– Tu te rends compte de ta chance, ne cesse-t-elle de répéter, tu vas me faire le plaisir de ne pas laisser échapper ça ! Une fortune incommensurable ! Qu'est-ce que ça veut dire, « Je ne l'aime pas » ? Une fois qu'on a mis la main sur cet argent-là, on est libre, plus que libre ! Tu n'as qu'à te faire arranger un contrat de mariage en acier par Valois, puisque tu as la veine de connaître un notaire astucieux... Comme l'a été son père pour moi, en son temps...

– Mais Henri me dégoûte !

– Qu'est-ce que ça veut dire, *dégoûte* ? Sûr que les hommes sont dégoûtants, si l'on va par là... Tu crois que ça me plaisait tous les jours de me mettre au lit avec mes vieux ? Nous n'en avons jamais parlé, toi et moi, mais il y a des moments... On prend une douche après, on s'asperge de *Chanel 5* ou d'*Arpège*, et il n'y paraît plus... Je trouve beaucoup plus dégoûtant d'avoir à se lever à cinq heures au son du réveil pour prendre un métro bourré, de se faire sauter par le contremaître et de n'avoir jamais le temps de prendre un bain, si même on a une baignoire, si on n'en est pas déjà à faire la manche !

Une véritable fureur s'est emparée de Jacqueline, d'ordinaire si mesurée. Son élégance ne serait-elle qu'une façade ?

La vieille dame prend conscience de l'ahurissement de Clotilde. Elle se calme.

– Au fond, tu n'as pas vraiment vécu, tu ne sais pas ce que c'est qu'une vie de femme seule... J'ai eu des débuts difficiles. Cela m'a formée. Toi, tu es une enfant gâtée : tes parents, puis Albert, et maintenant cette chance fabuleuse... Plante toutes tes griffes dedans, accroche-toi et tiens bon !

— Vous ne vous rendez pas compte, Jaja, il n'y a pas que lui, il y a elle ! Elle ne me lâchera pas d'une semelle !

— Mais ce n'est pas elle qui te demande en mariage ?

— Si ! C'est à elle que j'ai plu, c'est elle qui me veut... J'ai bien compris : elle désire que je sois perpétuellement à ses côtés comme une... une demoiselle de compagnie ! Henri laissera faire pour qu'elle lui accorde une copieuse avance sur héritage ! Il veut un tas de choses tout de suite, dont une Testa-Rossa, il me l'a dit, et, pour l'avoir, il est prêt à me prendre en sus... et à m'abandonner à sa tante ! Ce serait la pire belle-mère qui se puisse trouver ! Je ne pourrais pas faire un pas hors de sa vue. Elle *m'adore*, vous comprenez.

Sanglots de Clotilde, éclats de rire de Jacqueline.

— Mais elle a quatre-vingts ans, tu auras vite fait d'avoir sa peau !

— Pensez-vous, c'est elle qui aurait la mienne avant !

— Et Henri, il ne pourrait pas te protéger ?

— Une limace !

Elle songe à sa langue, à son sexe qui ne doit guère valoir mieux, mais elle n'en dit rien. Il s'éclipsera au premier claquement de doigts de Diane, et il n'y aura plus personne pour s'interposer.

– Eh bien, tu partiras avec le fric !

– Je ne l'aurai pas. J'ai deviné leur arrangement : ce sera le chantage au testament ! Henri n'héritera que si je suis gentille... et s'il abandonne ses droits sur sa femme à sa vieille tante !

– Mais qu'est-ce que tu me racontes ? On se croirait chez Balzac, ou pis encore... On te l'a dit, tout ça ?

– Non, mais je l'ai perçu. Je sens, vous savez !

– C'est vrai, fait Jacqueline, rêveuse. Ces gens riches sont abominables. Il n'y en a pas un pour rattraper l'autre...

– Il y a vous !

– Moi, c'est autre chose. D'abord, je suis une toute petite riche, ensuite je suis une pute ! Enfin, je l'ai été...

– Jaja, je vous adore !

Clotilde embrasse la peau si douce de sa main. Ce que Jaja appelle être une « pute », c'est s'être frottée aux hommes jusqu'à devenir polie comme une statue d'ivoire ou un bois précieux. « Ce que devaient être les grandes courtisanes, se dit Clotilde. Préférant les femmes aux hommes, mais acceptant les hommes pour leur extorquer des fortunes. »

Cela se fait-il encore ?

Jacqueline a deviné sa pensée :

– Il y en a qui réussissent à faire leur magot avec un seul homme... Moi, il m'en a fallu trois !

La vieille dame est devenue songeuse et c'est au tour de Clotilde de rire.

– Ma petite Clotilde retrouve le sourire grâce à sa vieille Jaja ! Je sers donc encore à quelque chose...

– Heureusement que je vous ai ! Les autres ne comprennent rien...

Elle pense à Raymond, à Christiane : elle ne peut leur dire la vérité, cela risquerait de les choquer. À moins qu'ils n'imaginent qu'elle est devenue mythomane et qu'elle a tout inventé ! Il n'y a que Jacqueline, avec son expérience de la vie et des hommes, pour saisir de quoi il retourne.

– Maintenant, nous devons réfléchir à ce que tu vas dire à Valois...

– Et à Albert ! Lui aussi est dans le coup !

– Comment vont-ils prendre ta défection ?

– Je ne tiens pas à le savoir. Demain, je donne ma démission de l'étude.

– Et tu feras quoi ?

– Ce que vous disiez tout à l'heure : je me lèverai à cinq heures et je prendrai le métro !

– Tu es sûre que c'est le bon choix ?

– Je le sens là ! répond Clotilde en joignant les deux mains sur son plexus.

À son poignet, la montre Piaget attire le regard de Jacqueline. Clotilde la lui met sous le nez :

– Celle-là, je l'ai gagnée !

– Gagnée ou méritée, tu peux m'expliquer la différence ?

– Si on gagne quelque chose, on garde son honneur ! Si on l'a seulement mérité, ce peut être qu'on n'a reculé devant aucun moyen...

– Alors, tout ce que j'ai là, je l'ai mérité ! »

lance Jacqueline en désignant du menton son précieux cadre XVIIIe. Puis, posant sa main baguée sur son collier de perles d'Orient, elle ajoute : « Joliment, si j'ose dire ! Tu sais, ma petite fille, j'ai appris que dans notre société, une femme passe sa vie à la gagner. Quoi qu'il advienne ! Si elle n'accepte pas la règle du jeu, elle la perd... Je n'aimerais pas te voir anéantie.

    – Je vais me battre, Jaja !

– C'est vrai qu'il est ravissant !

Clotilde passe la main sur l'abattant du petit secrétaire en bois de rose qui orne sa chambre.

Au lendemain de leur mariage, Albert l'avait installé entre les deux fenêtres à rideaux de soie bleu pâle : « Regarde ce que ma grand-mère nous fait porter pour notre mariage. Elle l'a reçu de son mari pour un anniversaire, et elle y tenait beaucoup, la pauvre vieille. Je n'ai pas une passion pour les meubles d'époque, mais celui-ci ne prend pas de place. Il ira parfaitement sur ce panneau. Avec le contre-jour, c'est à peine si on le voit... »

Clotilde ne l'avait guère écouté ni contredit, peu lui importait l'aménagement de leur cadre si Albert, son amour, était content. Avec l'aide du déménageur, il avait calé le meuble contre le mur.

Quelque temps plus tard, cherchant un endroit où ranger l'avalanche de dossiers qui se multiplient chez tout un chacun à la vitesse des virus, Clotilde a ouvert machinalement les tiroirs du secrétaire ; le meuble était vide et pouvait tout avaler : sécurité sociale, Gaz/EDF, mutuelles, assurances, relevés bancaires, toute cette paperasserie qui encombre les tables sur lesquelles on souhaite travailler. Ce qui fait qu'elle a utilisé le joli secrétaire comme meuble à rangement, à l'égal des placards en contre-plaqué de la cuisine.

S'apercevant qu'elle ne pouvait, ce mois-ci, régler la note du téléphone, pas plus d'ailleurs que celle de l'électricité, elle s'en est ouverte à Raymond. En attendant qu'elle ait trouvé un nouvel emploi, que faire ?

— Vends un meuble ! a laissé tomber Raymond.

— Mais je n'en ai pas...

— Si, Clotilde : ceux que t'a laissés Albert. À commencer par le petit bijou en bois de rose qui orne ta chambre...

En rentrant, Clotilde s'est approchée de son range-tout, l'a caressé des yeux, puis de la main. Il avait donc de la valeur ? Elle n'y avait jamais pensé.

Du coup, la voici saisie de regrets : c'est vrai qu'il est joli, et puis, à force de le frôler quotidiennement, elle s'est habituée à lui ! Faut-il qu'elle s'en sépare alors qu'elle est sur le point de l'aimer ?

La raison, ou plutôt la nécessité reprend le dessus : elle n'a plus rien à attendre d'Albert. Il ne s'est pas gêné pour le lui dire : « Tu passes à côté de ta chance, tant pis pour toi... Au fond, tu n'es qu'une enfant gâtée ! Tu vas découvrir ce que c'est que la vie réelle. Valois est furieux ! Mme Boussekine menace de lui retirer sa clientèle... Je te conseille de ne pas reparaître à l'étude ! »

Clotilde n'y tient nullement. Seule question : va-t-on lui régler le mois qui lui est dû ? Elle ose poser la question. Albert la dévisage avec mépris :

– Ma pauvre amie, si tu en es déjà là, je te plains...

Clotilde oublie sa dignité :

– Je ne demande pas à toucher le bonus que Valois m'a promis pour ce voyage en Suisse, même si j'ai accompli ma tâche en dressant la liste des biens Boussekine. Je voudrais seulement recevoir mon mois !

– M⁰ Valois est un homme honnête...

Il est sur le point d'ajouter : « *lui* », mais Albert se reprend : cette réflexion n'aurait aucun sens. Si Clotilde s'est conduite comme une idiote, elle n'est pas et n'a jamais été malhonnête !

Toutefois, une femme qui tombe, on le sait depuis Musset, devient bonne à insulter, quelles que soient les raisons de sa chute, et les gros mots viennent d'eux-mêmes à la bouche. D'abord les sexuels : « grue », « putain », « salope »... Albert les emploierait bien, mais, en l'occurrence, ils ne sont pas opportuns.

Pas encore... Quelque part en lui-même, cet homme pas méchant, mais féru de son code – ce que d'autres nomment tradition –, se dit qu'il aura l'occasion de se rattraper. Une femme qui quitte son conjoint, fût-ce volontairement, est l'équivalent d'une femme répudiée : le pire l'attend.

Tous trois se tiennent sur le bout de trottoir qui borde le stand, le secrétaire entre eux ; le marchand, qui a tourné le dos au meuble, indique son chiffre à Raymond :

— Je peux aller jusqu'à quatre mille huit.

— Et tu comptes le revendre combien ? Trente mille ?

— Tu te moques, il n'est pas signé...

— ... mais d'époque !

— Il n'y a pas d'amateurs en ce moment pour le style précieux ; tous se ruent sur le rustique.

— Tout objet trouve un jour son acquéreur ! C'est toi qui me l'as dit : l'antiquité est un métier de patience, il se fait avec le temps et aussi avec du temps...

— Je suis brocanteur, pas antiquaire, et ma clientèle...

— Ta clientèle te connaît et vient jusqu'ici pour toi ! Qui c'était, là, derrière les grosses lunettes ? Anouk Aimée ? Catherine Deneuve ?

— Écoute, pour te faire plaisir, je peux monter jusqu'à cinq mille.

— Six !

– Enfin, Raymond, moi aussi j'ai des frais...

– Pas autant que Madame ici présente. Et dis-toi une chose : dans trois mois, elle te le rachète, si tu ne l'as pas vendu ! Avec bénéfice pour toi...

– Madame est sur une affaire ?

– Madame est une affaire en elle-même ! Il suffit d'attendre que les prix montent, comme chez toi !

Clotilde écoute, médusée. Ce patois du marchandage, qu'elle ne connaissait pas, l'amuse. Il y a de la vie dans ce marché en plein air de la porte de Clignancourt, ce n'est pas comme dans les salles des coffres où les objets, entassés dans le noir, se morfondent. Ici, présentés en pleine lumière sur le trottoir, les meubles font appel à l'imaginaire : il faut les resituer dans un cadre, de la même époque ou totalement différent.

Quant au brocanteur, il lui plaît bien. Le regard noir et vif, les cheveux longs, il a de l'allure dans sa canadienne râpée. Ses chaussures, des bottines de cuir souple, sont élégantes. Chandail vert vif sur chemise à carreaux bleus : une harmonie qu'elle aime bien.

Bruno Freyres fait semblant de palper encore le meuble. En fait, il l'a évalué dès le premier coup d'œil, alors qu'il n'était pas descendu de la plate-forme à roulettes que Raymond s'est procurée pour l'occasion. Tandis qu'ils naviguaient entre les allées, personne n'a eu l'air de les remarquer, ni eux ni leur chargement.

« Si ça se trouve, souffle Raymond à Clotilde,

nous n'aurons pas le dos tourné qu'on viendra le racheter, ton secrétaire. Les gens d'ici connaissent leurs clients et savent aussitôt à qui ils vont pouvoir revendre quoi. Ne t'inquiète pas ! »

— C'est que les affaires sont mauvaises, persiste Bruno, agenouillé pour regarder sous le meuble.

— Agriculteur, va !

— Quoi ?

Bruno se relève, étonné.

— J'ai des potes en Poitou, ils disent toujours ça : l'année a été mauvaise ! Pourtant, j'ai entendu hier qu'ils ont fait 11 % de plus. Mais un paysan préférera se faire écorcher vif plutôt que de reconnaître publiquement que ça va... Pour vous non plus, les broques, ça ne va jamais ! Pourtant, vous ne céderiez pas votre place...

— C'est la marge qui fond, on doit vivre de peu.

— Pauvre homme ! Je t'invite à déjeuner ; comme ça, tu ne mourras pas de faim aujourd'hui.

Bruno a sorti de sa poche une liasse de billets de cinq cents ; il en remet onze à Raymond qui les tend à Clotilde, laquelle les range dans son sac.

— Ces gens sont comme les analystes, s'esclaffe Raymond, ils ont toujours de la monnaie sur eux. Et pas de la grenaille, des obus !...

— J'ai vendu ce matin des chenêts Louis XIV, une merveille, c'est ce qui explique ma caisse...

Je les regrette, remarque, mon prix était trop bas, je me suis laissé attendrir.

– Toi, attendri ? Allez, viens, on va se refaire au troquet du coin. Ils y servent un filet de bœuf sûrement plus tendre que toi...

Raymond part de l'avant tandis que Bruno marche aux côtés de Clotilde.

– Vous voyez, l'antiquité, c'est un jeu ! Tantôt on gagne, tantôt on perd... Si un objet nous plaît trop, ça nous arrive d'en tomber amoureux : on l'achète plus cher qu'on ne peut le revendre...

– Au fond, vous êtes des artistes !

– Des marchands d'art, c'est tout. On frôle le monde des artistes, mais on n'en fait pas partie... J'aurais pourtant voulu être peintre !

– Pourquoi tu ne l'es pas ? demande Raymond en se dirigeant vers une table bien située au fond du bistrot.

– Manque de couilles ! Quand tu crées, bon ou mauvais, tu largues les amarres. J'ai préféré garder une main sur la rampe...

« Et moi, se demande Clotilde, ai-je encore une main sur la rampe ? »

— Puisqu'il te plaît, ce broque, lui dit Christiane en achevant d'essuyer la vaisselle, son éternelle cigarette à la bouche, qu'est-ce que tu attends pour te le payer ? Tu es libre, non ?

— C'est moi qui lui plais... Ce n'est pas la même chose !

— C'est bon de se sentir désirée, non ? Moi, quand ça m'arrive, je ne résiste pas.

— Et cela dure ?

— Qui te parle de durée ?

— Tu es plus courageuse que moi. J'imagine déjà la rupture, la séparation, et j'en ai mal au ventre !

— Tu ferais mieux de te raconter ce qu'il va lui faire, à ton ventre, ça te réchauffera ! Je croyais que tu en avais marre d'être seule dans ton lit...

— C'est vrai, mais mon divorce vient juste d'être prononcé, et...

— Et ton Albert s'est déjà mis en ménage avec une autre ! Les hommes n'ont pas de ces scrupules.

— Christiane, ce ne sont pas des scrupules.

Je me fous bien de l'opinion publique : on peut dire et penser de moi ce qu'on voudra, ça m'est égal... C'est affaire de...

— Tu es amoureuse de ce type dont tu m'as parlé ? Celui que tu as rencontré dans le train ?

— Pas revu. Non, c'est affaire de sensibilité...

— Tu la mets où, ta sensibilité ?

Il n'y a pas vraiment moyen de parler avec Christiane. Pour elle, il suffit d'avoir un homme, n'importe lequel, dans n'importe quelle circonstance ou situation. Le drame, à ses yeux, c'est d'être en manque sur ce plan-là. D'ailleurs, la pire injure qu'elle puisse proférer à l'égard d'une femme qui lui déplaît est de la traiter de « mal baisée ». Ce serait là le péché originel qui engendrerait toutes les autres tares, comme l'oisiveté tous les vices... « Point de corps vacant ! » telle est sa devise.

« Craint-elle à ce point de souffrir ? » se demande Clotilde.

Exigeante envers ses amies femmes, Christiane se montre plus que tolérante avec les hommes. Tous, à ses yeux, sont « mignons », ou alors des « coups frappants », qualité qu'elle prête facilement à ses amants de passage.

Ne reviennent-ils pas ? « Un de perdu, dix de retrouvés... »

— Tu es pire qu'un homme, lui dit parfois Clotilde, d'un cynisme qui me sidère ! Tu n'as donc jamais aimé ?

— Peut-être que si, répond Christiane, rêveuse. Mais c'est bien fini, ces conneries ! J'ai ma vie à gagner, un fils à élever, ma vieillesse à assurer... Je ne vais quand même pas compter sur eux ! C'est le seul conseil que j'aie à te donner : n'attends rien des hommes, que du plaisir... Tu as déjà pris ta leçon, non ?

C'est curieux comme Jaja et Christiane, à une génération de distance, tiennent à peu près le même langage : une femme ne peut compter que sur elle-même. Pourquoi elle, Clotilde, n'y arrive-t-elle pas tout à fait ? Elle espère encore.

Quoi ? L'amour.

Pourtant, quand on lui déclare des sentiments un peu vifs, la voilà qui recule à toute allure.

Comme avec Bruno Freyres...

Peu de temps après leur rencontre au marché de la porte de Clignancourt, le brocanteur lui a téléphoné sous un prétexte facile : si elle avait autre chose à lui vendre, il serait heureux de s'en occuper et de lui faire faire une affaire. Le secrétaire s'était d'ailleurs si bien vendu qu'il comptait même, si elle voulait bien le recevoir, lui remettre un complément sur ce qu'il avait pu – ou su – en tirer.

N'ayant trouvé que des emplois intérimaires – vendeuse, secrétaire, téléphoniste de remplacement –, sa situation financière n'est guère brillante et Clotilde, appâtée par ce reliquat à toucher, l'a laissé venir.

Loin de lui sauter dessus, comme elle le prévoyait, Bruno a choisi la méthode lente : l'emmenant déjeuner, puis au cinéma, la renseignant sur son métier, puisqu'elle semblait s'y intéresser.

Chez elle, il a longuement caressé les quelques meubles qui lui restent. « C'est qu'il a de belles mains, a-t-elle pensé. Il fait en sorte que je m'en aperçoive. »

C'est vrai qu'un frisson l'a saisie à imaginer ces mains-là sur son corps. Depuis combien de temps n'a-t-elle pas fait l'amour ?

Puis elle s'est ressaisie. Ou plutôt, elle hésite encore. Après, que deviendrait-elle avec cet homme qui n'était pas de son milieu ? Mais quel milieu ? N'a-t-elle pas commencé à dériver, maintenant qu'elle a divorcé d'avec Albert ? Les gens qu'ils fréquentaient ensemble se sont bien gardés de lui faire signe.

Après tout, elle n'est que la fille d'un commerçant de province. Qu'espère-t-elle ? Ce n'est pas parce que le neveu Boussekine l'a demandée en mariage qu'elle a subitement monté en grade !

Les femmes seules deviennent comme les hommes : elles n'existent que par leurs mérites propres. Que sait-elle faire ?

« Rien, s'est-elle répondu avec humilité. En dehors de taper à la machine, je ne sais rien faire. Tout ce que je peux attendre, c'est d'un homme. Par moi-même, je n'irai pas très loin, ni très haut... »

Puis elle a songé à sa propre mère, fille d'agriculteur, laquelle s'était trouvée comme anoblie d'épouser un commerçant, et s'y était « accrochée ».

L'idée que sa mère a peut-être dû lutter pour conserver son père ne l'avait jamais effleurée jusque-là. Partout, il se trouve des femmes plus jeunes pour venir menacer la place de l'épouse légitime. Qui sait si sa mère n'a pas eu à contrecarrer les entreprises d'une vendeuse ou d'une autre ? Une ravissante Éliane n'a-t-elle pas disparu du magasin, un beau jour, sans réelle explication ? Il lui avait semblé, au cours des semaines suivantes, que sa mère avait parfois les yeux rouges, son père l'air renfermé, mais, à l'époque, elle n'avait pas fait le rapprochement.

C'est maintenant que des doutes lui viennent.

Si c'était le cas, pourquoi sa mère ne l'a-t-elle pas mise au courant, lui enseignant par là même qu'une femme doit toujours se battre pour conserver sa place. Son rang. Sa dignité. Que rien n'est définitivement acquis, hormis l'argent – si on a su s'en assurer.

C'est de cela qu'elle voudrait débattre avec Christiane. Mais rien à faire : dès qu'on parle hommes et place des femmes vis-à-vis des hommes, son amie devient grossière. Ricanante. Injuste. Sans objectivité.

Et, du coup, sans utilité.

Non, le monde ne peut être tout entier comme ça. Sans beauté, sans tendresse.

« Et si un jour les hommes ne veulent plus de toi ? » a envie de lui lancer Clotilde en entendant Christiane ressasser que du moment qu'elle tire son coup deux à trois fois par semaine, elle fait son affaire du reste.

D'abord, cela blesserait son amie, si généreuse à son endroit. Et puis, elle sait ce qu'elle lui répondrait : « Les hommes aiment les femmes faciles, ça les repose des mijaurées ; j'aurai toujours des *clients*... »

C'est aussi ce que disent les prostituées vieil-
lissantes.

Clotilde se sent valoir mieux que ça. Pourquoi ? Elle ne saurait le dire. Une intime
conviction.

Et puis elle cède à Bruno.

Sans en être amoureuse, mais poussée par un vrai désir. Celui que cet homme a fini par susciter en elle en lui manifestant le sien avec insistance, mais sans la chiennerie d'Henri Boussekine.

Il est rare qu'une femme résiste indéfiniment au désir d'un homme. Constater qu'elle est désirée, donc désirable, lui « fait du bien ». L'embellit. C'est du moins ce que son entourage ne cesse d'assurer à Clotilde :

– Comment se fait-il, dans la panade où tu te trouves, que tu aies si bonne mine ? C'est de récupérer ta liberté qui te rajeunit ?

– Possible.

En réalité, c'est de s'apprêter à la perdre, cette liberté, qui l'excite ! Non qu'elle compte se lier sérieusement à Bruno Freyres – trop de dissemblances entre eux deux –, mais elle a envie d'appartenir à nouveau à un homme.

Un besoin physique qu'elle finit par s'avouer. La prise de conscience faite, elle est bonne pour céder. Elle compte sur son solliciteur pour lui en fournir l'occasion. D'ici là, elle joue à la jeune fille, minaude, prétend avoir peur des araignées, des averses, des boissons fortes – en fait, se paie une bonne « régression ».

Ce retour à l'irresponsabilité la relaxe. Comme lorsqu'on s'abandonne longtemps dans un bain d'eau tiède en agitant les orteils.

Bien sûr, faire attendre cet homme, même si elle y prend plaisir, ne peut durer éternellement. Elle finirait par avoir l'air d'une idiote, et lui se lasserait ou bien la bousculerait vite fait dans son arrière-boutique sur un canapé défoncé.

Ce qui ne serait pas pour lui déplaire... Car la seconde raison pour laquelle Clotilde a fini par éprouver du désir pour le brocanteur, c'est son métier. Ce fumet de passé qu'il exhale, même lorsqu'il n'est pas sur son fonds de commerce. Ayant deviné que c'est aussi par ses histoires qu'il la séduit, Bruno lui relate une expédition dans le grenier d'un château, convoqué par des héritiers en bisbille qui cherchaient à vendre, ou bien ses découvertes dans tel salon d'antiquaires à Chatou, Bordeaux ou Limoges.

Il a vu, lui raconte-t-il, une commode à trois tiroirs, en merisier, dont il se demandait si elle n'était pas signée. Pour l'obtenir, il s'est laissé encombrer de quelques sièges Louis XV fabriqués au début du siècle, des reproductions d'ancien qu'il n'apprécie pas, mais qui plaisent. Ces meubles peints ou vernis à neuf font leur petit effet dans les salons à prétentions bourgeoises, sans avoir la fragilité ni le charme des véritables antiquités, et certains clients les préfèrent. Leurs propos le font parfois rire sous cape et il en rapporte à Clotilde :

– Tu sais ce qu'il m'a dit, le charcutier en gros ? « Je veux des meubles moyenâgeux d'aujourd'hui... » Quand même, les gens sont ignares !

– Cela fait bien ton affaire, non ?

Il sourit en coin. L'expérience acquise avec le temps lui a donné un pouvoir sur ceux qui n'ont que celui de l'argent. Du coup, sur certaines femmes, comme Clotilde, sensibles chez un homme à son savoir-faire. Peut-être même à son astuce.

Clotilde apprécie quand Bruno lui révèle certains secrets du métier qui ne relèvent pas de l'escroquerie, mais de l'« habillage » : maquiller, « farder » du mobilier qui, autrement, ferait trop piètre mine. Cela ne consiste pas à astiquer ou faire briller, mais au contraire à patiner, noircir un peu lorsqu'il s'agit d'argenterie, empoussiérer quand on tient à convaincre que le lot provient bien d'un grenier et que le prix sera donc en conséquence.

Au bout du compte, c'est chez elle, dans son lit, non sur une causeuse du XVIIIe, que Clotilde finit par céder à Bruno. Après s'être voluptueusement laissée embrasser dans la cuisine, puis sur le canapé, elle se dit que résister plus longtemps ne serait pas convenable.

Indigne de sa situation de « femme libre ».

Elle entraîne alors Bruno dans sa chambre.

– Ah, vous voilà ! Il a fallu que j'en fasse, du trajet, pour vous dénicher !

Assise au bord du stand, dans un fauteuil Voltaire, à parcourir les offres d'emplois du *Figaro*, Clotilde sursaute. Elle n'a pas vu venir la personne emmitouflée dans un vison perle, toque assortie, gros sac de crocodile noir sous le bras. Dans ce cadre du marché aux Puces, Clotilde met un instant à la reconnaître : c'est Diane Boussekine !

Que fait-elle là ?

Clotilde se lève pour la saluer. Une fois identifiée, Diane perd son air anxieux. La riche dame devait se sentir perdue dans ces allées bordées d'éventaires mal tenus, voire crasseux. Rassurée, elle reprend son arrogance. Après un coup d'œil sur le stand dont Clotilde, cet après-midi-là, a accepté la garde, elle interroge :

– C'est combien, la paire de petits fauteuils, là-bas ?

(« Les étiquettes y sont toutes, lui a dit Bruno avant de partir pour la journée sur une

affaire. Tu n'as qu'à soulever les sièges, les bibelots, ouvrir le tiroir des commodes ou la porte des armoires, tu les trouves. Tu énonces le chiffre. Si tu vois que la personne est vraiment intéressée, tu baisses un peu. Beaucoup, même. Il faut vendre.

– Mais comment est-ce que je vois si le client est sérieux ?

Bruno a touché son nez :

– Au flair... Là est l'essentiel du métier... Qui désire ou qui ne désire pas... Qui cherche à te tromper en s'enquérant du prix d'objets qu'il ne prendra pas, avant de se tourner, l'air détaché, vers ce qu'il convoite, pour quoi il est prêt à vendre sa chemise...

– Tu ne montes pas le prix, alors ?

– Les étiquettes sont en place, ça ne se fait pas de les changer au dernier moment. Quoique, sur les objets de très grande valeur, il arrive qu'on prétende avoir oublié de les y mettre... On fixe alors le prix en fonction de la situation... »)

Les deux petits fauteuils Régence sont bien étiquetés.

– Trente mille la paire, dit Clotilde.

– Je les prends, fait Diane. Et ça, là, le grand vase de Chine ?

– Dix mille.

– Je prends aussi. Vous me les porterez. Didier va vous donner mon adresse.

Clotilde n'avait pas aperçu le chauffeur qui n'était pas en livrée, mais en blouson de cuir et jeans. Sa tenue pour chiner ?

– Ah, vous y joindrez aussi les chandeliers

– pas ceux-là, les autres, là-bas, les gros –, et cette sorte de boîte.

– C'est de l'albâtre, madame.

Diane ne demande même plus les prix, elle rafle. Est-ce sérieux ? Clotilde n'ose y croire, elle enverra Bruno.

– Surtout, venez bien vous-même, précise alors Diane. Nous avons à parler, toutes les deux. Le mal que j'ai eu à vous retrouver... C'est votre nouveau hobby, les antiquailleries ?

– En fait, je remplace un ami, et...

Diane se moque éperdument de ce que Clotilde peut avoir à lui dire sur sa situation ! Elle la traite comme elle vient de faire avec la marchandise : elle veut la « rafler ».

« Seulement, moi, je ne suis pas une paire de fauteuils Régence, je ne suis pas à vendre, se dit Clotilde. Il va falloir que Diane se le mette dans la tête ! »

Didier a ostensiblement déposé une carte portant une adresse parisienne sur une table de nuit aux pieds galbés. Puis il se remet dans le sillage du vison perle.

Les marchands de l'allée n'ont pas même levé les yeux. La visite a été si courte qu'ils doivent penser que la petite remplaçante n'a pas fait affaire. Pas facile de pêcher un gros poisson comme cette dame à fourrure : il y faut du doigté et du métier, ce qui ne s'improvise pas.

– Cela fait une jolie somme... Je t'ai vu te déplacer pour moins !

– Dans ce genre de cas, c'est tout à fait inutile, ça oblige à charger et décharger pour rien. Elle ne t'a même pas laissé un chèque d'acompte, ta cliente...

– Je ne le lui ai pas demandé, je n'y ai même pas songé !

– Elle n'y a pas pensé non plus.

– Écoute, Bruno, je la connais. Pour elle, cinquante mille francs, c'est une goutte d'eau... Les objets ont vraiment l'air de lui plaire, elle s'est décidée tout de suite...

– D'après ce que tu m'as raconté, c'est toi qu'elle veut !

– Justement, profitons-en... Cela me ferait plaisir !

– Je croyais que tu ne pouvais plus la voir !

– Je serais si contente de t'avoir fait faire une vente, depuis le temps que tu m'entretiens !

– Et si ça me fait plaisir, à moi, de te donner un coup de main ?

Ils se disputent depuis des heures, d'abord sur le stand, puis cela a continué dans la voiture, enfin chez Clotilde où Bruno l'a raccompagnée. Revenu de Chartres bredouille, à ce qu'il lui a dit : un autre antiquaire était passé avant lui. Ce qui l'a d'autant plus énervé qu'il était prêt à payer pour le lot plus que son confrère. Il ne s'est pas gêné pour le dire au client qui, un comble, ne l'a pas cru : « Vous prétendez ça maintenant que c'est fait ! » Bruno a fini par sortir une liasse de billets de sa poche : « Et ça, je l'ai apporté dans quelle intention ? »

Aussi, lorsque Clotilde, excitée par la visite de Diane Boussekine, s'est précipitée sur lui pour lui apprendre qu'elle venait de faire une vente remarquable, ne s'est-il pas montré disposé à prendre les choses du bon côté. Il ne les a même pas prises du tout, lui opposant qu'elle s'est monté la tête, en amateur qu'elle est. La preuve : les meubles et les bibelots sont toujours là, et elle n'a reçu aucun acompte.

— Eh bien, je vais lui téléphoner pour confirmation, finit par lâcher Clotilde, à bout d'arguments.

Elle n'a qu'une adresse. Après avoir appelé la Suisse et s'être fait connaître, elle obtient le numéro de téléphone parisien de Mme Boussekine. Ce n'est pas elle, mais la femme de chambre, qu'elle connaît, qui lui répond : Madame est sortie.

— Mme Boussekine m'a demandé de lui apporter des meubles demain, et je me demandais...

– Oui, je suis au courant. Madame vous attend demain à seize heures.

Triomphante, Clotilde se tourne vers Bruno :

– Ah, tu vois ! Elle m'attend !

– Toi, oui. Mais pas forcément les meubles.

– Je t'aurais cru plus entreprenant...

– Tu vas me donner des leçons, maintenant ?

Bruno s'en veut : il aurait dû partir pour Chartres dès la veille, mais il a préféré dîner avec Clotilde, qui venait d'être vidée de son emploi intérimaire et se sentait cafardeuse. On paie toujours ce genre de faiblesse. À présent, la jeune femme cherche à l'entraîner dans un coup fourré. Il n'ira pas.

D'ailleurs, il est fatigué, il rentre se coucher. Il le dit à Clotilde, qui n'insiste pas pour le retenir. Décidément, ils appartiennent à deux mondes différents. Diane Boussekine est peut-être un monstre, mais Clotilde se sent proche d'elle, ce soir ; elle lui rappelle un peu Jaja dans sa solitude de femme riche. Clotilde la comprend, essaie en tout cas, convaincue qu'elle ne tentera pas d'abuser d'elle. Elle va pour dire à Bruno : « Tu sais, j'ai habité chez elle et j'ai travaillé chez son notaire ; je peux te garantir qu'en ce qui la concerne... » Mais Bruno a claqué la porte.

– Que Madame se donne la peine d'entrer.

À peine Clotilde a-t-elle sonné à la porte du somptueux appartement de la rue Octave-Feuillet – « À Paris, je me contente d'un pied-à-terre », lui avait dit Diane Boussekine – que la femme de chambre, tablier blanc, coiffe amidonnée, vient lui ouvrir.

Un tel décorum fait d'habitude sourire Clotilde – à notre époque, cette comédie rime à quoi ? –, mais, aujourd'hui, la quiétude du lieu et le protocole l'apaisent. Elle s'est tellement disputée avec Bruno – qu'elle a fini par traiter de « jaloux » : jaloux de sa fréquentation des gens riches ! – qu'un peu de silence, fût-il de commande, lui fait du bien.

Après tout, les bonnes manières ne font-elles pas partie du charme de la bourgeoisie ?

À peine l'a-t-elle pensé qu'elle est introduite dans le salon et voit venir à elle... Henri !

– Ma tante vous prie de l'excuser, un empêchement subit, elle m'a demandé de vous recevoir à sa place ! bredouille Henri, costume gris, cravate rayée, cheveux lissés, en lui prenant la main.

Qu'il ne lâche pas !

C'est donc cela que dissimulent les bonnes manières ? L'hypocrisie, parfois les coups bas, et jusqu'à ces meurtres en sourdine dont personne n'entend parler. Les victimes se taisent, s'étiolent, minées, asphyxiées – des femmes, le plus souvent.

« Bruno a raison, pense Clotilde, ils cherchent à m'avoir ! »

– Tant pis, déclare-t-elle en retirant sa main. Je reviendrai une autre fois.

– Mais il n'en est pas question, restez ! En fait, tante Diane arrive, elle est seulement en retard, elle vient d'appeler : son couturier, son coiffeur, je ne sais plus... On a préparé le thé, nous allons le prendre ensemble en l'attendant...

Sur un petit coup frappé à la porte, la femme de chambre apporte un vaste plateau de métal argenté sur lequel une théière et trois tasses en fine porcelaine de Chine confirment qu'on désire qu'elle reste.

Mais pour quoi faire ?

– C'est du thé de Ceylan. Si vous préférez le Chine, Hortense vous en fait...

– C'est très bien ainsi, répond Clotilde qui ne voit plus comment se retirer sans déchirer ce filet d'élégance subtile dans lequel, une fois de plus, elle s'est laissée prendre.

Elle va juste boire une tasse du liquide odorant dont elle ressent maintenant le besoin, puis elle s'en ira.

– Que devenez-vous, Clotilde ? s'enquiert Henri en lui tendant la tasse qu'Hortense a remplie avec délicatesse. Lait, citron, sucre ? ajoute-t-il sans attendre sa réponse.

– Naturel, dit Clotilde en saisissant la tasse d'une main, un biscuit sec de l'autre, à partir de quoi, encombrée, elle ne peut que demeurer clouée dans son fauteuil.

Le thé servi, la soubrette se retire et Henri approche son fauteuil tout près du sien. Clotilde s'aperçoit que, pour son compte, l'homme s'est fait servir un whisky. Elle avait déjà remarqué, à Coligny, son goût pour les boissons fortes, fût-ce tôt dans la journée.

– Je travaille...

– Chez un brocanteur, ma tante m'a raconté !

– C'est provisoire, j'ai d'autres projets...

. – On peut savoir lesquels ?

Il a haussé les sourcils et la fixe par-dessus son verre en absorbant une gorgée de whisky.

Il se moque d'elle !

Clotilde le ressent au spasme de contrariété qui lui noue l'estomac. Henri doit savoir qu'en fait de projets, Clotilde « galère »...

Albert a dû s'informer, sous prétexte de s'intéresser à elle, auprès de Christiane et de Raymond, puis il a fait son rapport à Me Valois, avec ou sans malignité. Le canal entre le notaire et les Boussekine est direct.

Ainsi elle est épiée, surveillée, et ils s'en amusent...

Les Boussekine doivent aussi savoir que Clotilde entretient une liaison avec le brocanteur.

Se disent-ils qu'elle est « tombée bien bas » ?
Les connaissant, c'est quasi certain.

« Bruno vaut cent fois mieux qu'eux », pense
Clotilde. Mais comment les en convaincre ?

– Votre tante m'a acheté des meubles, vous
en a-t-elle parlé ?

– Heu, je crois...

– Quand puis-je les faire livrer ?

– Il faudrait voir ça avec elle.

– Je suis navrée, Henri, mais je ne peux pas
attendre.

Clotilde vide sa tasse brûlante d'un trait, se
lève pour la déposer sur le plateau d'argent.
Elle doit avoir acquis des réflexes d'amateur
de meubles, car elle ne s'est pas résignée à la
poser sur la table marquetée, plus proche
d'elle, où elle aurait risqué de faire une
auréole...

Elle se dirige vers la porte. Comme un chat,
Henri saute sur ses pieds et lui barre le chemin.

– Vous n'allez pas partir comme ça !

– Je suis pressée, Henri.

– On n'a eu le temps de rien se dire...

– Sur quoi ?

– La proposition est toujours valable...

– Pour les meubles ?

Elle cherche exprès à l'embrouiller, et y parvient.

– Ne soyez pas sotte ! Les meubles, c'est
pour ma tante ; moi, je veux vous épouser !

Ça recommence !

– Henri, il n'en est pas question.

– Pourquoi ?

– Je ne vous aime pas.

– Qu'est-ce que ça peut faire, puisque moi, je vous aime !

Il tente à nouveau de s'emparer d'elle, comme dans la voiture, pour l'embrasser.

Cette fois, Clotilde est prévenue, elle esquive et parvient à maintenir l'homme à distance :

– Cela ne suffit pas ! Dans un mariage, l'amour doit être réciproque...

– Vous aurez tout ce que vous voulez !

– Mais j'ai tout ce que je veux !

C'est sorti d'elle, et elle s'en étonne : qu'est-ce qu'elle appelle avoir « tout ce qu'elle veut » ?

– Vous êtes amoureuse de ce va-nu-pieds, c'est ça ?

Il s'est écarté, ce qui permet à Clotilde de réfléchir un peu mieux.

– Il n'y a pas que les hommes dans la vie d'une femme !

– Alors, qu'est-ce que vous avez de si enviable ? Même pas d'argent pour payer votre loyer ! Vous allez devoir déménager, je le sais...

– Bravo d'avoir si bien mené votre enquête ! J'ai ce que j'ai, et cela me suffit. Mais vous ne comprendriez pas...

– C'est quoi, dites-le !

– Ma liberté.

Il la dévisage, l'air mauvais. Décidément, les hommes supportent mal ce mot dans la bouche des femmes. Albert aussi l'a regardée de la sorte, au moment du divorce, quand elle a parlé de reprendre sa liberté.

– Si ça vous amuse de coucher avec tout le monde, alors pourquoi pas avec moi ? On n'a pas besoin de se marier, si c'est ce qui vous agace... Je croyais vous honorer, mais je vois que l'honneur et vous...

– Au revoir, Henri.

Elle l'a dit très doucement, s'est vite glissée par l'entrebâillement de la porte, puis précipitée dans l'entrée, et, sans attendre l'ascenseur, a dégringolé le large escalier vers la porte cochère.

Elle se retrouve sur le trottoir. À l'air libre !

Ses relations avec Bruno se dégradent. Clotilde le comprend d'autant moins qu'en narrant au brocanteur sa visite rue Octave-Feuillet, elle n'a cessé de lui répéter combien il avait eu raison.

Les Boussekine ne sont pas des gens fiables. Par le biais des meubles, ils ont monté un coup destiné à l'attirer jusque chez eux, escomptant que les difficultés de sa situation la feraient fléchir face à Henri.

Bruno l'a écoutée d'un air neutre.

– Pourquoi n'as-tu pas dit oui ? a-t-il fini par lâcher.

Clotilde est restée figée. Comment pouvait-il lui poser une question pareille après qu'elle lui eut redit combien ces gens l'écœuraient et qu'elle préférait mille fois sa liberté ?

Bruno parti – la scène s'est passée chez elle –, Clotilde se demande si lui aussi, en tant qu'homme, n'a pas été blessé de l'entendre revendiquer ainsi sa liberté.

Choqué, même, par la désinvolture et la superbe avec laquelle elle la met en avant.

C'est à la force du poignet que Bruno a fini par monter son entreprise de brocante. Un travail à recommencer tous les jours : il suffirait d'une période de crise et de mévente pour qu'il se retrouve en liquidation. Avec quelles perspectives ?

Or elle, Clotilde, se permet d'envoyer balader l'argent et tout ce qui en découle avec une insolence qui implique du mépris pour ceux qui n'en font pas autant.

Comme si elle se sentait plus forte – c'est cela, plus forte que les hommes ! Donc que lui.

Bruno Freyres ne lui a pas proposé de l'épouser, ni même qu'ils vivent ensemble. Il est évident qu'après ce qui vient de se passer avec Henri, il ne saurait s'y risquer.

De quoi a-t-on l'air, face à une femme qui vient de refuser un milliardaire, quand on lui propose de partager un stand au marché aux Puces ?

Sans le chercher, Clotilde a humilié son amant.

Elle s'en veut.

Elle n'aurait pas dû lui relater sa rencontre avec Henri avec cette exactitude maniaque dont elle est capable : « Et il m'a dit... Et je lui ai répondu... »

C'est avec Jaja ou Christiane, des femmes, qu'elle peut vider son sac. Les hommes, eux, sont toujours à ménager dans leur orgueil.

Est-ce rattrapable ?

Oui, s'il y avait entre eux de l'amour véritable. En fait – cet épisode permet à Clotilde de s'en apercevoir –, ils ne partagent que de la camaraderie et un peu de désir.

Dès qu'elle a rencontré Bruno, le brocanteur a rompu avec une femme plus âgée que lui, également antiquaire. Clotilde a fini par le comprendre : Lydie, une blonde décolorée, un peu affaissée, venait à intervalles réguliers leur dire bonjour sur le stand, taquinant Bruno, l'engueulant même à propos d'une affaire qu'il aurait prétendûment manquée, critiquant la disposition de ses meubles, l'accusant de s'être laissé fourguer du faux pour du vrai. En somme, tournant autour d'eux comme une mouche. Bruno a eu la délicatesse de ne rien dire de son ancienne liaison à Clotilde, qui n'a pu que la subodorer.

Elle, au contraire, avec la brutalité que montrent parfois les femmes, lui a tout déballé sur ses relations avec Henri, jusqu'au dégoût physique qu'il lui inspirait. Elle ne s'est pas davantage retenue de lui parler de ses rapports avec Albert pendant leur mariage, au moment du divorce, après. Elle s'est montrée nue, sans mystère, ce qui a fini par lui déplaire.

À peine Clotilde en prend-elle conscience qu'elle rougit de la tête aux pieds ! Une sensation brûlante mais inutile : trop tard.

Trop tard aussi pour la vente des meubles. Il est vain d'espérer que Diane Boussekine veuille maintenant conclure le marché. C'est perdu et, sur ce plan-là non plus, elle n'a pas été très habile avec Bruno, lui serinant : « Tu as eu raison, c'était moi qu'ils voulaient, pas les meubles... Ils ne les prendront pas ! » En somme, ces meubles, pourtant superbes, valaient moins qu'elle ! Là encore, l'homme a dû se sentir blessé.

Sous prétexte que leurs relations sont plus amicales qu'amoureuses, Clotilde s'est conduite sans précautions. Sans se demander un instant ce que cet homme – son amant – pouvait éprouver dans son for intérieur.

Dans la mouise, elle s'est autorisée à prendre un ton triomphant ! Celui d'une femme qui vient de refuser des millions de francs suisses et se juge donc « au-dessus ».

« Restes-y, ma fille ! » a dû conclure Bruno.

Sans nouvelles de lui au bout de plusieurs jours de dure solitude, Clotilde prend le chemin de la porte de Clignancourt. Une surprise – mais elle s'en doutait peut-être ? – l'attend sur le stand : la femme plus âgée est installée tranquillement, tricotant dans le fauteuil Voltaire que Clotilde a si souvent occupé !

En somme, l'ancienne maîtresse a repris sa place.

Clotilde le perçoit à la façon dont elle se fait dévisager : sans la moindre aménité. Sans un mot de trop non plus.

– Bonjour.

– Bonjour.

– Bruno n'est pas là ?

– Il est parti pour un moment. Je peux lui faire un message ?

– Pouvez-vous lui dire que je suis passée ?

– Certainement.

Les deux fauteuils Régence, la boîte en

albâtre, les chandeliers semblent également la narguer : « Tire-toi ! On n'a pas besoin de toi... »

Clotilde n'a plus rien à faire ici ; elle tourne les talons. Tant pis pour elle !

Lydie a su jouer son jeu de femme auprès de l'homme dont elle est amoureuse. Pas Clotilde.

Celui-là aussi, elle l'a perdu.

C'est sur la pointe des pieds que Clotilde se lève, car elle doit éviter de réveiller ses parents. Sinon, sa mère envahit la cuisine pour se verser un premier café réchauffé au micro-ondes, et gémir, son peignoir entrouvert sur sa chemise de pilou, qu'elle n'a pas pu fermer l'œil. Toute la nuit, n'a-t-elle pas entendu des ronflements – les voisins ? – qui l'ont maintenue éveillée ? « Toi, je ne te demande pas si tu as bien dormi. À ton âge, tout fonctionne encore parfaitement. Tu verras plus tard... » Sans répondre, si ce n'est par onomatopées, Clotilde se hâte de prendre sa douche, de s'habiller, de sortir. Elle achète le journal, le consulte au café du coin, puis se rend d'annonce en annonce dans l'espoir de trouver un emploi, quel qu'il soit.

Depuis sa rupture avec Bruno Freyres, sa situation financière a achevé de se dégrader. Est-ce sa façon de vivre ? Elle n'a jamais appris à observer un budget serré et considère comme des nécessités certains produits de beauté, de prendre un taxi lorsqu'il pleut, de ne pas s'attarder au prix de la viande ou du poisson. Toutefois, ce ne sont pas ces peccadilles qui ont fait basculer dans le rouge son compte en banque : c'est le loyer.

Albert l'a payé, au début, puis, après son entrée chez Valois où elle recevait un traitement convenable, il lui a déclaré, par avocats interposés, qu'il ne pouvait plus continuer. En fait, il s'était remis en ménage.

Bien sûr, d'après la loi, Clotilde pouvait protester, demander à son conseil d'intervenir auprès du tribunal, mais, après ce qui s'était passé entre eux deux, elle n'avait plus aucune envie d'avoir affaire à Meunier. Renouvellerait-il ses avances ? Elle craignait surtout ses commentaires : l'avocat ne lui avait-il pas reproché de faire trop la fière, au moment du divorce, convaincue que ses propres forces suffiraient à lui assurer le train de vie auquel elle était habituée, en enfant gâtée qu'elle était ?

Le grief revient souvent dans la bouche de ses proches : elle ne connaît pas la réalité, elle a vécu trop protégée, maintenant elle va voir !

Le jour où elle a reçu, en même temps que son relevé bancaire, l'avis d'avoir à payer son loyer trimestriel, et où elle s'est aperçu qu'elle ne pouvait pas faire face, Clotilde a été prise de vertige. Qu'allait-elle devenir ?

Hasard, destin ? Au même moment, Marguerite l'a appelée au téléphone et Clotilde, encore sous le choc, n'a pu se retenir de lui confier son désarroi :

– Maman, pardonne-moi si je ne te parle

pas longtemps, mais je suis embêtée, je ne vais pas pouvoir payer mon loyer !

Un silence au bout du fil, puis :

– J'en parlerai à ton père. On trouvera peut-être un moyen. Je te rappelle.

Le moyen s'est révélé radical : sans doute lassés de leur vie de retraités en province, son père et sa mère se sont proposés pour venir vivre avec elle. L'appartement est assez grand : deux chambres, une salle de bains, plus un cabinet de toilette... Ils paieront intégralement le loyer jusqu'à ce qu'elle ait retrouvé un emploi et puisse verser son écot.

– Mais c'est cher !

– Nous allons louer meublée la maison d'ici, nous avons déjà trouvé un locataire !

Ils l'ont rappelée le jour même. Clotilde a deviné qu'ils avaient dû préparer leur coup, ayant prévu sa ruine et le besoin que leur fille aurait d'eux.

Un calcul que Marguerite a tenté d'attribuer à l'amour parental : « Tu as toujours ton Papa et ta Maman, tu peux compter sur nous, nous arrivons ! »

Huit jours plus tard, ils étaient là avec armes et bagages. « On n'a laissé que les gros meubles, a déclaré Marguerite en défaisant les valises et les malles acheminées par transporteur. Maintenant que tu vis seule, il y a sûrement de la place dans tes armoires. Ne t'en occupe pas, j'ai l'habitude de ranger... »

Quelques jours plus tard, Clotilde s'est rendu compte que tout ce qui lui appartenait était relégué dans sa chambre. Pas la plus grande :

le couple se l'est arrogée, lui abandonnant la plus exiguë. « Puisque tu es seule ! » a dit sa mère.

« Toi qui es seule... » Si Clotilde n'en a pas pris conscience, sa mère est là pour le lui rappeler sur tous les tons. Celui de la plainte, du reproche, voire de la condamnation, comme s'il s'agissait d'une tare.

Ses amis devaient penser de même, car ils se sont réjouis ouvertement quand elle leur a appris que ses parents avaient débarqué chez elle pour quelque temps.

« Ils avaient envie de revoir Paris... », a-t-elle dit sans faire allusion au loyer. Mais Christiane n'a pas été dupe. À l'annonce de la nouvelle, elle est demeurée un instant silencieuse, puis a attaqué :

– Et comment vas-tu faire pour recevoir tes amants ?

– Quels amants ? Depuis Bruno...

– Tu t'es faite nonne ? Je ne savais pas que tu l'aimais tant...

– Mais non, Christiane ! Seulement, ma priorité, pour l'instant, est de trouver un emploi !

– Avoir un homme dans sa vie, ce n'est pas un emploi ?

– Tu te moques de moi ? Je n'ai pas divorcé pour me remarier aussitôt, tu le sais bien. Je voulais...

– ... ta liberté ! Et tu considères que tu l'as, avec Papa et Maman à la maison ?

– Ben, ils sont gentils, ils ne me gênent pas... Papa fait les courses, Maman la cuisine, et ils me fichent la paix. J'ai tout mon temps à moi pour chercher du travail.

– On en reparlera !

De fait, un mois plus tard, Clotilde est à bout. Ses parents ont recommencé à la traiter comme lorsqu'elle était jeune fille et vivait avec eux : surveillant ses sorties, ses rentrées, bientôt ses gestes et habitudes. C'est même pire, maintenant qu'ils ont vieilli et sont devenus encore plus maniaques :

« Tu ne peux pas éviter de rentrer à des heures pareilles ? Le bruit de la porte réveille ton père. Moi, cela ne me gêne pas, je ne dors pas. Seulement, les cabinets sont contre notre chambre, et le fracas de la chasse d'eau après minuit, je ne te dis pas ! Qu'est-ce que tu as fait poser comme trombe ? Les voisins ne se sont jamais plaints ? »

Le mot « voisins » revient souvent. À propos du téléphone qui sonne trop tôt, trop tard ou trop souvent. Et puis, Marguerite s'est mise à surveiller ce qu'elle mange. Pas assez, à l'entendre, surtout en buvant comme elle boit.

– Maman, un verre de vin par repas...

– Oui, mais sur un estomac vide... C'est comme ça qu'on devient alcoolique. C'est ce qui est arrivé à la petite Demicheyl. Tu te souviens des Demicheyl ? Elle a voulu suivre un régime, et...

Ce n'est pas le bavardage qui épuise Clotilde, c'est qu'il soit toujours restrictif. À entendre sa mère, tout ce que sa fille fait ou ne fait pas ne peut qu'entraîner des conséquences néfastes. Sur sa santé, éventuellement sur celle des autres.

– Cette cigarette...

– Une par jour, avec le café ! Je crois que je n'exagère pas !

– L'odeur... Ton père m'a confié que ça l'empêchait de digérer. Tu n'as qu'à fumer sur le balcon...

Clotilde a envie de répliquer : « Tout de même, je suis chez moi ! » Mais elle prend conscience qu'elle n'y est plus : elle s'est laissée exproprier. Par ses parents !

Ce qui l'affecte le plus, c'est qu'ils n'ont pas l'air de songer un instant à sa situation, à sa détresse. Au contraire, le fait que Clotilde soit sans homme et sans emploi leur paraît heureux, puisque ça les arrange : comme ça, elle est « libre ». Pour eux !

« Toi qui ne fais rien, lui dit parfois son père, tu ne peux pas passer à la poste et t'informer ? Je ne comprends pas pourquoi mon courrier n'a pas encore suivi... »

Ou bien ils l'envoient faire une course dérisoire dans les grands magasins sous prétexte que l'article demandé y sera moins cher que dans les boutiques de son quartier, trop chic à leur goût. Ils l'avaient pourtant trouvé superbe, lorsqu'elle s'y était installée avec Albert !

« C'est le coup de fusil, par ici », est une expression qui revient souvent dans leur bouche et qui exaspère Clotilde. Ou plutôt lui fait mal.

Le *coup de fusil*, il lui semble plutôt qu'on

vient de le tirer sur elle, avec de gros plombs de chasse qui l'atteignent les uns après les autres, au ralenti. Comme si elle n'avait pas encore reçu la charge complète, que ce ne serait jamais fini. Jusqu'à ce que...

Jusqu'à ce qu'elle en meure ?

– Tout est ma faute !

– Absolument ! Quelle idée tu as eue de naître, pour commencer ! En plus, chez ces gens-là !

Clotilde ne peut s'empêcher de rire. Elle a dîné avec Raymond qui l'a invitée ensuite à prendre un digestif chez lui. Un excellent cognac qui lui vient de son père, lequel vit en Saintonge et lui envoie de temps à autre une bouteille de ce nectar sans âge et sans étiquette.

Pendant tout le repas, Clotilde a raconté sa vie avec ses parents, ses recherches infructueuses – la réponse la plus courante étant que, pour son âge, trente-six ans, elle manque de références et d'expérience, ce qui est vrai –, sans compter les réactions « bourgeoises » des uns et des autres si elle s'avise de se plaindre.

Elle a fait son numéro, lui semble-t-il, avec drôlerie, humour, détachement. À plusieurs reprises, Raymond a même éclaté de rire. « Comme ça, j'ai payé mon écot », se dit Clotilde. Car elle en est là : quand on l'invite, sachant qu'elle ne pourra pas rendre la pareille, elle cherche à offrir quelque chose en retour par sa bonne humeur, son attention à l'autre.

Que certaines femmes en arrivent à coucher en guise de remerciement lui est devenu tout à fait compréhensible : on donne ce qu'on a. Si les autres en veulent...

En fait, elle est injuste : Raymond a de l'affection pour elle et il est toujours content de la voir, de quelque humeur qu'elle soit.

Mais, peu à peu, sa façade finit par craquer et, une fois chez lui, Clotilde éclate en pleurs.

Est-ce dû à l'alcool auquel elle a à peine touché ? Ou au sentiment d'être dans un nid douillet – Raymond a su rendre confortables et douces ses deux pièces surchargées de livres et d'objets indéfinissables. Le refuge qu'elle souhaiterait avoir, qu'elle n'a plus. Par sa faute...

– Clotilde, dis-toi bien que chaque fois qu'on va dans le sens de son désir, on prend le risque de se casser la figure... Tu ne le savais pas dès le départ ?

– Si, mais je pensais que je m'en tirerais. Et là, je sens que je m'enfonce...

– Normal, c'est le pot au noir, les quarantièmes rugissants !... Tous les navigateurs connaissent ce passage où ils ne savent pas pourquoi ils ont entrepris la traversée, mais c'est trop tard : ils sont trop avancés pour reculer et encore tellement loin du but !

– Mais je ne sais même pas quel est mon but !

– Reviens à ton point de départ : que souhaitais-tu lorsque tu as voulu divorcer ?

Sanglots, voix de petite fille :

– Devenir plus grande !

Le contraste entre le propos et le ton est si flagrant qu'ils se mettent à rire tous deux. Clotilde, le nez dans son Kleenex, Raymond à gorge déployée.

– On ne grandit pas sans casse !

– Je sais, Raymond, mais je pensais faire de la casse autour de moi, pas en moi !

– Ah ! ah ! C'est la surprise... C'est aussi ce qui m'est arrivé !

– À toi ?

– Je te l'ai déjà raconté, Clotilde, mais je crois que tu ne m'écoutais pas, c'était trop loin de toi... Quand j'ai quitté mon emploi de fonctionnaire, j'ai envoyé promener tous mes collègues en les traitant de vieux cons ou de jeunes débris, en tout cas de morts-vivants... Et puis, c'est moi qui suis devenu un mort-vivant. Je n'avais plus assez d'argent pour m'habiller et sortir les filles, et je me suis replié.

– Mais tu as développé ton esprit !

– C'est toi qui le dis... Est-ce qu'on vit bien tout seul avec son esprit ? Mieux vaut un chat... Or, même le chat, je n'avais pas de quoi.

– Mais tu as l'air heureux ?

– Je le suis devenu, à la longue.

– Comment as-tu fait ?

– Je peux allumer une pipe ?

– Bien sûr.

– Le tabac pour pipe est moins cher que la cigarette...

– Et sent meilleur !

– Tant qu'il brûle, oui, comme la plupart des choses. Après, ça pue le refroidi... Pour ne pas me « refroidir », justement, j'ai commencé à m'intéresser à la vie. À la vie toute crue ! Au fait de me réveiller le matin, par exemple, de respirer, d'entendre les bruits de mon cœur et ceux de la ville... Il y a un philosophe, mort il n'y a pas si longtemps, qui vivait dans le Vᵉ arrondissement ; il prétendait qu'il s'était appris à entendre la rumeur de la circulation – qui, au début, l'exaspérait – comme s'il s'agissait du déferlement de la mer...

– Raymond, tu es un sage ! Pas moi. Je ne le serai jamais...

– Tu es trop jolie femme pour ça ! Tu as encore besoin de robes, d'être admirée...

Clotilde s'est nichée sur le lit qui sert de canapé quand Raymond reçoit. Elle perçoit son regard admiratif sur ses jambes, ses seins, tout son corps. Quelque chose se met à brûler en elle, à revivre. Et s'ils faisaient l'amour ?

Non, ce serait une erreur. Si elle avait dû coucher avec Raymond, s'il lui avait inspiré du désir, ce serait fait depuis longtemps. Mais il y a chez cet homme quelque chose de « résigné » qui ne convient pas à Clotilde, elle le sait d'avance. Par prudence ou paresse, Raymond a accepté une position de vaincu dans la société – et, avec lui, elle finirait par exploser. Lui faire du mal.

Clotilde aime trop cet homme pour le meurtrir.
Elle déplie ses jambes, se relève.

– Alors, c'est fini avec Bruno ? s'enquiert Raymond qui, d'habitude, se montre plus discret vis-à-vis de ses amours.

Cherche-t-il à la retenir ? À lui faire dire qu'elle est libre ?

– En fait, rien n'a jamais commencé entre nous.

– Pourtant, à un moment donné, j'ai cru que...

– Qu'on couchait ensemble ? Si c'est ce que tu veux dire : oui. Mais c'était à tort. Cela ne nous a pas rapprochés, et cela a fait de la peine à quelqu'un.

– À Lydie ?

– Tu la connais ?

– C'est moi qui l'ai présentée à Bruno. Elle cherche à faire une fin.

– Mais elle l'aime !

– Si tu veux... À sa façon, maternelle... Je comprends qu'il ait eu envie d'une fille plus jeune et plus belle, pétillante comme toi !

– On peut avoir envie de tas de choses. Est-ce une raison pour céder ?

– Les gens ne sont pas des choses !

– C'est pour ça qu'il ne faut pas les prendre comme s'ils en étaient.

– Dis donc, tu es devenue bien philosophe ! lui glisse-t-il sur le seuil en l'embrassant tout près des lèvres.

Clotilde fait exprès de lui rendre son baiser en plein sur la bouche. Au moins, il aura eu ça, en guise de récompense pour son dîner et son attention.

– Philosophe, moi ? Ça dépend sur quel plan !

C'est à ce moment qu'elle décide de s'enfuir.

« De quoi ai-je besoin ? » se dit Clotilde en préparant mentalement son bagage. Rien qu'un sac à dos acheté pour une excursion en montagne en compagnie d'Albert, accessoire devenu, sous une forme simplifiée, le *must* actuel des citadins. La plupart le portent accroché à une seule épaule, façon de dire : « Si je veux, je puis le poser et me faire sédentaire. Pour l'instant, je suis entre les deux... »

Clotilde aussi se sent « entre les deux », comme si elle jouait à se faire croire qu'elle va prendre la route. C'est peut-être ce qu'éprouvent les adolescents fugueurs : jusqu'au dernier instant, ils n'y croient pas, ils font seulement « comme si ». Soudain, ils se retrouvent à des kilomètres de chez eux, dans un autobus, un train, passagers clandestins sur un bateau qui largue les amarres, et ils ne savent plus comment revenir.

« Avant tout, ma carte bleue », pense Clotilde. La meilleure façon d'avoir de l'argent, c'est de prélever de petites sommes sur le montant mensuel de sa pension. Sa carte est l'objet le plus précieux qu'elle emporte, avec ses papiers d'identité. Elle va coudre le tout dans une des poches de son gilet en velours côtelé, qu'elle ne quittera pas, ou rarement.

Le reste est presque du superflu : dessous de rechange, chandails, pantalon chaud, jupe légère, T-shirt. Elle ne prendra qu'un exemplaire de chaque, alors que ses armoires regorgent de « la même chose » dans une autre matière ou une autre couleur.

C'est l'excès auquel conduit la frénésie de consommation : multiplier « le même » en tout – vêtements, linge, vaisselle – sans que prolifèrent pour autant les occasions d'utiliser cet amoncellement.

Elle emporte aussi une paire de chaussures plus légères que les baskets qu'elle aura aux pieds. Des chaussettes. Deux écharpes, l'une en laine, l'autre en soie. Une trousse de toilette sommaire, avec de la pommade au calendula bonne à tout, du Tricostéryl, une brosse à dents, le dentrifice, un peigne... Quoi d'autre ?

Pour tenter de ne rien oublier d'essentiel, Clotilde passe son corps en revue : pieds, jambes, ventre, thorax, bras, mains, cou, yeux, bouche, nez, oreilles. Ah, des lunettes de soleil !

Le chien qui s'en va tout seul, dans les contes pour enfants, n'emporte rien. Clotilde sourit à cette évocation : elle, la femme qui s'en va toute seule, s'encombre de pas mal de petites choses, en sus de son nom et de ses souvenirs...

Commet-elle un acte désespéré ? Part-elle dans l'intention de se suicider ? Clotilde songe au masque si souvent représenté de l'« inconnue de la Seine » : cette belle jeune femme noyée après s'être jetée dans le fleuve, dont on n'a jamais découvert qui elle était ni pourquoi elle avait décidé de se supprimer.

Bien des gens succombent, ne serait-ce qu'en restant blottis sur un banc public un soir de grand froid. On n'en parle guère. En revanche, la beauté suffit à une morte, même inconnue, pour devenir célèbre.

« Je ne suis pas assez belle pour faire parler de moi, se dit Clotilde. Sans compter que j'ai une identité. »

À ce propos, elle ne souhaite pas devenir une « perdue de vue », retrouver sa photo et son signalement à la télévision. Aussi va-t-elle laisser une lettre d'explication. Elle se lève la nuit pour l'écrire : « Mes chers parents... »

Après réflexion, elle se convainc que la meilleure façon de les rassurer, c'est de leur raconter qu'elle a rencontré un homme, qu'il est marié, qu'ils ont décidé de s'enfuir quelque temps à l'étranger pour vivre tranquillement leur bonheur en attendant que les choses se règlent.

Que son père et sa mère ne s'inquiètent pas : elle est heureuse et leur donnera des nouvelles.

Comme ça, ils râleront peut-être, mais ils ne bougeront pas.

En rédigeant son « mensonge », voici que Clotilde se met à y croire. Si cela pouvait être vrai ! Si elle avait pu s'éprendre d'un homme et partir avec lui au bout du monde...

Serait-ce le rêve sempiternel de toutes les

femmes, même de celles qui se prétendent
« libres » ? Rencontrer un homme sur un trottoir, et partir avec lui pour toujours ?

Soudain s'impose à Clotilde le souvenir de
l'homme auprès duquel elle s'est si tranquillement endormie, naguère, dans le train.
Depuis tout ce temps, sans qu'elle ait eu besoin
d'y penser, l'inconnu serait-il resté auprès
d'elle ?

Comment a-t-il dit qu'il s'appelait ? Charles,
peut-être. Oui, c'est ça : Charles.

Au bout de quelques jours à Eyrolles, Clotilde a le sentiment de mener deux vies distinctes : il y a les heures qu'elle passe au refuge, entourée, cernée, pressée de demandes, de papotages, et celles où elle se retrouve seule dans sa chambre, ou, si le temps d'hiver le permet, en promenade dans le paysage désert.

À nouveau elle-même.

Ou ce qu'il en reste.

Il lui faut quelque temps pour s'apercevoir que son errance l'a conduite comme par hasard dans ce département de la Corrèze dont sa mère est originaire. Non loin du minuscule village où ses grands-parents reposent sous une dalle de granit, dans le cimetière à l'écart.

Le jour où elle le réalise, elle se met à rire toute seule ! Elle est en train d'essuyer la vaisselle et sa coéquipière lui lance d'un air ronchon :

— Qu'y a-t-il de si drôle ?

— Moi ! réplique Clotilde.

Ce qui n'améliore pas ses affaires, son intégration aux gens d'ici...

Quand elle s'est présentée à la mairie, dans l'intention d'offrir son aide volontaire, on a d'abord cru qu'elle demandait assistance. Elle a dû reformuler sa requête : elle n'avait besoin de rien, louant une chambre à l'auberge, elle était de passage, en « touriste » – heureusement, le mot lui est venu –, et comme on approchait de Noël, qu'elle avait appris qu'on manquait d'aide pour les esseulés, les démunis, elle venait se proposer.

Les deux femmes assises derrière le bureau se sont entre-regardées. Leurs mains s'activaient parmi des papiers, l'une s'est soulevée de sa chaise, l'autre a chaussé des lunettes, mais Clotilde a eu le sentiment qu'elles communiquaient entre elles comme les fourmis : par des antennes.

Celle qui s'est levée a fini par laisser tomber :

– Vous pouvez venir cet après-midi, vers les quinze heures.

– Merci, a dit Clotilde en se retenant pour ne pas ajouter : « Merci beaucoup ».

C'était à elle qu'on faisait un cadeau.

Lui est revenue une phrase de sœur Emmanuelle, qu'elle avait entendue à la radio lors d'une de ses tournées : « Mes chers frères, mes chères sœurs, je vous apporte une grâce, un cadeau formidable : vous allez pouvoir aider ! Faire du bien en donnant de l'argent ! Quelle chance vous avez ! » Sur l'instant, le stratagème l'avait fait rire : comme la sœur est habile ! Elle sait provoquer le réflexe charitable ! Mais, à présent, Clotilde comprend mieux le sens du message : quelle chance elle

a de se trouver du côté de ceux qui aident et
non l'inverse, dans le rang des humiliés, des
« bons à rien » qu'à se faire nourrir, comme
les larves dans la termitière.

On ne lui a pas réclamé sa carte d'identité
et elle a spontanément fourni un autre nom
que le sien. Pas n'importe lequel, le nom de
jeune fille de sa grand-mère : Chapoux, qui a
une consonance régionale. (Selon les endroits,
on l'écrit avec ou sans x.)

Même fausse indifférence, l'après-midi,
quand elle vient se mêler aux femmes déjà
occupées. L'une, assez forte, le ton haut,
semble diriger les opérations.

– Que puis-je faire ? lui demande Clotilde.

La grosse femme la dévisage : mince, en
jeans et chandail à col roulé, deux petits
anneaux d'or aux oreilles, les cheveux coupés
courts, Clotilde doit faire plus jeune que son
âge.

– Mettez des bols et des cuillers sur les
tables, là-bas. Ils vont venir prendre leur goûter.

À elle de trouver les ustensiles. Ce n'est pas
difficile : les placards sont dépourvus de portes
et une partie de la vaisselle gît encore sur
l'évier. Clotilde s'interroge sur le nombre des
participants, finit par poser la question :

– Ils seront combien ?

– Ce n'est pas une surprise-partie, on
n'adresse pas d'invitations, on voit venir.

Les mots ont claqué. On lui signifie que ce
qu'elle fait là n'est pas un vrai travail, elle n'est
pas employée, elle est venue de son propre gré

pour parer au grain. Parce qu'elle le veut bien. À elle de savoir jusqu'où elle a envie d'aller. Ce qu'elle peut faire.

C'est là-dessus qu'on la surveille au cours des jours qui suivent. Tiendra, tiendra pas ? Pourquoi son orgueil la pousse-t-il à rester le soir jusqu'à la fermeture du centre ? La plupart se défilent avant : « Moi, faut que j'aille faire la soupe ! » « Mon homme va rentrer ! » « Les enfants m'attendent... »

Clotilde n'a rien à invoquer de tel. À l'auberge, qui fait café, nul ne se préoccupe de ses mouvements. Quelle que soit l'heure à laquelle elle rentre, il y a encore des clients au bar. Elle décroche sa clé du tableau, monte l'escalier de bois dont une marche craque fort, s'allonge sur le lit sans se déshabiller.

Elle est seule.

Louise, la forte femme qui domine le lot, laisse tomber d'un ton soucieux :

– Je suis ennuyée, je crois bien que le fils va s'acheter une nouvelle voiture. Il s'est trouvé un crédit.

– Et pourquoi ça t'ennuie ? interroge Marie-Thérèse, une blonde anguleuse qui comprend à retardement.

– Parce que celle-là va consommer plus que l'autre, à ce qu'il paraît. Sans compter qu'elle ira plus vite... Je vais me faire du mouron.

– Il l'a prise de quelle couleur ? demande la jeune Blanche qui espère sans doute y monter.

– J'en sais rien... Ah si, il m'a dit qu'elle était bleue. Comment qu'y disent ? Bleu lavande métallisé !

Les copines bavent aussitôt d'envie – il se débrouille, le fils à Louise –, mais, dans le même temps, le coup est désamorcé, puisqu'elle se fait du souci !

S'inquiéter : le secret pour se faire bien voir. Cela vient de l'ascendance paysanne : rien ne doit jamais aller tout à fait. Comme ça, on reste dans le pot commun. En apparence... Chacun, en réalité, fait tout ce qu'il peut pour s'installer mieux, épargner davantage, vivre plus longtemps, voir ses enfants grimper plus haut... Mais comme s'il n'y était pour rien.

Et c'est parce qu'on a su ne pas crâner qu'en cas de malheur – qui s'en trouve jamais prémuni ? –, on peut espérer obtenir l'aide des autres. « Ils ne font pas les fiers... » La meilleure parole que vous puissiez briguer, surtout quand la chance vous sourit.

Chez les assistés aussi, l'empoignade en douce est féroce. Il y a ceux qui ont la meilleure place près du radiateur, une demi-louchée de bouillon en plus dans leur bol, ceux qui ont reçu un chandail supplémentaire, dissimulant qu'ils en possédaient déjà un ou prétendant que, troué, il a fallu le jeter. La haine, alors, peut aller jusqu'à la dénonciation : « Il dit ça, mais c'est pas vrai ! Il l'a toujours sous sa paillasse ! »

Au début, Clotilde en a eu le cœur serré. Même dans le besoin, le dénuement, les êtres humains se comportent donc comme des chiens, les plus forts disputant leur pitance aux faibles, laissant mourir les blessés : toujours une écuelle en moins !...

Et puis, à la longue, ces zizanies ont fini par l'émouvoir. On s'épie, s'observe, se juge pour passer le temps. En réalité, on s'aime bien. Quand l'un des assistés meurt ou simplement manque à l'appel, les autres sont mal à l'aise. Où est-il ? Que devient-elle ?

La solidarité se réveille.

D'autant plus forte que l'on possède moins.

« La possession isole », se dit Clotilde.

L'image de Diane Boussekine resurgit, hautement comique ! L'envie lui vient de lui expédier une carte postale d'Eyrolles avec une croix sur sa fenêtre à l'auberge : « Je suis là, une chambre avec lavabo ! Je vous invite... »

Le pire, c'est que la vieille dame serait bien capable de débarquer : elle s'ennuie tant dans sa coquille incrustée de diamants !...

Elle-même se sent plus gaie : elle n'a plus de vrais soucis ! Il y a bien longtemps – depuis son enfance – que cela ne lui est arrivé. Quand on est petit, un fétu de paille, une libellule, une prune, jouer à chat suffit à sceller l'accord avec le monde et soi-même. L'enfance vit de peu. Ensuite, rongé par les besoins de l'adaptation sociale, on ne sait plus se contenter d'un rien...

Le soir, dans sa chambre, Clotilde prend à nouveau le temps d'être une enfant.

Va-t-elle s'en suffire ?

D'autant plus forte que l'on possède moins.

« La possession isole », se dit Clotilde.

L'image de Diane Boussekine resurgit, hautement comique ! L'envie lui vient de lui expédier une carte postale d'Eyrolles avec une croix sur sa fenêtre à l'auberge : « Je suis là, une chambre avec lavabo ! Je vous invite... »

Le pire, c'est que la vieille dame serait bien capable de débarquer : elle s'ennuie tant dans sa coquille incrustée de diamants !...

Elle-même se sent plus gaie : elle n'a plus de vrais soucis ! Il y a bien longtemps – depuis son enfance – que cela ne lui est arrivé. Quand on est petit, un fétu de paille, une libellule, une prune, jouer à chat suffit à sceller l'accord avec le monde et soi-même. L'enfance vit de peu. Ensuite, rongé par les besoins de l'adaptation sociale, on ne sait plus se contenter d'un rien...

Le soir, dans sa chambre, Clotilde prend à nouveau le temps d'être une enfant.

Va-t-elle s'en suffire ?

À force d'entendre parler du haras sur un ton de révérence, l'envie vient à Clotilde de le visiter. À trente kilomètres d'Eyrolles, il offre un club d'équitation qui, l'été, attire du monde. Ceux qui veulent y séjourner doivent même s'inscrire à l'avance, car le nombre de chambres y est restreint. Certains viennent coucher à Eyrolles et s'y rendent pour la journée.

Comme elle ne dispose pas de moyen de transport, Clotilde saute sur la première occasion. Solange, l'une des femmes qu'elle coudoie au refuge, doit aller rendre visite à sa fille qui travaille au haras et la réclame. Elle craint d'y aller seule. Elle n'a pas l'habitude de conduire, surtout en hiver.

– J'ai eu une voiture, autrefois. Je peux prendre le volant, si vous voulez. Ça me fera voir le haras, il paraît qu'il en vaut la peine, lui dit Clotilde.

Elle se garde de préciser qu'elle a participé à des rallyes automobiles avec Albert et ne se débrouillait pas mal, par temps de neige et de verglas.

Solange ne sait trop que répondre, jusqu'à ce que Louise tranche :

– Tu vois bien que ça ferait plaisir à Clotilde !

Puisqu'il s'agit de lui rendre service, à elle, son offre devient acceptable. D'ailleurs, c'est vrai : Clotilde est ravie de conduire la petite voiture tout en faisant mieux connaissance avec le pays, ses routes sinueuses bordées de châtaigniers et de mélèzes.

Parfois, dans les recreux, apparaissent des fermes isolées qui, par ce froid, ont l'air mortes.

– Ces maisons sont abandonnées ? demande-t-elle à Solange.

– Pas du tout ! Celle-là appartient aux Mayeur. Ils possèdent toute la terre autour.

– Mais on ne voit personne, pas même un chien !

– Tout est rentré, l'hiver. Au printemps, vous allez voir ressortir les troupeaux ; ils ont même des chèvres...

Le verra-t-elle ?

La voilà saisie, elle le sent, d'une envie de bouger. De découvrir autre chose. D'autres gens. Elle s'est fait des connaissances, à Eyrolles. À vrai dire, tout le monde sait qui elle est, et la plupart la saluent. Mais d'amis, point.

Pour ça, il aurait fallu qu'elle se révèle. Pour dire quoi ? Qu'elle est divorcée d'un cadre supérieur et que, du coup, elle ne sait plus où elle en est, ayant abandonné son appartement parisien, sa voiture, ses meubles, ses affaires à ses parents, pour partir seule sur la route ?

À la recherche de quoi ?

Sentant monter la suspicion, elle a fait exprès d'aller rendre visite au médecin sous prétexte qu'elle se sentait un peu faible, peut-être anémiée, et il lui a prescrit une analyse de sang. En principe, les résultats sont secrets, mais Clotilde s'est bien doutée que le fait que l'analyse se révélerait négative rassurerait tout le monde.

Les gens qui errent à l'aventure sont parfois des malades qui n'ont plus rien à perdre. Or, si on veut bien soigner les siens, on refuse les autres. Dans ce cas, même les communautés les plus ouvertes se referment.

« Je ne suis pas bien courageuse, s'est dit Clotilde. J'aurais peut-être dû affronter la méfiance, laisser venir les suppositions... J'ai fait le contraire : je leur ai donné des gages la première, comme si je cherchais à me faire admettre ! »

Maintenant que c'est en bonne voie, c'est elle qui n'a plus envie de rester.

Dans l'existence paisible et repliée des gens du village, elle perçoit un refus d'aller de l'avant. De faire face aux tremblements du monde, d'abandonner des valeurs qui ont fait leur temps pour s'atteler à en créer de nouvelles. D'ailleurs, les jeunes s'en vont : non seulement ils manquent de travail, mais ils étouffent dans leur tête et leur cœur ! On n'est pas venu au monde, doivent-ils se dire, pour remettre les pieds dans les pantoufles des parents, fussent-elles chaudes et relativement confortables...

« Moi aussi, je suis jeune », songe Clotilde.

Ce doit être pour cette raison qu'elle a envie de partir d'ici. Tout comme elle a quitté Paris.

Après une dizaine de kilomètres sur le plateau de Millevaches, elle aperçoit des constructions : sans doute le haras. « On est arrivé », lui dit Solange d'un ton satisfait. De longs bâtiments bas disposés en quadrilatère : les écuries ; plus loin, quelques maisons d'habitation, puis des carrières où tournent en rond des chevaux et leurs cavaliers. Un paysage de western !

Clotilde sent son cœur battre : ici, même l'hiver, la vie en extérieur continue.

Pour ne pas gêner les deux femmes qui parlent en chuchotant dans la salle commune, Clotilde fait le tour des bâtiments. Par discrétion, mais aussi par curiosité.

Solange l'a présentée au directeur du haras, venu à leur rencontre dès qu'il a aperçu la voiture – elles doivent être rares en cette saison. Un homme à l'allure souple, bien découplé, le cheveu ras, une moustache à la Brassens, auquel Clotilde a tout de suite demandé si elle pouvait faire un tour.

– Autant que vous voulez, mais n'ouvrez pas les stalles et ne vous approchez pas des chevaux, ils bottent. Pas tous : il s'agit de les connaître...

Clotilde a acquiescé d'un sourire. Les chevaux, elle connaît. Elle a monté autrefois, avec Albert, dans un manège parisien, puis à Rambouillet, en forêt. Il y avait une jument qu'elle aimait bien, *Esther*, laquelle remuait les oreilles en entendant sa voix, et, dès qu'elle était en selle, se lançait dans quelques cabrioles de bienvenue. Un autre monde. Elle n'en regrette que ce genre de moments-là.

Clotilde avait fini par renoncer à l'équitation, mais le souvenir lui en reste vif, prêt à se réveiller. Rien que l'odeur des chevaux et celle, âcre, de leur fumier lui chatouillent agréablement les narines. Si elle osait, en jeans, comme elle est, elle enfourcherait à cru le cheval bai qui s'approche, les rênes sur le cou, la marque de la selle juste retirée sur l'ensellure.

Mais ce serait se trahir. À tout le moins sortir de son rôle. Elle se contente de saisir le bel animal par la bride et de lui flatter l'encolure. Le directeur s'est approché :

— Vous aimez les chevaux ?

— J'ai vécu dans une ferme, quand j'étais enfant. Il y avait des chevaux...

— Je vois : des bêtes de trait ! Ceux-là, ce n'est pas la même chose », dit l'homme en lui reprenant le cheval pour le conduire à sa stalle et commencer à le panser. Clotilde le suit. « Alors, comme ça, vous êtes d'Eyrolles ?

— J'y habite. Pour l'instant. »

Quelle mouche la pique ou qu'a-t-elle perçu d'engageant dans la voix de l'homme ?

— Je cherche du travail.

— Quel genre ? fait-il, l'air absorbé par sa tâche. Il n'y en a guère, par ici.

— En fait, j'ai été malade : tuberculose. Le médecin m'a recommandé l'air pur, c'est pour ça que je me suis installée à Eyrolles. Mais si vous aviez besoin de quelqu'un ici, c'est plus haut, ce serait meilleur pour moi. Je ne cherche pas du définitif. Et je peux fournir du travail, je ne suis plus fatiguée, c'est fini. C'est juste pour la consolidation.

Clotilde s'entend mêler avec assurance le faux et le vrai : « À croire que j'ai fait toute ma vie des entretiens pour un emploi ! »

N'empêche qu'elle va se faire vider.

– On peut voir, marmonne l'homme en repliant le jarret arrière du cheval pour lui curer le sabot.

En fait, il sait déjà que la fille de Solange en a assez du haras et a prévu de repartir avec sa mère. Il va lui falloir quelqu'un, vite. Le genre de Clotilde, plus évolué, lui plaît. La clientèle va arriver avec le début du printemps, et celle-là sait s'exprimer. Au surplus, en congé maladie, elle ne doit pas avoir trop d'exigences financières. Peut-être même pourra-t-il la prendre au noir en la faisant passer pour une cliente, elle en a l'allure.

C'est au moment où les trois femmes remontent dans la voiture qu'appuyé sur le toit du véhicule, René lance à Clotilde :

– Si cela vous dit...

Elle lève vers lui un regard interrogateur.

– Vous pourriez remplacer la petite... Elle vous expliquera, ça n'est pas très dur. Puisque vous aimez le grand air, on y est, ici.

Il s'est redressé, balaie du bras l'horizon, esquisse un sourire sous sa moustache.

Clotilde a mis le moteur en marche :

– Je peux vous appeler ce soir ?

Elle est déjà décidée, mais ne veut pas le montrer trop vite : elle aurait l'air de partir d'Eyrolles comme une voleuse. Qu'elle n'est pas. L'homme doit le savoir, car elle l'a vu causer avec Solange, l'œil sur elle. Bien sûr, il s'agissait de la petite, mais la conversation a pu dévier.

Solange n'a d'ailleurs pas l'air étonnée quand Clotilde lui annonce :

— Il me propose de remplacer Marie-Ange !

Les deux femmes ne disent d'abord rien, puis Solange jette d'un air indifférent :

— Si on aime le coin.

Clotilde aime le coin.

– Christiane, c'est moi !

– Ah bon...

La voix est sans enthousiasme.

– Qu'est-ce que tu as, ça ne va pas ?

– Si, si.

– Tu m'en veux ?

– Ce n'est pas ça...

– C'est quoi, alors ?

– Il m'a quittée !

– Lequel ?

– Si c'était un homme, je m'en ficherais bien. C'est mon fils...

– Éric ?

Pourquoi éprouve-t-elle le besoin d'énoncer le prénom ? Christiane n'a qu'un enfant.

– Oui. Il est parti.

– Chez son père ?

– Oui.

– Je croyais qu'il ne s'entendait pas avec sa nouvelle copine ?

– Il n'y est pas resté.

– Alors il est revenu ?

– Justement, non...

– Il est allé où ?

– Je n'en sais rien. Je croyais que c'était lui qui appelait.

Une fugue à quinze ans, c'est plus grave que vingt ans plus tard. Clotilde se tait. Christiane doit percevoir sa compassion, elle poursuit :

– J'ai d'abord cru qu'il était en petites vacances de février avec des copains, puis la classe a repris, sans lui. Son père m'a appelée pour savoir s'il n'était pas chez moi, et c'est là qu'on s'est aperçu qu'il était...

– Qu'il était... ?

– Nulle part !

– Cela n'existe pas : il est bien quelque part, il va se manifester.

– Ça fait déjà huit jours. Il doit le savoir, qu'on s'inquiète. Il n'a rien dit à personne, pas même à ses copains. Je les ai tous appelés.

– Et la police ?

– Il paraît qu'ils en ont des dizaines comme ça tous les mois. Les parents viennent les déclarer. Les uns réapparaissent, les autres pas. Que veux-tu qu'ils fassent ? Au commissariat, ils prennent les photos, ils enregistrent. « Si on apprend quelque chose, on vous préviendra. » J'aime autant qu'ils préviennent pas...

Silence. Toutes deux pensent la même chose : si on le retrouvait mort, suicidé, comme tant d'adolescents ?

Christiane reprend d'une voix encore diminuée :

– Tu comprends, il y avait tout le temps des

types à la maison, on n'avait pas trop le temps de se parler, Éric et moi.

La culpabilité qui pointe !

– Christiane, tu faisais ce que tu pouvais. Ce n'est pas drôle, pour toi, de vivre seule...

– Mais je n'étais pas seule, je l'avais, lui ! C'est maintenant que je suis seule.

– Il va revenir.

– S'il revient, je peux te jurer... D'ailleurs, c'est déjà fait, je les ai tous virés. Le dernier avait dix-huit ans ; je croyais que c'était un copain pour Éric, je les retrouvais ensemble devant la télé, le soir. En fait...

– Quoi ?

– Ils fumaient. Enfin, pas tout le temps, des fois...

– Ils le font tous, c'est de leur âge.

– Oui, mais on n'en a pas parlé, tu comprends. J'ai préféré la boucler !

– Tu travaillais...

– Tu parles, je fuyais !

– Moi aussi, j'ai fui...

– C'est vrai, cela se passe comment pour toi ?

Enfin, une question sur elle !

– Bien.

– Tu es où ?

– Sur le plateau de Millevaches.

– Tu plaisantes !

– Pas du tout. Il y a de la neige, des chevaux.

– Qu'est-ce que tu fabriques là-bas ?

– Je m'occupe à la cuisine, je sers les repas.

– Toi ?

– Moi !

– Les pauvres ! Tu n'a jamais été une affaire, sur ce plan-là...

– C'est ce que je me dis, mais ils ont l'air contents. Celle qui était avant moi s'est tirée ; pas drôle, l'hiver, qu'elle a dit.

– Et toi, ça te plaît ?

– Oui. Il y a aussi des jeunes, comme Éric ; ils s'occupent des chevaux, ça leur fait du bien.

– Si je savais où il est, je te l'enverrais... Tu sais que tu m'épates ?

– Je ne vois pas pourquoi. Donne-moi des nouvelles...

– De qui ?

– De l'environnement...

– Pareil, pour ce que je les ai vus.

– Personne ne s'inquiète ?

– De toi ? Non. Ils ont le sentiment que tu files le parfait amour. Ils ne savent pas avec qui, mais ça les fait bien rire. Je parle de tes parents, et aussi de Raymond. Tu comprends, c'est comme si tu étais en train de jouer une bonne blague à Albert, et, vu son comportement avec toi, tout le monde s'en réjouit... Dis-moi, il est si bien que ça ?

– Qui ?

– Je ne sais pas, moi ! Le propriétaire des chevaux... Le cuisinier ? Enfin, l'homme des neiges !

Avouer qu'elle est seule et que c'est pour cela qu'elle va bien ? En tout cas, qu'elle se sent mieux ? Christiane ne comprendrait pas, ni d'ailleurs personne. Une femme sans homme est forcément à la dérive.

– Je t'en parlerai une autre fois. Écris-moi,

si tu as des nouvelles d'Éric ; la poste fait suivre mon courrier. Je dois arrêter, ma carte de téléphone est au bout du rouleau. Au revoir...

Ce n'est pas vrai. Ce qui est fini, c'est l'espace qu'elle s'est autorisée, pour aujourd'hui, à accorder à Christiane. Un peu plus, et elle se serait laissée entamer. « Je suis encore fragile », remarque Clotilde. Mais ça va déjà mieux, puisque c'est elle qui a provoqué le contact avec son monde antérieur. Elle en sort à peu près indemne, hormis pour ce qui est de la mauvaise nouvelle concernant Éric.

À vrai dire, elle ne s'en fait pas trop pour lui : le garçon doit être comme elle, en quête d'indépendance.

L'amour n'a rien à voir à l'affaire. Elle aimait Albert. Éric aime sûrement sa mère. Mais lui comme elle n'en pouvaient plus de ne pas respirer à leur rythme, à leur manière.

Clotilde aspire à pleine poitrine l'air froid et sec du plateau corrézien. Sa vaisselle l'attend. Ces temps-ci, elle préfère être attendue par son travail plutôt que par quelqu'un !

« Où l'ai-je vu ? »

L'homme et elle ont dû penser la même chose en même temps, car ils échangent le même regard hésitant.

Dès l'arrivée du petit bus dans la cour du haras, Clotilde est sortie de la maison pour aller à la rencontre des passagers en compagnie de René et des valets d'écurie. Le cuisinier également est venu aider au débarquement de la dizaine de voyageurs, hommes et femmes, avec leur matériel et leurs bagages.

Quelques jours plus tôt, René a prévenu son personnel : « Nous allons avoir du monde, une équipe de cinéastes. Ils viennent filmer dans la région et auront besoin de tourner des scènes avec les chevaux. Ils ont loué toutes les chambres pour trois semaines. »

Sous-entendu : un chopin, la vraie saison ne commençant qu'en avril !

Clotilde s'est réjouie comme les autres de l'aubaine. Tous se sont mis à astiquer la maison, qui en avait besoin après le renfermement hivernal. Elle est même allée sur la lande couper quelques branchages de houx, de pin, pour les installer dans de larges bassines de cuivre qui, ne servant plus en cuisine, font des présentoirs décoratifs.

René a apprécié sans rien dire.

Tels sont leurs rapports, muets.

L'homme reste distant, comme si elle l'intimidait un peu. C'était l'une de ses appréhensions : qu'il lui saute dessus dès les premiers jours. Bien que les femmes n'en aient guère touché mot, elle a cru comprendre que le harcèlement sexuel était la raison principale du départ de Marie-Ange. La petite avait dû céder, puis, constatant que cela ne menait nulle part, elle en avait eu assez. Par la suite, Solange et sa fille avaient dû se demander si Clotilde prendrait la relève jusqu'au bout. Sans la prévenir : après tout, elle était adulte et c'était son affaire.

D'où son refus lorsque René lui avait proposé de l'initier à l'équitation. L'homme de cheval se faisait fort, lui avait-il dit, de lui en inculquer les rudiments sur *Belinda*, une monture douce comme une agnelle, obéissant à la voix. Il l'aurait fait tourner dans le manège au bout d'une longe, et, après quelques heures, elle aurait été capable d'entreprendre des promenades sur la lande. En sa compagnie...

Rien de plus excitant que de monter à cheval. Clotilde le sait d'expérience. Serrer entre ses jambes ce gros animal à la peau chaude, humer l'odeur de sa sueur mêlée à celle de la terre foulée et de l'humus qui fermente, tout vous incite à participer, vous aussi, à l'épopée de la vie en marche.

Que signifient la morale, ces préjugés de pauvres mortels en mal d'interdits, quand on est redevenu centaure comme aux tout premiers temps des héros et des dieux ? Légion sont les apprenties cavalières à avoir cédé à leurs écuyers... Qu'elles y aient trouvé de la volupté est certain ! Des ennuis aussi, et non des moindres...

Clotilde en est trop avertie pour s'y risquer... Mais que craint-elle exactement ? De se retrouver dans des conflits entre homme et femme alors qu'elle commence juste à s'en extirper ? De perdre sa situation ?

Pas de se voir proposer le mariage, en tout cas, car elle a eu l'idée, avant de s'installer au haras, de s'acheter une alliance chez l'horloger d'Eyrolles. Pour faire « mariée ».

Avant même d'être divorcée, elle s'était débarrassée de la sienne : à l'époque, elle voulait paraître libre. Plus maintenant...

Si Clotilde cherche à paraître en puissance d'homme, c'est que le stratagème lui semble toujours nécessaire : les femmes en sont encore là, à devoir ruser face au désir masculin. Avec ce petit anneau au doigt, elle se sent moins vulnérable.

Discrètement, René y a d'ailleurs jeté un coup d'œil. Il ne devait pas se souvenir de l'avoir remarqué, et pour cause, lors de la première visite de Clotilde au haras. Il pense sans doute n'y avoir pas prêté attention, la jeune femme ne l'intéressant pas assez.

Maintenant, c'est autre chose : elle est là tous les jours, à servir et à le servir. À sa place de femme. Ne manque que le lit.

« Les rôles sont vraiment prédéterminés », songe Clotilde qui s'arrange, le soir, pour regagner sa chambre sans avoir à croiser le directeur. En fait, elle profite de ce qu'il va jeter un dernier regard aux chevaux pour monter chez elle, puis verrouiller sa porte.

– Chambre 22, dit-elle en tendant sa clé au cinéaste qu'elle croit avoir reconnu – elle a peut-être vu sa photo dans quelque journal ?

– Je vous accompagne, c'est au premier...

– Je trouverai tout seul, répond-il en lui retirant courtoisement sa valise des mains.

« Je l'ai déjà rencontré, c'est certain, mais où ? » se demande à nouveau Clotilde.

Passant devant le miroir rond accroché près du porte-manteau, au bas de l'escalier, elle y lance un coup d'œil, ébouriffe de la main ses cheveux si courts.

Cela fait longtemps qu'elle ne s'est pas préoccupée de son apparence. D'ailleurs, elle ignorait même que cette glace fût là.

Pourquoi a-t-elle si mal dormi ?

C'est la question que se pose Clotilde, levée à l'aube pour préparer le petit déjeuner de la maisonnée. Le garçon boulanger arrive à Mobylette avec un carton contenant du pain et ce qu'on appelle ici des croissants : de la pâte à pain en forme d'objets cornus !

Clotilde s'affaire à tout tenir prêt. Elle fait passer du café, chauffe l'eau pour le thé, installe une casserole de lait, presse quelques oranges.

Le premier à descendre est celui que, pour elle-même, Clotilde appelle l'« homme du cinéma », alors qu'ils le sont tous, chacun dans sa fonction. Celui-là a toutefois l'air d'exercer une autorité sur les autres.

Et il est le premier levé, qualité que Clotilde apprécie.

– Bonjour, déjà debout ?

– Vous aussi ! Que prenez-vous ?

– Du café noir, sans sucre.

Elle lui installe un couvert sur une table près de la fenêtre, celle que les hôtes préfèrent, car on y voit le plateau monter en pente douce vers le désert des sommets. Elle verse du café dans la tasse. Sans s'asseoir, l'homme prend le récipient à deux mains et suit Clotilde à la cuisine.

– Je m'appelle Charles. Charles Estaque. Origine basque. Et vous ?

– Clotilde Chapoux. Origine corrézienne.

À nouveau elle a donné le nom de jeune fille de sa grand-mère. Celui d'Albert n'est plus le sien, et le nom de ses parents ne lui est pas venu, comme si elle s'en désolidarisait.

Charles boit son café brûlant à petites gorgées.

– Vous voulez un croissant, du pain grillé ?

Il refuse de la tête.

– J'ai quelque chose à vous demander, Clotilde. Je me suis un peu renseigné sur vous, hier, auprès du directeur. Rassurez-vous, rien d'indiscret. Mais, Corrézienne ou pas, vous n'avez pas l'air d'être d'ici. Il m'a dit que vous faisiez une sorte de stage...

– Si l'on veut, lâche Clotilde en surveillant le lait sur le feu.

Où veut-il en venir ? Curieusement, elle a confiance. Ce ne peut être que du bon, elle le devine. Et puis, elle se sent libre, et cela lui fait plaisir de le constater. Elle dira oui ou non, tranquillement, selon son envie. Elle n'est plus un « objet », désormais, elle a une volonté et même un trajet propre. Lequel ? Reste à voir...

– Voulez-vous faire de la figuration dans quelques scènes de film ?

– Moi ? Mais où ?

– Ici même. Cela ne durera pas longtemps, quelques heures pendant quatre ou cinq jours. Toutefois, il faudrait que vous nous accompagniez sur la lande. Mon assistant est déjà venu en repérage, c'est lui qui a découvert votre établissement, et nous avons des scènes en pleine nature à tourner. Sans les acteurs : ils nous rejoindront plus tard. Les plans que je veux faire là sont destinés à situer l'action. Peut-être même ne les garderons-nous pas...

– J'ai mon travail...

– Je sais, mais il doit être possible de trouver quelqu'un pour vous remplacer, si vous en êtes d'accord. Je vous en parle à vous d'abord.

– Qu'est-ce que j'aurais à faire ?

– Rien, être vous. Marcher dans la nature. Sourire. Vous le faites très bien. Je vous ai observée.

Elle se met à rire.

– Vous êtes là depuis hier et vous me connaissez déjà si bien ? En somme, vous m'avez repérée, moi aussi, comme les lieux ?

Elle rassemble des couverts et des tasses sur un plateau, se dirige vers la salle à manger pour les disposer sur les tables.

– Drôle de métier que le cinéma !

– Et le vôtre, dit Charles en la suivant, il est comment ?

– Utile.

– Le mien aussi. Faire rêver. Amener les gens à entrer dans un autre univers que leur quotidien... Vous ne rêvez jamais ?

– Si, mais à ma guise...

– C'est ce que vous croyez ! Les éléments de vos rêves – que je ne connais pas –, ce sont d'autres qui vous les ont fournis. Nous accomplissons les rêves de nos ancêtres... Qui sait si l'homme qui a vécu ici il y a des milliers d'années ne rêvait pas de conduire une automobile, de voler en avion ?

Charles ne la regarde plus, il fixe l'horizon par la fenêtre à petits carreaux. Clotilde se dit qu'elle aime sa voix ferme pour parler de l'invisible.

René pousse la porte, il arrive des écuries.

– Déjà levé ? s'étonne-t-il à son tour à l'intention de Charles.

– Si je comprends bien, le privilège de l'aube vous est réservé, à vous les gens d'ici ?

– À la campagne, ce sont les animaux qui commandent, fait René en se servant lui-même du café. Si je pouvais rester au chaud dans mon lit, croyez-moi, j'y serais !

– Je suis certain que vous n'en pensez pas un mot... Si vous avez un moment, j'aimerais examiner certaines choses avec vous, monsieur. Je vais avoir besoin de quelques-uns de vos chevaux : le blanc, les deux noirs, et peut-être... » Il entretient comme un léger suspense, une brève respiration : « ... d'une femme ! »

Clotilde continue son service comme si la réflexion ne la concernait pas. Elle pense : « Il me fait passer après les chevaux... »

Elle le lui dira, un jour.

Elle sait maintenant où elle l'a vu : dans un train. Elle a même dormi auprès de lui.

Charles et elle sont installés côte à côte sur une saillie rocheuse qui les isole de la terre gelée. Tous deux ont pris la même position, jambes un peu repliées, mains sur les genoux.

Leurs deux alliances brillent parallèlement sous le soleil pâle.

Celle de Charles est plus grosse que la sienne, laquelle, étant neuve, sans doute bien frottée par le bijoutier, se voit tout autant. « Comme si nous étions de jeunes mariés », se dit-elle.

Les premiers temps, avec Albert, lorsqu'ils se prenaient la main à travers la table d'un restaurant, ou assis sur l'étroit canapé quand ils venaient rendre visite aux parents, elle avait le sentiment qu'on ne voyait que ça : leurs alliances.

Resplendissantes. Parlantes. Provocantes, même : « Oyez tous, bonnes gens, nous deux ne sommes plus qu'un ! Ces anneaux symbolisent l'invisible chaîne qui nous lie à jamais ensemble... »

Puis elle avait cessé d'y penser, c'est-à-dire

de les remarquer, leurs alliances. Ôtant machinalement la sienne, certains jours, pour se
laver les mains. L'oubliant parfois sur le
lavabo, jusqu'à ce qu'elle la réenfile d'un geste
machinal, pauvre chose un peu ternie. Puis la
range définitivement dans sa boîte à bijoux.
Quand a-t-elle constaté qu'Albert non plus ne
portait plus la sienne ?

Tous deux s'affichaient à nouveau les mains
libres. Le cœur, le corps aussi ?

Charles, lui, porte son alliance et ne s'en
cache pas. Ainsi, sans qu'il ait parlé de sa
femme – pourquoi le ferait-il ? –, Clotilde a
compris qu'il est marié. Tient à l'être. Sans
doute à le rester.

En quoi cela la regarde-t-il, d'ailleurs ? Elle
n'a aucune visée sur cet homme, ni sur
d'autres. Elle est trop occupée à se chercher
elle-même, à s'inventer une nouvelle place
dans la société.

C'est du moins ce qu'elle s'entend répondre
lorsque Charles la questionne, entre deux
prises de vues, sur ce qu'elle fait dans ce lieu
magnifique, toutefois bien isolé.

– J'avais besoin de savoir où j'en étais avec
moi-même. C'est pour ça que je suis venue ici,
c'est le pays d'origine de ma mère, déclare-t-
elle.

– Vous ne pouviez mieux choisir. Depuis
notre arrivée, j'ai le sentiment de respirer à
fond, moi aussi. C'est un endroit où il y a
suffisamment d'espace pour que les individua-
lités puissent s'étaler. Je me demande parfois

si chacun d'entre nous n'est pas comme l'univers, une galaxie en expansion...

– Jusqu'où comptez-vous aller ?

– Je verrai bien. Je ne suis plus si jeune, vous savez.

– L'univers non plus n'est plus si jeune. L'âge n'a rien à voir avec le mouvement...

Il rit et, comme il jette un regard vers elle, bref, incisif, Clotilde se met à faire tourner son alliance autour de son doigt.

C'est pour se donner une contenance, mais l'homme pense peut-être qu'elle entend ainsi lui signifier qu'elle n'est pas solitaire dans son expansion... Pas plus que lui dans la sienne.

Elle a envie de rectifier : « Vous savez, ne vous fiez pas à cet anneau, je suis seule ! »

Cela aurait l'air de quoi ? De lui faire des avances ? À un homme marié ?

Finie, cette époque !

Quand l'assistant vient la chercher, elle se relève vivement, presque contente de sortir de sa gêne. En fait, elle se sent mal à l'aise chaque fois qu'elle se retrouve seule avec Charles.

Dû à quoi ? Elle n'en sait rien. En même temps, Clotilde est heureuse. Prise par une excitation, une envie de vivre décuplée, jusqu'à se mettre à folâtrer comme au temps de ses dix-huit ans.

Ce qu'elle se permet toute la journée à travers les forêts de pin, s'émerveillant de voir jaillir sous la mousse l'une des multiples sources qui naissent sur le plateau de Mille-vaches, s'exclamant lorsque des animaux sauvages, dérangés, curieux aussi, s'enfuient devant eux.

— Croyez-vous pouvoir tenir quelques instants sur un cheval, juste pour un plan ?

Bien sûr qu'elle le peut, elle doit même se retenir, une fois sur *Flambant*, pour ne pas partir au grand galop, les talons dans le ventre de la brave bête.

— Vous vous tenez comme une vraie cavalière, la jambe descendue, les coudes au corps ! Bravo ! Et merci ! lui dit Charles, qui saisit *Flambant* par la bride tandis qu'elle se laisse glisser à bas de l'animal.

Être sur *Flambant* lui a donné chaud au ventre.

L'homme la plaque contre la cloison en planches du couloir et Clotilde le laisse faire. D'une main, il maintient les bras de la femme au-dessus de sa tête, de l'autre il fait glisser son jeans sur ses cuisses, un genou entre les siens pour qu'elle ait les jambes ouvertes.

Mettant plus de force qu'il est nécessaire, vu qu'elle ne résiste pas.

« Il va me clouer », se dit-elle. Et elle imagine ces oiseaux de nuit que les villageois fixaient, ailes déployées, aux portes des granges ou même des habitations de ceux à qui ils souhaitaient du mal.

Se prend-elle pour un chat-huant, elle aussi, une bête arrachée à sa nuit pour être crucifiée en pleine lumière sous l'ampoule nue du couloir ?

Clotilde ne se débat pas, et c'est l'idée de sa reddition, comme si elle était devenue une chose à peine vivante, qui soudain la fait jouir, violemment.

À cause de ceux qui risquent d'entendre, elle étouffe les cris dans sa gorge.

Est-ce son gémissement sourd d'être conte-
nu ? L'homme se met à jouir à son tour, plus
fort qu'elle, le corps arqué vers l'arrière, ses
mains, qui l'ont lâchée, à plat sur la cloison,
ne la touchant que par son sexe.

Elle se représente mentalement, sous ses
paupières fermées, leurs deux corps unis par
le sexe.

Puis elle rouvre les yeux pour scruter son
visage, les rigoles de sueur coulant vers sa
barbe du soir, le blanc de ses yeux persillé de
rouge. Lui aussi la regarde de tout près, puis
esquisse un sourire satisfait :

– C'était bon.

– Oui, dit Clotilde.

Elle aurait mauvaise grâce à le nier, même
si quelque chose en elle proteste, s'insurge, a
envie de donner des coups. À qui ? Elle était
consentante et même – elle doit l'avouer – c'est
elle qui a provoqué la scène, restant sur place,
soi-disant pour finir de ranger, l'attendant en
fait.

D'habitude, elle est déjà montée et s'est
enfermée quand René revient de l'écurie. Ce
soir, il l'a trouvée là, muette, son torchon à la
main, alors que les autres étaient déjà couchés.

Il s'est versé un verre de vin, la surveillant
du coin de l'œil, s'attendant sans doute à la
voir déguerpir. Mais elle ne bougeait toujours
pas, maniant vaisselle et casseroles.

– Bon, a-t-il dit, je monte. La journée a été
rude.

– J'y vais aussi, a répondu Clotilde, ajoutant : « J'ai envie de mon lit. »

Elle est alors passée devant lui, à le frôler.

– Et moi, j'ai envie de toi, a dit l'homme en reprenant sans doute exprès les paroles qu'elle venait de prononcer.

Les femmes laissent toujours traîner quelque chose, un mot, un mouchoir, un regard, quand elles veulent qu'on les retienne.

– Ah oui ? a-t-elle remarqué. Je croyais que vous étiez fatigué.

– Tu vas voir ce que je suis !

Il n'a pas mis longtemps à l'enlacer, la presser contre le mur, relever son chandail, prendre ses seins. Elle a poussé un soupir, inspiré à plein, puis cessé de respirer, comme morte.

En fait dans un autre monde. Abandonnée à ce qui venait de lui prendre le corps : une envie d'homme. Un désir qui devait la tarauder sans qu'elle voulût l'admettre, avivé à son insu depuis qu'elle était là, en pleine nature, parmi la vie animale du haras. Elle s'est laissée submerger.

En fin d'après-midi, lorsque les cinéastes sont tous repartis, contents de leur travail, à ce qu'ils ont dit, leur matériel remballé, adieux faits même aux chevaux, Charles est monté en voiture après les autres et son ultime salut de la main a été pour Clotilde, elle l'a bien vu.

– Je sens que ça me reprend, j'ai même plus envie de toi que tout à l'heure, chuchote René alors qu'ils se sont rajustés.

Il tente de l'enlacer à nouveau pour l'embrasser sur la bouche, ce qu'il n'a pas encore fait.

– Laissez-moi, je n'en peux plus, souffle Clotilde en s'esquivant.

Elle quittera le haras dès demain.

« *Si vous en avez assez de vos mille vaches, si votre fugue n'est pas terminée (car vous avez fugué comme une petite fille, je me trompe ?), vous pouvez vous présenter de ma part à Élie Fourrest. C'est un ami et il aurait une place dans ses bureaux pour vous et votre licence en droit (et aussi en cœur, ce qui est plus rare). Je pars tourner à l'Est.*

Charles Estaque.

P.S. - J'ai trouvé votre adresse sur votre fiche de paie pour la figuration. Merci encore pour votre collaboration et les promenades en forêt parmi les biches.

Suit le numéro de téléphone de l'employeur potentiel, en banlieue.

Clotilde tourne et retourne le petit mot de Charles, trouvé à son retour à Paris. Elle a téléphoné à ses parents depuis la gare d'Austerlitz :

– C'est moi, j'arrive...

– Bon, a répondu son père. En passant, tu
ne pourrais pas me rapporter des cigarettes ?

Toujours à quémander, à profiter !

– Non, a fait Clotilde.

C'est son premier « non ». Peut-être depuis
son enfance, remarque-t-elle en escaladant les
deux étages à pied – l'ascenseur lui fait l'effet
d'un cercueil debout, après les grands espaces
du plateau.

Comment se fait-il qu'elle n'ait pas su dire
« non » plus tôt ? Tancée, fustigée dès ses premiers pas vers la liberté ?

– Mon Dieu, mon Dieu, lui dit sa mère. Il
ne t'est pas arrivé malheur, au moins ?

– Pourquoi ?

– Tu reviens comme ça, toute seule...

Un moment de silence. Clotilde, exprès, ne
répond rien.

– Où est-il ? s'enquiert Marguerite.

– Qui ?

– Je ne sais pas, moi... L'homme avec qui
tu étais !

Le premier mouvement de Clotilde est de
dire : « Il n'y a pas d'homme, il n'y en a jamais
eu. » Elle le réprime, il est temps de changer
de rapports avec ses parents, de rembarrer
l'inquisition :

– Ce sont mes affaires, pas les tiennes.

Elle n'a pas élevé le ton, mais quelque chose
dans sa voix est déterminé. Au haras, René lui
a dit : « Quand vous voulez dresser un cheval
ou un chien, vous n'avez nul besoin de crier,
vous devez seulement donner votre ordre avec
une conviction totale. Il faut que l'animal sente

que s'il n'obéit pas, vous êtes prête à le tuer, oui, pas seulement à le battre, à le tuer !... Là, il obéit. »

Il a ajouté : « Cela vaut aussi pour les gens. »

Un secret d'homme. Clotilde lui est reconnaissante de le lui avoir transmis.

S'ils insistent, ces deux-là, s'ils continuent à vouloir se mêler de sa vie privée comme de sa vie tout court, elle les tuera. Symboliquement, pour commencer.

Ils n'insistent pas.

Un peu plus tard, sa mère lui tend la lettre à son nom, sans une question sur sa provenance.

– Il y a ça pour toi, c'est arrivé hier.

Après avoir quitté le haras, Clotilde est passée à la poste pour que son courrier n'y soit plus transféré.

La lettre est à l'en-tête d'un hôtel de la rue de Seine. À tout hasard, Clotilde téléphone. Elle a un prétexte : en savoir plus long sur la proposition de travail.

Charles n'y est plus. Parti de la veille.

C'est aussi bien, elle peut se débrouiller seule.

D'abord, elle va aller voir si ça lui plaît. Elle n'est pas obligée d'accepter n'importe quoi sous prétexte qu'un homme le lui propose.

Elle est libre. Avec un peu d'argent devant elle : sa paie.

L'enfant lui serre trop fort la main et Clotilde ressent douloureusement cette demande d'amour, énorme, gonflée à craquer. « Un ballon qui risque d'éclater », se dit-elle.

Est-ce l'association de mots qui a engendré l'image ? Mongolien, montgolfière...

– Nous recevons surtout des trisomiques 21, plus quelques autres handicapés mentaux. Dans la journée seulement : nous sommes un centre diurne.

– Je croyais que les crèches et les maternelles prenaient désormais ce genre d'enfants ?

– C'est exact, mais, ici, la population immigrée est si nombreuse que les établissements scolaires sont débordés. Le maire m'a demandé si je voulais bien m'occuper de ceux-là en attendant... J'ai dit oui, et j'attends... J'ai quelques aides, dont deux bénévoles, mais j'ai la faculté d'embaucher quelqu'un, et Charles m'a parlé de vous comme pouvant convenir. Parmi vos qualités, m'a-t-il dit, l'une est que vous êtes disponible, en particulier sur le plan des horaires... Les parents ne viennent pas toujours rechercher les petits à l'heure de la fermeture. Quelquefois, ils ne se présentent même pas du tout ! Il faut les leur ramener un à un. Quand on sonne à leur porte, ils jouent les surpris, se frappent le front, prétendent avoir « oublié » !

— Ils souhaitent s'en débarrasser ?

— Inconsciemment... Autrement, ils les aiment. Mais c'est si lourd...

Élie Fourrest porte une barbe noire à peine parsemée de quelques poils blancs, comme ses cheveux. Il est en pantalon, chandail à col roulé, blouson. Derrière ses petites lunettes cerclées de métal, un œil large, brillant, oriental. « C'est son ascendance, il est juif », se dit Clotilde tout en l'écoutant.

Il a quelque chose de la tolérance de ceux qui affrontent l'intolérance depuis des millénaires, tentent de la désarmer ou de la comprendre. Toute agressivité retenue. Ou refoulée...

Clotilde repère dans son discours sur les enfants l'évitement des mots qui viennent à la plupart : « anormaux », « retardés », « débiles », « arriérés »...

Élie Fourrest fait-il un effort ? Ou est-ce devenu chez lui une seconde nature à force de vouloir intégrer ceux qui ne le sont pas et que le premier réflexe de tout un chacun est d'exclure ?

« Charles se fiche de moi ! a pensé Clotilde lorsqu'elle a vu la plaque de l'établissement avant de sonner et d'entrer. Il me prend pour une bonne sœur, ou quoi ? »

C'est le sourire du psychothérapeute qui l'a retenue. Tout en lui exposant les servitudes du poste, si elle venait à l'accepter, il semblait lui dire : « Je me doute bien qu'une jeune et jolie femme comme vous a mieux à faire que s'enfermer ici toute la journée avec des baveux... »

René aussi avait l'air de penser qu'elle ne resterait pas au haras face à une clientèle composite, des cavaliers mais aussi des valets de ferme, des employés agricoles, un monde rural parfois grossier.

Elle a relevé le défi. Pourquoi pas celui-ci ?

— Je peux toujours essayer... En Corrèze, j'ai travaillé dans un refuge pour personnes âgées et isolées.

— Nos enfants sont beaucoup plus demandeurs que les vieux...

— Moins grincheux, aussi ?

— Quand vous ne comprenez pas ce qu'ils veulent, ils font de ces colères !

L'un d'eux se colle à elle, s'agrippe à sa jambe, pousse des petits cris de plaisir et d'excitation.

— Arrête, André, que veux-tu ?

Il « veut », c'est tout. Être remarqué d'elle, aussi. Clotilde s'agenouille, l'empoigne par les deux bras pour lui montrer qu'elle est là, mais aussi le contenir et l'éloigner, interrompre le corps à corps.

Face à un enfant retardé, il ne s'agit pas de lui faire exprimer son désir, mais de le canaliser vers une activité qu'on choisit pour lui. Parfois physique : on va jouer, courir, se

dépenser, monter sur la balançoire (avec ceinture de sécurité). Parfois mentale : on prend
des cubes, des quilles de couleurs, on assemble, on range par catégories. On essaie, en tout
cas. L'enfant reste un instant tranquille,
amusé, intéressé même. Au premier échec, à
la première difficulté trop nette, il envoie tout
promener d'un revers de main, se précipite
dans le giron de Clotilde, crie à nouveau, suce
son pouce. Régresse.

En sortira-t-il jamais ?

— Je trouve qu'André va déjà mieux depuis
que vous êtes arrivée, remarque Élie. Comment faites-vous ?

— Il me semblait justement que je n'y arrivais pas, objecte Clotilde, décontenancée.

— Ce n'est pas vous qui devez y arriver, c'est
lui ! Il s'agit de ses progrès, pas des vôtres !

Remise à sa place, Clotilde a le sentiment
que c'est elle qui est « soignée », éduquée,
même, par le truchement de cet enfant.

Élie a raison : elle en a besoin. Au lieu de
se préoccuper du petit patient, elle en est trop
à se demander si elle fera une bonne « psy »,
une bonne mère, un être humain « valable ».
Alors que c'est son travail qui doit l'être !

Rien d'autre.

C'est par son activité au jour le jour qu'elle
se développera, deviendra elle-même dans
l'échange avec autrui.

Charles l'a-t-il pressenti ?

Comme s'il s'immisçait dans le cours de ses
pensées, Élie murmure :

– Je suis content que Charles vous ait envoyée, vous êtes la personne qu'il fallait ici. Puis il ajoute dans sa barbe : « Qu'il me fallait... »

Clotilde tressaille, réchauffée de l'intérieur.

Elle ne savait plus que ça existait, la joie.

Raymond n'arrête pas de la dévisager et Clotilde finit par lui en faire la remarque :

– Qu'est-ce que tu as à me regarder ? J'ai tellement changé ? Vieilli ?

– Ce n'est pas ça... Seulement, tu me donnes l'impression...

– Laquelle ?

– Comme si tu étais... Enfin, comme si tu n'avais plus besoin des autres !

– Surtout, ne crois pas ça...

– Ce n'est pas une critique, remarque. Tu me fais l'effet d'être pleine ! Tiens, comme une femme enceinte...

– Peut-être suis-je pleine de moi, répond Clotilde qui aime bien cette image. Il est temps... C'est mieux ainsi, non ?

– En fait...

Raymond a l'air perplexe.

– Tu vois bien, souligne Clotilde, c'est quand même une critique !

– Dans un sens, tu es plus rassurante qu'avant, tu ne donnes plus le sentiment de devoir t'écrouler d'une seconde à l'autre... Mais c'est moins séduisant !

Clotilde l'a observé : depuis qu'elle se sent « mieux », c'est-à-dire davantage elle-même, les hommes s'intéressent moins à elle.

Dans un éclair, elle revoit la délicieuse publicité pour des pâtes alimentaires où un Depardieu tous bras ouverts, sourire à l'avenant, se précipite sur une jeune femme qui vient de chuter de vélo. Et qui l'attend, la main sur sa cheville un tout petit peu tordue, si peu... Le regard du sauveteur improvisé signifie : « Tu as besoin de moi, chérie ? Ne bouge pas, je suis là, j'arrive... » C'est celui que Clotilde ne sait plus déclencher chez les hommes.

Peut-être n'en a-t-elle plus envie ? Tout à fait capable de se remettre sur pied toute seule, en cas d'accident, d'enfourcher sa bicyclette et de reprendre sa route... Elle imagine la tête de Depardieu, dans le clip publicitaire, si la belle prenait ses pédales à son cou, le laissant en plan avec son assiette de pâtes fumantes !

À peu près la tête qu'arbore Raymond aujourd'hui.

Déçu, en somme. Presque lassé.

– Écoute, Raymond, tu ne vas pas me reprocher de m'en tirer...

– Bien sûr que non ! Mais je me demande...

– Vas-y, tu peux me dire ce que tu penses, je ne vais pas tomber en morceaux !

– ... si tu es sur la bonne voie ! Tu fais semblant d'avoir réglé tes problèmes, mais je ne crois pas que ce soit le cas...

– J'ai réglé mes problèmes financiers !

– Je parle de tes problèmes de femme.

– Tu les connais, mes problèmes de femme ?

– Enfin, je m'en doute...

– Dis-les-moi, cela peut m'aider !

– Une femme a besoin d'un homme, et de faire des enfants.

– Grande nouvelle !

– Je ne sais pas ce que vous avez toutes...

– Tiens, nous sommes *toutes* dans le même cas ?

– Ne ricane pas sans arrêt...

– Je ne ricane pas, je suis confondue ! Tu parles comme si nous en étions encore à la génération de ma mère. Ou alors sous Hitler, avec les trois « K » : *Küche, Kinder, Kirche*. Cuisine, enfants, église...

– Tu m'interromps tout le temps !

– Pardon, je me tais.

Il l'agace, mais il a bien le droit de s'exprimer. Elle sait se montrer patiente avec les enfants retardés, pourquoi pas avec Raymond ? Les hommes ne seraient-ils que des enfants attardés ? Clotilde chasse l'idée, replie ses jambes sur le canapé.

Ils sont dans son appartement redevenu totalement le sien. Les parents ont brusquement décidé de regagner Alès sous prétexte d'aller voir ce que devenait leur maison louée. En fait, a pensé Clotilde, parce qu'ils se sentaient frustrés de ne plus exercer leur pouvoir sur elle. Elle leur a échappé ; du coup, leur séjour n'avait plus de raison d'être. À Alès, ils ont une vieille cousine handicapée, quelques autres proches à régenter... De quoi vivre, en somme !

Raymond se ressert de la fine à l'eau, étend ses jambes devant lui en les écartant, et raconte comment il conçoit la vie des femmes. Une vie de femme heureuse...

– Il faut quand même que vous vous fassiez à l'idée que vous n'êtes pas comme les hommes !... La différence sexuelle – tu ne vas pas nier qu'elle existe – influence aussi le reste... L'égalité devant la loi, je ne dis pas, elle est nécessaire et même indispensable, mais il y a les mœurs, la façon de vivre... Face au travail, les femmes, qui peuvent tomber enceintes (*tomber*, relève Clotilde, quel mot !), ne sont pas les égales des hommes... Elles sont...

– Inférieures ? suggère-t-elle.

– Ne m'agresse pas. Quand on agresse, c'est qu'on se sent faible !

– C'est vrai...

– Elles ont d'autres aspirations, une autre fonction dans la société... Tiens, rien que la passion des femmes pour la mode montre bien qu'elles sont différentes ! C'est leur goût pour l'apparence qui fait leur merveilleux, leur mystère ! Toi, tu ne fais plus aucun effort pour t'habiller, cela me navre...

– Question budget : je suis de nouveau seule à payer mon loyer ; je m'en sors, mais tout juste...

– S'il y avait un homme avec toi, tu n'aurais pas ces problèmes !

– J'en aurais d'autres que j'ai déjà eus, merci !

– Mais enfin, Clotilde, tous les hommes ne

sont pas comme Albert ! Cela existe, la bonne entente entre homme et femme, des gens qui se complètent, qui s'aiment. Tu ne crois plus en l'amour ?

– Je ne crois qu'à ça !

Raymond reste stupéfait. Inquiet, aussi.

– Tu aimes quelqu'un ?

– J'aime tout le monde...

Il le prend à nouveau de haut :

– Cela veut dire personne... Quel gâchis !

Clotilde sent la moutarde lui monter au nez.

– Qui te donne le droit de juger ma vie ? Un gâchis ? Qu'est-ce que tu en sais ?

– Mais c'est toi qui viens de me dire...

– Qu'il n'y avait pas de grand amour dans ma vie. Mais je ne t'ai pas dit qu'il n'y avait pas d'homme...

– Tu ne vas pas me faire croire que tu deviens comme Christiane !

– Nullement ! Pour la bonne raison que Christiane ne peut pas se passer d'hommes. Moi, si. Cela n'est plus ma priorité.

– Tu n'as plus envie de faire l'amour ?

– Je t'adore, Raymond...

– Pourquoi dis-tu ça ?

– Parce que tu raisonnes tellement par clichés lorsqu'il s'agit des femmes...

– Tu te trompes. J'observe, je vous vois évoluer...

– Si tu es si calé en femmes, comment se fait-il que tu n'en aies pas ? C'est toi qui es dans le manque, pas moi...

– Un choix... Raymond repose son verre... raisonné...

– Eh bien, pour moi aussi, c'est un choix raisonné. Et puisque tu aimes observer, tu devrais te mettre à étudier quelque chose...

– Quoi donc ?

– En quoi je suis mieux !

Il a tellement l'air d'un enfant, soudain, que Clotilde a envie de le prendre dans ses bras et de faire l'amour avec lui, en camarades.

Ce qui la retient, c'est la fragilité de Raymond. Il serait capable de tomber amoureux d'elle encore plus qu'il ne l'est déjà sans le savoir.

La dernière fois qu'elle s'est refusée à coucher avec lui, c'était par peur de se faire du mal à elle-même. Là, c'est pour lui. Exact : elle a changé.

– Allez, va te coucher. Je me lève tôt demain, les enfants m'attendent...

– Tu dois être bien éprise, pour faire un métier pareil.

– Ah, et de qui ?

– De ce « psy » dont tu m'as parlé...

Décidément, le réflexe masculin fonctionne sans ratés chez Raymond : pour lui, les femmes ne marchent qu'à l'amour, en fonction des hommes ou d'un homme !

– Ce doit être ça, lance Clotilde en se levant et en allant chercher son pardessus, qu'elle l'aide à enfiler.

Elle a envie d'ajouter : « Ne t'en fais pas pour moi ! » Mais elle se rappelle à temps que c'est justement ce que cet homme n'a pas envie d'entendre : qu'elle se prend en charge. Elle modifie son propos :

– Ça me fait du bien de te voir ! Reviens vite...

Raymond se redresse :

– Promis ! Et n'oublie pas de m'appeler, si tu as besoin de moi.

Clotilde hoche la tête, referme la porte sur sa mince silhouette flottante.

Ce dimanche-là, Clotilde a décidé de le passer seule, sans répondre au téléphone, sans voir personne, pour réfléchir à ce qui lui arrive.

« Cela ressemble au travail de deuil, se dit-elle. Au début, on sanglote chaque fois qu'on pénètre dans la chambre qu'a occupée la personne disparue. Plus tard, on vient s'asseoir dans son fauteuil et on songe à elle avec douceur, mélancolie, après avoir déposé une rose près de sa photo. Le temps continuant à passer, c'est allégrement que l'on aère la pièce, puis la retapisse, déplace les meubles, vide les armoires des affaires du défunt... »

De qui ou de quoi est-elle en train de faire son deuil ? De la Clotilde d'autrefois ?

Avec le recul, elle l'aime bien, cette jeune femme qu'elle a été, exigeante, absolue, prête à tous les ravages de la passion amoureuse. D'assez bonne foi ; capable de reconnaître : « Eh bien, je me suis trompée ! », ou bien, comme elle l'a fait avec Albert : « Je ne t'aime plus assez pour vivre avec toi ! »

Il y a encore un an, elle aurait « flippé »,

comme disent les jeunes, à l'idée de passer une journée entière sans voir personne. « Ce n'est pas que je me sois mise à aimer la solitude, je la déteste tout autant, remarque-t-elle en astiquant le carrelage de la cuisine avec un produit odoriférant. La différence, c'est que je ne me sens plus seule ! »

Elle est entourée, cernée par ses pensées, par toute sortes de « présences » qu'elle ne percevait pas jusque-là. Celle des meubles, par exemple : il lui en reste de son ancien environnement et tous ont une histoire, qu'ils lui chuchotent.

Et puis il y a l'image de tous ceux qu'elle a rencontrés pendant la semaine écoulée, enregistrant leurs paroles, des expressions, des intonations, sans pouvoir dans l'instant leur prêter un sens. Elle a besoin de retourner mentalement à ce qui s'est passé, à ce qu'elle a éprouvé, pour saisir ce qu'on a vraiment voulu lui dire.

Le petit André lui serrait constamment la main au cours de ses premières journées au centre. Soudain, il apercevait un chat dans la cour de l'établissement et il lâchait Clotilde sans pour autant faire le moindre pas vers l'animal, sans un mot non plus...

« Comme s'il s'identifiait au chat, désirait être libre, comme lui, et, pour cela, commençait par se détacher de moi, et, à travers moi, des autres, en particulier de ses parents surprotecteurs... Il m'a laissé entendre sans me le dire : "Je veux être comme le chat !" C'est à cela que je dois travailler avec André : à lui faire prendre conscience qu'il n'y a nul danger pour lui à grandir, se développer, puis s'éclipser un jour, comme le chat par-dessus le mur, ou comme je l'ai fait, moi ! »

Chez tous les êtres, quel que soit leur âge, il existe un pareil désir d'évolution, de progrès intérieur. Tout le monde n'y parvient pas, surtout sans aide. La douleur est parfois si forte...

Clotilde se verse encore du café ; ces cafetières électriques qui le conservent à température sont bien pratiques. Un petit bonheur qu'aujourd'hui elle sait apprécier.

Elle quitte la cuisine, va au salon, ouvre une fenêtre, s'accoude à la balustrade, sa tasse de café à la main. On est en avril, les premiers bourgeons éclatent sur de jeunes pousses vert amande qui grandissent à vue d'œil.

Rien que les regarder tonifie, fait qu'on respire plus large, plus à fond.

Elle se souvient. « Des jours atroces », pense-t-elle. Elle a envie de les oublier, mais il ne faut pas. Avoir connu ces moments-là fait non seulement partie de son histoire, mais aussi de ce qu'elle a à offrir aux autres.

La connaissance de situations extrêmes.

« Qui n'est pas passé par là ne peut rien comprendre au crime, à la drogue, au suicide... »

Elle s'arrête sur le verbe *passer*. C'est laisser entendre que l'on est sur un chemin et que l'on poursuit sa route en dépit des pièges, des fondrières, des grands froids ou des fournaises. « Une sorte de rallye perpétuel : certains cassent, se tuent, d'autres font des tonneaux, puis reprennent la course... »

Les images lui viennent sans qu'elle ait à les chercher. Sans amertume ni inquiétude pour l'avenir. Dans une sorte de douceur.

Son café bu, Clotilde se dit qu'elle va se faire cuire du riz complet pour déjeuner, elle préparera aussi des légumes dans l'autocuiseur : carottes, poireaux, pommes de terre. Un assaisonnement à l'huile vierge, tournesol ou olive. De cette façon, l'arôme des aliments ressort, et quoi de meilleur ? Elle vit en ville, mais, grâce à la nourriture, elle reste quand même en liaison constante avec la campagne, voire avec les autres continents.

Non, la civilisation ne détruit pas tout, si l'on veut bien s'en apercevoir : elle crée de nouveaux liens, d'infinies correspondances.

La nature est un temple où de vivants piliers
Laissent parfois sortir de confuses paroles ;
L'homme y passe à travers des forêts de symboles
Qui l'observent avec des regards familiers...

Les vers de Baudelaire lui montent aux lèvres comme des paroles venues du plus profond d'elle-même.

« Maintenant, j'aime les dimanches », se dit Clotilde en allant prendre sa douche.

Juste après son divorce, elle avait voulu tester son nouvel état de « femme libre » et était partie en solitaire pour une semaine dans le Midi.

Elle avait loué pour pas cher, hors saison, un studio sur le port d'une station à la mode qu'elle ne connaissait pas : Saint-Tropez.

Qu'espérait-elle ? Faire des rencontres ?

En débarquant, elle avait couru s'acheter chez *Choses*, le magasin hyper-branché, un minuscule deux-pièces rose pâle. Le bas presque réduit à un *string*, et une fleurette brodée à la main sur chaque bonnet du soutien-gorge. Un amour de... rien !

Vêtue de rien, balançant à bout de bras un grand sac de plage contenant une serviette bleu pâle – harmonie adorable avec le deux-pièces –, de la crème solaire, un magazine féminin, une immense paire de lunettes noires lui dévorant la moitié du visage, Clotilde s'était vue déambuler sur la petite plage tropézienne de La Ponche.

« Vue », oui, comme si elle avait été un

observateur extérieur en train d'admirer cette jeune et jolie femme accessoirisée avec tant de style, se mouvant comme une sylphide, et divinement seule !

Bonne à aborder. Exigeant qu'on l'aborde !

Elle ne se le formulait pas, mais ce devait être criant.

Tout son être suppliait : « Ne me laissez pas seule, aimez-moi, emportez-moi, donnez-moi une chance de jouer le rôle pour lequel je suis ici ! »

En somme : y a-t-il un metteur en scène sur la plage ?

Plus précisément : y a-t-il un homme ?

Les mâles étaient-ils absents, déjà en main ou suroccupés à se bronzer ?

Rien ne s'était passé. Son apparition n'avait pas suscité un regard. Ni fait battre le moindre cil. Ou alors, ces messieurs étaient entraînés à observer le défilé féminin de dessous leurs Ray-Ban, et, c'était le pire, son *show* si bien préparé n'avait pas intéressé.

Aucun amateur !

Donc, pas de Clotilde. Elle n'était même pas *là* !

Est-ce la conscience de ce néant qui avait provoqué sa crise d'angoisse ?

Le ciel était d'un bleu dur, le soleil à son zénith, la mer si immobile qu'on n'entendait aucun bruit de ressac, le sable brûlant au point qu'elle ne pouvait tenir que sur sa serviette. Au loin, quelques cris d'enfants, les crissements de pas d'un promeneur. Aucun oiseau...

Dans cet éden, Clotilde se relève pour

remettre un peu de crème solaire sur ses épaules et son décolleté trop exposés. Soudain, c'est la terreur. Une vague surgie d'elle ne sait quelle partie d'elle-même lui secoue le plexus, le ventre, broie sa poitrine, la couvre d'une sueur froide. Elle sent ses mâchoires qui se crispent, réprime un hurlement, se replie sur elle-même, cherche vainement où se cacher...

Elle était presque nue sur une plage où nul ne s'occupait d'elle et de son malaise. En fait, ces corps immobiles, allongés, lui paraissaient tous morts.

Il n'y avait plus qu'elle ici, abominablement seule entre ciel et terre. Seule à tout jamais dans l'univers.

Elle se souvient d'avoir eu pour unique réflexe de ne pas bouger. Combien de temps est-elle demeurée ainsi ? Si elle avait fait le moindre geste pour chercher à se sauver, s'en aller, elle serait, lui semblait-il, devenue folle.

Afin de fixer sa conscience en fuite, elle gardait les yeux rivés sur une sorte de cabane en lisière de la plage ; l'une de ses cloisons de planches projetait un carré d'ombre et elle se disait : « Dès que j'irai mieux, je pourrai aller jusqu'à cette cabane, peut-être m'y abriter... »

Avoir quatre murs autour d'elle, c'était tout ce qu'elle était capable d'envisager.

Le retour à l'utérus ? C'est maintenant qu'elle raisonne, tente de comprendre, cherche à donner un sens à cette crise.

Rentrée à Paris dès le lendemain, elle n'en avait soufflé mot à personne. Comment faire comprendre qu'ayant la chance de se trouver dans l'un des plus beaux sites du monde, à bénéficier d'un soleil de rêve, elle s'était sentie devenir folle ? Prise de la grande terreur existentielle, celle dont il est question dans les écrits des mystiques ?

On lui aurait dit : « Tu es folle ! »

Elle se l'était assez répété qu'elle était folle, ajoutant : « Plus jamais ! »

Plus jamais quoi ?

– Enfin, c'est toi !

La voix masculine ne s'est pas présentée.

Certaines gens mettent un point d'honneur à vouloir être reconnus d'emblée au téléphone. Comme s'il était impensable qu'on les confonde !

Clotilde hésite. Qui parle ?

– J'ai appelé plusieurs fois, ce n'était jamais toi qui répondais. Je raccrochais... Tu avais déménagé, ou quoi ?

Quelque chose de parigot, dans l'intonation, la renseigne enfin : Bruno Freyres !

– J'étais en voyage...

– Tu aurais pu envoyer une carte postale. Je me suis presque inquiété... Où étais-tu ?

– Très loin... En France !

– Seule ?

Lui aussi ne pense qu'à ça : avec qui est-elle ?

– Très entourée, au contraire. Il y avait même des chevaux, parfois de la neige...

– Tu m'as oublié ?

– Non, puisque je t'ai reconnu !

– Alors, on dîne ensemble ?

– Je me couche tôt, je travaille.

– Tiens, qu'est-ce que tu fais ?

– Une longue histoire...

– Tu n'as pas envie de me la raconter ?

La voix de l'homme s'est faite proche, presque amicale. Ce qui la désarme : tout à l'heure, elle le trouvait agressif, cherchant même à dominer.

– Si tu veux.

– Quand ?

– Samedi.

– Oh la la, c'est loin, on n'est que lundi !

– Je ne sors pas en semaine. Je te l'ai dit : je me couche tôt.

– Je peux venir chez toi ; j'apporterai le dîner. Et le vin.

– Je te remercie, mais le soir, je suis fatiguée.

– C'est si dur, ce que tu fais ?

– D'une certaine façon, oui. Après, j'ai besoin d'être seule.

– Moi aussi, c'est dur. Mais ça me fait l'effet contraire : le soir, j'ai envie de voir du monde ! Enfin, pas n'importe qui, des gens avec qui je peux parler, comme toi...

Il y a de la tristesse dans sa voix.

– Et Lydie ?

– Tu sais bien...

– Non, je ne sais pas !

– Je l'aime beaucoup, mais je ne peux pas lui parler.

– Pourquoi ça ?

– Elle a tellement peur que je la quitte

qu'elle prend tout mal ! Si je dis que je vais aller chiner en province, la voilà qui fait une scène...

– Emmène-la !

– Qui gardera le stand ? Et puis, avec sa jalousie, elle me fait rater des affaires... Il faut que j'aie les mains libres, surtout avec les clientes.

Ce que les gens se compliquent la vie ! Ils pourraient être heureux, ces deux-là, complices.

– Tu crois qu'elle va apprécier, si tu m'emmènes dîner ?

– Je ne le lui dirai pas.

Si Clotilde acceptait, il viendrait chez elle ce soir même. Avec des intentions. Lydie, il la trompe déjà en pensée. Elle a de quoi s'inquiéter...

Clotilde aurait aimé lui dire : « Mais lâchez-lui donc les baskets, à votre Bruno ! Il a besoin de vous, il ne vous quittera jamais si vous ne lui rendez pas la vie commune impossible... S'il vous trompe par-ci, par-là, ce n'est pas grave. Une façon de se prouver qu'il est toujours un homme. Il en a besoin pour être le meilleur dans son métier ! »

Qu'ont donc les femmes à gâcher leur entente avec les hommes ? Pas assez sûres d'elles-mêmes ?

Si Lydie continue à vouloir le garder en lisière, Bruno se barrera un jour avec une autre, juste pour se prouver qu'il est libre, même si c'est une erreur. Et ce sera une erreur !

« En tout cas, se promet Clotilde, ce ne sera pas avec moi ! »

– Rappelle-moi samedi matin, on verra.

Elle va tâcher de lui parler entre la poire et le fromage, mais aura-t-il envie de l'entendre ? Probablement pas. Alors ils discuteront anti-quités, brocante... De ce qu'il sait vraiment faire.

Maladroits en amour, les hommes se rat-trapent sur leur terrain.

En passant devant la vitrine d'un libraire, un titre lui saute aux yeux : *Comment vivre avec son rhumatisme...*

Et avec sa solitude, alors ?

Cette douleur sourde, si constante que Clotilde finit par ne presque plus la remarquer. Rarement lancinante. Quelqu'un devrait écrire un livre pour apprendre à vivre seule...

Avec sa solitude de femme.

« On peut dire ce qu'on veut, ce n'est pas la même chose qu'une solitude d'homme. »

Comment le sait-elle ?

Elle le sent. Le constate aussi.

Une solitude d'homme, ça ne dure pas. Les hommes ont tout de suite l'air si éperdus qu'une femme se précipite à leur secours comme s'ils étaient des bébés tombés du berceau...

À la première alerte, avant même que la maladie ne se soit vraiment déclarée !

Clotilde se souvient de sa surprise le jour où elle a accompagné Albert au bureau. C'était tout à fait au début de la procédure de divorce, ils vivaient encore ensemble et il avait besoin qu'elle cosigne d'urgence un document laissé dans son courrier.

Sa secrétaire, Jenny, ne voit pas qu'elle se tient derrière Albert. Elle ne regarde que son patron, les yeux remplis de compassion. Elle tend les mains pour prendre son blouson de cuir en demandant d'une voix émue : « Voulez-vous que je vous fasse du café ? Il fait si froid, ce matin... »

Soudain, elle aperçoit Clotilde et se détourne, comme prise en flagrant délit. De prétention à la succession, ou d'amour maternel indu ?

Clotilde, en tout cas, s'est sentie... eh bien, encore plus seule !

En ce qui la concernait, aucun homme ne l'attendait à l'étude de Me Valois où elle avait commencé à travailler. Personne ne l'y accueillait avec cet air de soumission absolue : « Demandez-moi n'importe quoi, je suis prête à tout pour vous ! »

Jusqu'où Albert s'est-il laissé câliner par Jenny ? Quelques semaines plus tard, il a rencontré Marie-Laure avec laquelle il s'est mis dès que possible en ménage. Entre-temps, Clotilde l'a aperçu dans un restaurant avec Claudie, une « ancienne », elle aussi en instance de divorce. Penchés l'un vers l'autre, ils avaient l'air d'échanger des secrets capitaux.

Pas une seconde Albert ne s'est retrouvé seul.

Il ne sait même pas ce que c'est, et, pour tout dire, il n'en a nul besoin : il se sent lui-même et semble content de l'être sans avoir à passer par l'épreuve.

Celle du désert.

Quand il a quitté Clotilde, ç'a été pour aller résider chez sa mère ; jamais il ne lui est arrivé de rentrer le soir dans un appartement où rien n'a été déplacé, puisque personne n'y a pénétré. Ni d'attendre en vain le bruit d'une clé dans la serrure, d'un pas dans l'entrée, d'une voix qui implore qu'on la rassure : « Tu es là ? »

Albert ne sait pas ce que c'est que de n'avoir personne à qui demander de rapporter du pain, de ne pas oublier de passer chez le teinturier, de rappeler tante Léa pour dire qu'on ira la voir dimanche !

Il ignore tout du malheur de ne pas avoir quelqu'un pour vous compléter, vous remplacer, vous soigner si vous venez à tomber malade.

Quand elle était mariée, Clotilde appréciait parfois de se sentir légèrement fiévreuse. Bon prétexte pour se faire servir par son compagnon, apporter une aspirine, un verre d'eau, une bouillote, se laisser border... « J'éteins la lumière, dors tout de suite, demain tu seras guérie ! » Volupté de s'enfoncer dans la sécurité en se sachant protégé de tout comme lorsqu'on est petit et qu'on a la rougeole.

De goûter à nouveau au bonheur d'être un enfant juste assez malade pour tester la tendresse de Maman...

L'autre soir, sentant monter sa température, c'est l'angoisse qui l'a prise : et si elle ne pouvait pas sortir demain, aller à son travail, s'acheter des médicaments ? Qui le ferait ?

Bon, elle pourrait appeler Christiane, laquelle n'aurait pas le temps de venir avant la fin de soirée. D'ici là, il lui faudrait se débrouiller.

Seule.

Les femmes sont seules. Quand elle sont malades, quand elles sont vieilles. Quand elles pleurent.

Chaque fois qu'Élie prend la parole, Clotilde se sent « interpellée », comme on dit aujourd'hui. Quelqu'un quémande son avis, se réjouit de sa réponse. Elle a remarqué que l'homme n'emploie pas le même ton pour s'adresser à elle et aux autres.

Que ce soit au téléphone ou lorsqu'ils sont ensemble, il parle plus doucement, comme s'il voulait la toucher dans sa sensibilité profonde, désarmer ces défenses que chacun élève contre la parole d'autrui : va-t-on encore nous faire mal ? tenter de nous exploiter ?

Cet homme ne cherche ni à la brusquer, ni à la fléchir. Il sollicite son avis, se réjouit s'il l'obtient. Même quand il y a un problème ou qu'ils se trouvent en opposition, Élie trouve le moyen de lui faire sentir que, pour lui, lorsqu'elle est là, c'est la fête.

Ce qui fait que Clotilde cesse de se tenir sur la défensive comme elle l'est la plupart du temps depuis qu'elle vit seule, surtout vis-à-vis des hommes.

Cela lui permet de l'observer : pas seulement

ses yeux liquides, magnifiques derrière les lunettes – des yeux pareils ne peuvent affronter la réalité sans la protection d'un verre –, mais aussi ses mains, longues, souples, expressives.

Élie parle avec ses mains, mais les dissimule souvent derrière son dos pour qu'elles ne trahissent pas ses intentions, ses désirs.

Le plus important reste néanmoins ce qu'il dit et la façon dont il l'exprime. Cet homme est perpétuellement au travail dans sa tête, traquant en permanence le sens de ce qui se passe. À propos du cas d'un enfant, mais aussi, de façon plus générale, des rapports humains. Élie ne s'intéresse guère au végétal ou à l'animal, ni au cosmos ; ce qui le passionne, ce sont les relations des gens entre eux. Donc la politique.

Chaque fois qu'ils ont pris le temps de boire un café, debout au comptoir du coin, c'est le sujet qu'Élie a aussitôt abordé, lui demandant poliment son avis avant d'exposer le sien.

Aujourd'hui, pour la première fois, il a invité Clotilde à déjeuner. Le centre est fermé pour cause de vacances scolaires, mais, comme ils ont du retard dans les dossiers de certains arrivants, il lui a demandé de venir quand même. Ils travailleront deux ou trois heures tranquilles, sans être dérangés, puis ils iront déjeuner dans un établissement qu'il connaît. Si elle le veut bien.

Clotilde a dit oui sans hésiter ; les jours qui ont précédé, elle s'est même aperçue qu'elle attendait ce rendez-vous avec une certaine excitation. Elle s'est interrogée sur ce sujet qui ne comptait guère pour elle, ces derniers temps : qu'allait-elle mettre ? Ce n'était pas un jour comme les autres, elle avait envie de se montrer à son avantage...

Puis elle s'est jugée ridicule : elle n'avait tout de même pas l'intention de séduire Élie !

À propos, y a-t-il une femme dans sa vie ? Elle n'en sait rien.

Clotilde enfile son jeans habituel, un T-shirt de couleur vive, et met par-dessus sa veste noire bien coupée, qu'elle brosse soigneusement.

L'inhabituel, ce sont les boucles d'oreilles, longues, incrustées de pierres colorées, qu'elle évite de porter au centre de crainte que les enfants ne tirent dessus.

Puis elle part attendre l'autobus, toujours lent à venir les jours fériés.

Ce rire de gorge en forme de sanglot, l'homme ne l'a jamais eu jusque-là avec elle. Quelque peu narcissique, mais aussi... Clotilde ne trouve pas d'emblée la réponse. Puis elle lui vient d'un coup : féminin !

Ils sont assis côte à côte sur la banquette du restaurant. Clotilde n'a pas compris, en entrant, que c'était un établissement cachère.

– J'ai envie de vous faire découvrir une nourriture que vous ne connaissez peut-être pas, lui a dit Élie après qu'ils eurent terminé leur commun travail. Vous voulez bien ?

Puisque cela lui faisait plaisir. Elle s'attendait à du libanais, peut-être du turc, ou, de la cuisine indienne qu'elle aimait beaucoup : le mélange du salé et du sucré, les galettes de farine, fines jusqu'à l'immatériel, flattaient son appétit.

Ici, il y a du pain azyme, mais aussi des petits pâtés fourrés à la viande. Du poulet. De l'agneau. Des légumes surcuits. Du riz.

Élie paraît se régaler, se ressert.

Clotilde a surpris – elle ne s'en est rendu

compte qu'ensuite – lorsqu'elle a demandé du vin. Le serveur et son hôte ont échangé un regard. Elle a aussitôt ajouté : « Si vous n'en avez pas, ça ne fait rien... », mais Élie a posé la main sur son avant-bras pour la faire taire, et le vin est arrivé. Un seul verre. Lui boit de l'eau.

Elle s'est sentie un peu... fruste ! Le silence, les pas feutrés, tout ici était tellement civilisé...

Elle n'imaginait pas qu'Élie, si moderne dans sa réflexion sur les enfants, la médecine, pût respecter des rites aussi ancestraux que ceux de la cuisine juive. Allait-t-il à la synagogue ? Lui arrivait-t-il de porter la kippa ? Avait-il fait sa barmitsva, autrefois ?

Est-ce si important ? Elle aussi va à la messe pour les mariages, les enterrements. Il lui est même arrivé de communier, récemment ; voyant que tous ses voisins en faisaient autant, elle n'a pas osé refuser l'hostie : elle aurait eu l'air de quoi, d'une mécréante ? Elle fait le signe de croix face à l'autel si la lampe rouge est allumée. Elle respecte ses origines, les croyances de sa communauté, elle participe de la grande tendresse chrétienne dont elle sent parfois les bras l'enserrer quand elle en a besoin. Avec ces prières qui lui viennent alors aux lèvres : « Mon Dieu, aidez-moi... »

Quel Dieu ? Quelle aide ?

Rien que la solliciter fait déjà du bien. On se sent moins seul.

Élie aussi doit se sentir seul.

– Vous avez toujours vos parents ?

Son visage se fige. A-t-elle commis un impair ?

– Non, lâche-t-il. Puis, d'une voix altérée : « Cela vous plaît ? On peut rajouter de la sauce. Et, pour dessert, je vous recommande le flan. »

Manifestement, Clotilde s'est avancée en terrain miné. Comment pouvait-elle savoir ? Toute la journée, ensemble, ils doivent travailler sur l'ascendance des enfants en difficulté. Le mal vient de là, la plupart du temps : des mensonges ou quiproquos liés à la naissance. L'enfant n'est pas le fils du père qu'on lui désigne, ou bien c'est sa mère qui est le fruit d'un inceste. Ou qui l'a subi. En tout cas, le ver est dans le fruit dès la conception. Il s'agit alors de mettre au jour, de débusquer, de faire parler.

C'est pourquoi sa question lui paraît toute naturelle, et ça lui fait drôle de voir Élie l'esquiver sans un mot d'explication.

Elle vide son verre de vin.

– Vous en voulez un autre ?

Clotilde sourit, fait non de la tête :

– Je n'en bois presque jamais, j'avais seulement envie de me détendre un peu. Vous n'aimez pas le vin ?

– Je n'ai pas été habitué... Dans mon enfance, on ne buvait que de l'eau.

Elle n'en saura pas plus long.

Pas aujourd'hui.

Ce ne sont pas les passants qui gênent leur marche à deux, mais les plots, les barrières, les chaînes, ces interdictions destinées à contenir le parking sauvage, mais qui entravent également la circulation des piétons. Les contourner relève du parcours d'obstacles.

Clotilde a envie de rire en se représentant en train de trottiner derrière Élie qui va à grandes enjambées.

— J'aime marcher dans Paris, lui a-t-il confié au cours de leur déjeuner. C'est ainsi que je me recharge et réfléchis au cas de chaque enfant.

— Où allez-vous ?

— Partout. Un jour je suis à Belleville, un autre à Montparnasse, à Picpus...

— D'ici ?

— Je prends le RER jusqu'aux Halles. Après, je rayonne.

— Mais quand ?

— Très tôt le matin. Je vois souvent se lever le soleil, c'est superbe.

Voilà qui explique, s'est-elle dit, qu'à l'heure

d'ouverture du centre, Élie ait le teint si frais, le geste vif, la parole claire.

Une fois ou deux, il a eu du retard et a marmonné quelque chose sur les pannes du RER, ce qui a surpris Clotilde : d'où venait-il de si bon matin ? N'habitait-il pas à proximité ? Peut-être une amie ? Car Élie n'était pas marié, elle l'a appris par la secrétaire.

Le fait lui a paru étrange : les hommes de sa confession aiment le plus souvent fonder un foyer, avoir beaucoup d'enfants. Vivait-il une liaison difficile ? Interdite ?

Réfléchir à ces mystères a dû lui donner l'air attentif, peut-être perplexe. Élie a ajouté :

– Vous ne me croyez pas ? Eh bien, accompagnez-moi, un matin ! Évidemment, il faut se lever tôt...

Elle a failli lui répliquer : « J'ai l'habitude ! Au haras, je me réveillais avant l'aurore... » Mais elle s'est rappelée qu'elle ne lui a pas raconté sa vie. Lui-même ne lui a d'ailleurs rien demandé sur ses antécédents. Était-ce pour marquer qu'elle était autre que ceux qui venaient consulter pour leur enfant et qu'on interrogeait scrupuleusement, notant leurs dires, établissant des fiches ?

Élie laisse Clotilde seule avec son passé. Elle se dit qu'elle apprécie sa discrétion. Qu'elle tient à la lui rendre : de lui, elle ne sait et ne veut savoir que ce qui apparaît. Ou qu'il veut bien lui révéler. Aujourd'hui, son goût un peu fou pour la déambulation matinale dans la capitale.

– On dirait..., commence-t-elle.

Une borne l'oblige à s'écarter et elle reprend sa phrase un peu plus loin.

– C'est comme si nous étions dans ce film pareil à un court poème...

– Lequel ? lance Élie, dévié lui aussi, cette fois par une voiture garée en plein trottoir, le pare-brise hérissé de PV.

Clotilde poursuit :

– À *motocyclette*... Vous vous souvenez ? L'un des tout premiers courts-métrages de Claude Lelouch.

– Ah oui, cette virée au cours de laquelle un motard parti des Champs-Élysées aboutit en moins d'un quart d'heure à Montmartre. La caméra fixée sur sa machine a tout enregistré... Des pigeons s'envolent, les rares passants font un bond en arrière...

– ... et une femme l'attend tout en haut des escaliers de la Butte !

– C'est la seule image que je n'apprécie pas, lâche Élie.

La réflexion déconcerte Clotilde. Elle aime justement que la folle chevauchée s'achève sur cette quête du Graal : la femme amoureuse !

– Tiens, pourquoi ?

– Banal. Un cliché pour midinettes.

« En suis-je une ? » se demande Clotilde.

Élie s'arrête, lui pose la main sur le bras pour l'immobiliser près de lui. Ils viennent d'atteindre le Pont-Neuf. Le soleil levant se trouve à la verticale de la Seine qu'il transforme en ruban de lumière.

– La Voie lactée..., murmure Clotilde.

UNE FEMME HEUREUSE

L'image est-elle trop féminine à son gré ?
Élie la recouvre aussitôt par une autre :
– Le passage de la mer Rouge...

« Suis-je amoureuse ? » s'interroge Clotilde tout en menant sa vie habituelle.

Laquelle ne l'est plus tout à fait. Le moindre de ses gestes, lui semble-t-il, est désormais orienté. Vers cet homme. Quand va-t-elle le revoir ? Que va-t-elle lui dire ? Que pensera-t-il de la façon dont elle traite tel enfant, dont elle aborde tel problème ?

C'est une angoisse. Elle a peur de lui déplaire, de s'attirer non pas des reproches – ce n'est pas le genre d'Élie –, mais l'une de ces remarques murmurées comme pour lui seul, qu'il a l'air de se faire à lui-même, commençant généralement par *C'est ma faute* : « C'est ma faute, j'aurais dû vous dire... », ou : « C'est ma faute, je me suis mal expliqué... », ou encore : « Je n'étais pas là, alors... »

Les premières fois, Clotilde a vivement protesté : « Mais non, vous n'y êtes pour rien ! C'est moi qui aurais dû... »

Il sourit alors, de cette singulière façon qui lui étire les lèvres sans que ses yeux changent d'expression. En fait, sans gaieté. Clotilde a fini par ressentir qu'Élie ne tient pas à être disculpé. Il préfère demeurer dans ce qu'il appelle *sa faute*. Par orgueil ? Pour tout assumer ? Pour qu'il n'y ait qu'un maître à bord ?

Cet homme l'occupe, en tout cas. Elle pense sans cesse à lui, tentant de pénétrer les méandres de sa pensée, d'interpréter son comportement. Se demandant aussi ce qu'elle représente pour lui.

Il ne l'a plus invitée à déjeuner ni à marcher. Mais il est souvent là, à ses côtés. Pénétrant comme un chat dans la pièce où elle se trouve, la serrant de près. C'est ce que Clotilde a remarqué de plus net : il a réduit la distance entre leurs deux corps. Souvent même, il la frôle. Comme s'il n'en avait pas conscience. Ou la bouscule dans l'embrasure d'une porte, sur un seuil. Sans s'excuser.

Avec elle, s'il s'accuse parfois, Élie ne s'excuse pas.

« Comme si... », se dit Clotilde.

Comme si quoi ?

« Comme si je lui appartenais... », conclut-elle à sa propre surprise.

Pourtant, il n'y a rien entre eux.

« Reviens chez nous ! Je t'épouse ! »

C'est la troisième fois que René le lui répète, et Clotilde ne sait plus que répondre. Ils sont nus dans les draps froissés, humides de leur sueur, et il la serre avec tant de violence et de désir...

Dire que cela ne lui plaît pas serait mentir.

La preuve : elle s'est laissée faire, et même assez vite, après qu'il est entré chez elle. N'accordant guère de temps aux préambules, comme si elle avait quitté quelque chose d'inachevé, là-bas, au haras, une envie qui n'était pas allée jusqu'au bout, puisqu'elle a choisi de partir sitôt après leur unique étreinte. S'enfuyant, en fait.

De crainte d'être retenue, possédée malgré elle ?

Ou parce que l'image de la « bonne », de la serveuse sautée par son patron ne lui convenait pas ? Qu'elle jugeait la chose plutôt « sale » ? Humiliante ?

Là, chez elle, à Paris, alors qu'il n'y a entre

eux aucun lien ancillaire, elle a mieux accepté. Et même voulu coucher avec lui.

Elle ne s'y attendait pas quand René lui a téléphoné : « Je suis monté à Paris pour le Salon de l'Agriculture. Est-ce que je peux venir vous saluer ? Cela me ferait plaisir de savoir comment vous allez... »

Elle n'avait qu'à dire non.

Elle a dit oui.

Étant donné qu'ils n'ont pas grand-chose à se dire, qu'elle ne s'inquiète guère de ce qui a pu survenir au haras après son départ, c'est donc qu'elle s'attendait à ce qui allait se passer.

Au moins, qu'elle soit honnête !

Au moins, que la vie lui ait appris ça : à ne point se dissimuler ce qu'elle espère des gens.

Non pour pouvoir répéter ensuite, si ça tourne mal : « *C'est ma faute* », comme le fait Élie. Mais pour tenter de comprendre où elle en est, vers quoi elle se dirige.

Là, c'est clair : elle avait envie de se faire baiser ! Depuis des mois que cela ne lui était plus arrivé... René lui a paru commode. Un bon « instrument ».

Les femmes n'ont pas les facilités des hommes : se payer une prostituée ou quelque personne – masseuse, entraîneuse... – qui en fait plus ou moins ouvertement office. Pourtant, elles ont tout aussi violemment qu'eux, parfois, un désir de sexe. Tout en étant dans l'obligation de rester sur leur faim si elles ne veulent pas se retrouver dans des situations compliquées.

En l'occurrence, Clotilde a dû penser – sans

trop se le formuler – qu'avec René « monté »
à Paris pour trois jours, sa vie l'appelant
ensuite ailleurs, elle n'avait rien à redouter.

Sitôt fait, sitôt reparti.

Juste une bonne séance de « jambes en
l'air », comme dit Christiane, ne prêtant pas à
conséquence, d'autant plus plaisante que, pour
y avoir déjà goûté, elle savait à quoi s'en tenir
sur leur accord physique : ce serait bon. Bon
pour le corps, bon pour l'hygiène, bon pour
l'équilibre.

Elle n'y voyait que des avantages, dont celui,
peut-être, de la sortir de cette fascination
qu'elle éprouve vis-à-vis d'Élie.

C'est mauvais d'attendre – car Clotilde
attend, autant se l'avouer – qu'un homme qui
vous tourne autour propose enfin de coucher
avec vous. On s'aigrit, se rancit, comme cette
fille – comment s'appelait-elle ? – amoureuse
de Montherlant et dont l'écrivain a fait un
personnage un peu ridicule, dans l'un de ses
romans, sans jamais ne lui accorder que le
droit de se dessécher sur pied.

Elle, Clotilde, ne tient pas à rester dans ce
manque sans doute exaspéré par l'attitude
d'Élie.

Avec sa fatuité de mâle, son partenaire en
conclut-il qu'elle baigne dans la passion ? Est-
ce pour cela qu'il lui répète avec insistance,
acharnement : « Épouse-moi » ?

– Ce n'est pas possible, René.

– Mais pourquoi ?

– Ma vie est ici.

– Entre ces quatre murs ? Je te connais, tu

n'aimes pas vraiment vivre en ville, tu es comme moi, tu as besoin de grands espaces. C'est ton pays, la Corrèze. Tu m'as dit que ta famille venait de là... Tu seras la maîtresse au haras, tu y feras tout ce que tu voudras. Tu verras, on ne s'y ennuie jamais, surtout maintenant : le printemps venu, il y a sans cesse du monde... Tu te rappelles les cinéastes ? C'est comme ça : des arrivées, du changement...

Lui, d'habitude si silencieux, parle avec un débit précipité, des phrases courtes, imagées, et Clotilde la voit défiler comme sur un écran, cette vie qu'il lui propose : des journées emplies de tâches matérielles, la détente en pleine nature parmi les chevaux, en compagnie d'êtres humains authentiques, partageant des sentiments forts, des passions simples.

Comme avec celui-là qui, tout en lui parlant, la maintient par la taille, son corps nu collé au sien, leurs jambes enlacées.

Ce corps à corps ne lui déplaît pas, à Clotilde. Elle pourrait la mener, cette vie-là.

– Je t'apprendrai à monter à cheval, nous irons là où personne ne va, dans les pinèdes... Je connais des coins où l'on trouve des champignons sauvages toute l'année. Quand les genêts sont en fleurs, c'est le paradis... Le soir, tu pourras lire comme tu aimes, devant le feu, j'ai engagé quelqu'un pour le service. Tu seras la patronne... Et la nuit, toi et moi...

Qu'est-ce qui la retient ?

Elle ne sait pas. Elle se met à pleurer doucement contre l'épaule de cet homme qui se donne à elle, se livre jusqu'au bout :

– Tu m'as manqué, tu sais... J'avais tellement envie de toi, surtout le soir. Le matin, je partais avec *Flambant*, il te connaît, je lui parlais de toi et il avait l'air content, il remuait les oreilles... Reviens, tu seras heureuse, tu verras. Qu'est-ce que tu as de plus ici ? Personne ne t'aime comme moi...

C'est sûrement vrai, si aimer veut dire désirer à corps perdu.

Clotilde frotte sa joue mouillée contre la forte poitrine. Elle sent son cœur qui se fend de tendresse, de compassion, de regret d'avoir à faire mal.

– Je ne peux pas, souffle-t-elle, sa bouche contre sa bouche à lui. Je ne peux pas...

Incapable de s'expliquer : elle ne sait pas elle-même pourquoi elle dit non. Mais cette vie que René lui offre, dont elle connaît d'avance la plénitude, les voluptés, la sécurité totale, serait pour elle la prison.

Comme si elle renonçait à avancer. S'arrêtait pile là où elle en est. S'avouait finie.

Puis René lui refait l'amour avec acharnement, comme s'il ne la croyait pas. Convaincu sans doute qu'une femme ne peut qu'appartenir à l'homme qui lui procure autant de plaisir.

Au moment où il se sent au bord de la jouissance, « Viens, lui souffle-t-il, viens ! » Et parce que Clotilde vient, en effet, et crie d'une même voix, déclenchée par ses mots, l'homme se dit qu'il a raison, qu'elle est à lui. La preuve est là.

Comme en ce moment d'accouplement, cette femme ne peut que le suivre.

– Tu ne vas pas pouvoir durer comme ça, ma petite fille. Tu es trop seule, ce n'est pas bon...

– Vous le faites bien, vous !

Jacqueline se met à rire :

– À mon âge, on a moins d'énergie, la présence permanente d'un vieux bonhomme m'épuiserait...

Drapée dans un châle violine, ton sur ton avec sa robe d'intérieur rehaussée d'une passementerie dorée, la vieille dame est ravissante. « Je n'aurais pas pensé qu'une couleur aussi soutenue puisse convenir à des cheveux blancs », s'est dit Clotilde en pénétrant dans le salon où la lumière du jour est tamisée par des rideaux de soie bleu pâle.

Artifice, coquetterie ? Le visage humain a besoin de contre-jour dès qu'il entre lui-même dans l'ombre.

Jacqueline sait tout cela – effet de l'âge ou génie féminin inné ? – et bien d'autres choses encore. C'est pourquoi, très vite, Clotilde se confie.

Elles ont grignoté des douceurs sur une table de bridge, au coin de l'âtre où brûle un feu de coke dans une grille à l'ancienne. « Juste pour la flamme, a précisé Jacqueline. Sa chaleur est inutile. »

Nappe brodée, assiettes de cette porcelaine de Limoges presque transparente (plus solide que la faïence), couverts d'argent aux initiales de Jacqueline et de son dernier époux. Deux roses dans un verre de Baccarat.

Le décor, quand il est soigné, incite aux confidences, comme si les hôtes si bien mis en scène se devaient, en guise de remerciement, d'improviser quelque saynette.

– Raconte-moi, a d'ailleurs exigé Jaja en allumant sa mince cigarette quotidienne au goût turc.

Clotilde a tout dit. Son travail auprès des enfants, sa solitude affective, la visite de René et sa demande en mariage, son propre refus.

La réaction a été tranchante :

– Tu n'es pas une femme d'écurie !

Clotilde en arrive à Élie Fourrest.

– Bizarre, fait Jacqueline.

– Quoi ?

– Fourrest, ce n'est pas un patronyme juif.

– Son père ne l'était peut-être pas.

– Ou ils ont changé de nom pendant la guerre... Tu ne lui as pas demandé ?

– Ce n'est pas dans nos rapports.

– C'est quoi exactement, vos rapports ?

– Si je le savais, Jaja...

– Il s'amuse à te perturber, et tu te laisses faire.

– S'amuse ?

– Si j'ai bien compris, il te fait « marcher » au sens littéral du terme, sans t'emmener nulle part ?

– Élie est timide, je lui fais peut-être peur, il doit hésiter à se déclarer, mais j'ai le sentiment qu'il m'aime, qu'il est heureux d'être avec moi. Après tout, je suis une *goy*...

– Quoi qu'il fasse, tu lui trouves des excuses ! Il est habile, cet homme : il joue les coupables pour que tu lui donnes raison !

– Je n'ai rien à lui reprocher.

– Votre histoire, en effet, est une histoire de rien. Si j'étais toi, je quitterais tout.

– Pour faire quoi ?

– Tu as déjà trouvé, tu trouveras bien encore...

– J'ai le sentiment... de ne pas être allée au bout des choses.

– Alors attaque, saute-lui dessus, de sorte qu'il ne puisse faire autrement que coucher avec toi ! Comme ça, tu sauras où tu en es...

– Je vais le choquer !

– C'est son comportement qui est choquant... Il est libre, pas marié, et il te fait marronner...

– Il ne m'a rien promis.

– Un homme qui emmène une femme voir se lever le soleil lui promet la lune ! Ou bien il n'est pas un homme...

– Que peut-il être d'autre ?

– Un ectoplasme ! Ressers-moi un peu de verveine menthe, pas trop, sinon je ferai pipi toute la nuit, ce qui m'embête.

Clotilde se lève et de la petite verseuse en argent fait couler un filet de liquide pâle dans la tasse de Jaja.

– C'est que tu prends de l'âge, lâche celle-ci en levant les yeux sur elle.

– Vous trouvez que je m'abîme ?

– Mais non, idiote, on peut être belle à tout âge ! Mais tu n'as pas d'enfant et tu risques de passer celui d'avoir ton premier... C'est ce qui m'est arrivé !

– Vous le regrettez ?

Jaja sirote quelques gorgées de tisane, repose sa tasse.

– Plus maintenant. Je crois que ce qui m'a manqué, c'est tout ce qui entoure la parturition : le sang, les humeurs, les excréments... Du coup, j'ai été infirmière pendant deux ans.

– Vous ?

– Aide-infirmière. Je n'avais qu'un mince diplôme. Plutôt fille de salle... J'ai eu envie de me rapprocher du corps, de ses besoins, de ses affres... Vivre dans le luxe vous isole. Pas seulement de l'horreur, comme on tente de le faire accroire, mais de l'intimité des corps... Oui, l'accouchement est un moment irremplaçable. Pourquoi t'en priver ? Pour ce qui est des enfants à proprement parler, il est vrai qu'on s'en passe fort bien, surtout des grands, des vieux, des geignards, des pompe-fric...

– Jaja !

– Je vois mes amies avec leur progéniture : que des embêtements !... C'est à peine si on leur souhaite leur anniversaire. Ou alors, elles n'ont pas soufflé les bougies qu'on leur parle

donations, transferts de la main à la main...
Sont-elles sûres qu'elles ont encore besoin de
leurs bijoux ? Elles vont les perdre ! À leur âge,
la mémoire faiblit... Qu'elles tombent dans la
rue et si leurs rejetons ne disparaissent pas
avant l'arrivée du Samu, ce sera à la porte des
urgences... L'imagination des ayants droit ! Ces
pauvres femmes me racontent leur peine, les
larmes aux yeux, j'écoute et je me réjouis de
ne pas être des leurs ! N'empêche : tu devrais
tout de même en avoir...

– Avec qui, Jaja ?

– Une femelle intelligente sait comment s'y
prendre pour dénicher un reproducteur !

Jaja n'a pas voulu que Clotilde l'aide à se
coucher.

– J'ai mes rites. D'ailleurs, tout est préparé...
Rentre vite chez toi !

Clotilde se retrouve dans la rue, puis dans
le métro, troublée. Tout ce qu'a dit Jaja, elle
le sait. Mais elle a tendance à penser que c'est
à un homme de la solliciter. Comme l'a fait
René.

Et si elle se trompait ?

– C'est joli, chez toi !

Albert tourne en rond depuis son arrivée, prétendant découvrir un décor qu'en fait, il connaît par cœur, puisqu'il a été le sien.

– Je n'ai rien changé, il y a seulement un peu moins de meubles. J'ai dû en vendre...

– Tu as bien fait, c'est plus clair, plus aéré. Et ces vases, ils n'étaient pas là ?

– Cadeau. Si tu vas par là, j'ai refait les rideaux, ils tombaient en loques et je les ai remplacés par de la satinette blanche.

– Très bel effet, on se croirait sur un bateau... Il y a aussi ce petit tableau, de qui est-il ?

Assise sur le canapé, Clotilde le regarde aller et venir.

Il a grossi de l'estomac. Manque de sport ou goût nouveau pour l'alcool ? Ou les deux ?

Elle s'est laissé dire que Marie-Laure aimait les sorties tardives, théâtre, cinéma, et professait une sainte horreur de la campagne. Elle s'est même vantée auprès d'amis communs, ravis de le répéter, que leurs meilleurs week-ends se passaient au lit. Ils ne s'habillent pas, allant de leur couche au réfrigérateur et se faisant apporter les journaux par le gardien. La volupté même, à ce qu'elle prétend !

L'anecdote est amusante. Reste qu'Albert ne paraît pas disposé à la lui conter, ni à lui fournir le moindre détail sur son nouveau mariage, sa nouvelle épouse, son nouveau bonheur.

Est-il heureux ?

Tout en scrutant le décor, il lui glisse des regards en biais dont n'émane pas cette force tranquille que dispense la paix du ménage.

D'ailleurs, pourquoi est-il venu la voir, insistant pour que le rendez-vous ait lieu chez elle, dans l'appartement qu'ils ont partagé ?

Clotilde en a été émue. Voulait-il remuer des souvenirs, se repaître de nostalgie, l'assurer qu'il l'aimait toujours, quoique d'une autre façon, s'enquérir de ses besoins, éventuellement lui accorder une aide plus substantielle que la maigre pension allouée par le tribunal ?

Rien ne transparaît d'un quelconque désir de rapprochement. Au contraire, depuis qu'il est là, Albert se conduit en étranger aventuré par mégarde sur un territoire inconnu.

Que veut-il ?

– Que veux-tu ?

Il s'arrête de déambuler.

– Je peux m'asseoir ?

– Bien sûr.

Elle a presque envie de rire : il lui faut sa permission pour utiliser le fauteuil club qu'ils avaient acheté ensemble, en solde, chez Roche-

Bobois. Albert a-t-il oublié qu'ici il a été chez lui, ou joue-t-il la comédie ?

Raide comme la justice – ce qui augure généralement d'une injustice en marche !

– Voilà...

– Vas-y, je t'écoute.

– Je voudrais... J'aimerais faire annuler notre mariage en cour de Rome.

A-t-elle bien entendu ?

Probablement sensible à l'énormité de sa requête, Albert se met à discourir à toute allure comme pour enjoliver son propos, le justifier, le recouvrir sous un amas de paroles.

– Je sais que tu es comme moi, tu n'accordes pas grande importance à ces rites surannés. S'il ne s'agissait que de moi... Seulement voilà, Marie-Laure, en tout cas sa famille... Ils sont très religieux... Et, comme nous désirons avoir des enfants, ils préféreraient que nous puissions nous marier religieusement... Bien sûr, même divorcés, on peut faire baptiser ses enfants, mais l'Église nous considère comme un couple adultère, cela peut en choquer certains, et je me suis dit que, comme ça t'était complètement égal...

– Tu te trompes, Albert, cela ne m'est pas égal. Et ne dis pas que je suis comme toi, je ne le suis pas.

Elle a parlé sèchement, se retenant pour ne pas exploser. Comment ose-t-il ?

– Enfin, Clotilde, nous n'avons pas eu d'enfants, et...

– ... et tu veux alléguer en cour de Rome que c'est parce que nous n'avons jamais couché ensemble ? C'est le seul motif d'annulation que le Vatican veut bien considérer : la non-consommation du mariage !

Elle s'est levée, ouvre la porte de la chambre, désigne du bras le grand lit à deux places.

– Qu'avons-nous fait là-dedans pendant quinze ans, tu peux me le dire ? Du tricot ? Traîne-moi en cour de Rome et je raconterai tout : ce que tu exigeais, les positions, tes inventions... Tu en avais, de l'imagination, à l'époque ! Plus que maintenant ! C'est complètement minable, ce que tu me demandes là ! Indigne de toi et de moi...

Loin de se fâcher, Albert s'enfonce dans le gros fauteuil, s'appuie contre le dossier. Il est plus détendu que tout à l'heure. Souriant, même.

– Je savais bien que tu dirais non !

– Alors, pourquoi me faire cette ignoble proposition ?

– Ce n'est pas moi...

– C'est ta femme ? Ta belle-famille ?

– Ils ont des principes...

– Tu me dis ça comme si c'était une excuse à l'infamie ! C'est au nom de principes qu'on tue, exclut, piétine... Tu étais prêt à me nier, à faire comme si je n'avais jamais existé. Ni dans ta vie, ni sur cette terre ! Va-t'en !

– Clotilde, c'est réglé, on n'en parle plus.

– En effet, je ne veux plus te parler, jamais !

– Tu sais, je ne suis pas si lâche que tu crois, j'ai protesté. Et puis, je t'aurais offert de l'argent, une grosse somme.

– Pour me parjurer ? Je ne toucherai pas les deniers du reniement... Va-t'en !

– Écoute ! Raisonnons ! Raisonne... Tu en aurais peut-être fait autant, à ma place ! C'est important, les enfants...

– Va-t'en !

– Tu le regretteras...

Il s'est levé. Cherche des arguments qui puissent la toucher tout en lui redonnant l'avantage.

– Valois m'a dit qu'il était prêt à te reprendre à un meilleur poste, pour un plus gros salaire...

– Vous faites la paire !

– Tu es vraiment... Il n'y a plus rien à espérer de toi, ma pauvre fille.

– Non, mon pauvre garçon, pas dans ton monde. Allez, ouste, assez discuté !

C'est à pas lents qu'Albert se dirige vers la porte.

Pour se retourner d'un seul coup :

– Et si on faisait l'amour ?

Clotilde se fige sur place. L'homme en conclut-il qu'elle n'y est pas opposée ? Il reprend :

– Ça a toujours rudement bien marché entre nous, souviens-toi ! Je vais te faire une confidence : je n'ai rien retrouvé de semblable... Lorsqu'on a ça ensemble, on le préserve, non ? Quand j'ai revu notre lit, tout à l'heure, ça m'a donné une de ces envies de recommencer... Il paraît que tu vis seule... Je pourrais venir te voir de temps à autre...

Clotilde est toujours sans voix.

N'importe quelle parole serait en dessous de

ce qu'elle ressent. Ce dégoût profond qui la dévitalise, la coupe de son énergie.

Il faut qu'Albert s'en aille tout de suite. Qu'elle puisse prendre une douche. Se récupérer. Réfléchir.

Pour le décider à déguerpir, mieux vaut minimiser :

– Une autre fois... Là, je suis pressée, j'ai rendez-vous...

Sans doute n'était-il pas très convaincu et voulait-il seulement tenter sa chance, car il renonce aussitôt.

Non sans décocher une flèche du Parthe :

– Je t'ai trouvé drôlement embellie quand je suis arrivé. Tes seins ont grossi, non ? Et tu te paies maintenant un de ces culs, le jeans est fait pour toi !

Là-dessus, il claque la porte.

Revigoré, sans doute, de lui avoir rappelé qu'elle a été son objet sexuel. Qu'elle n'est que ça, d'ailleurs : une femelle dont n'importe quel homme peut disposer à son gré, si l'envie lui en prend...

Longtemps après son départ, quand elle a recouvré son calme, Clotilde se dit : « Si j'étais vraiment évoluée, vraiment forte à l'intérieur de moi, j'aurais répondu : "D'accord, j'accepte la cour de Rome ! On ne s'est jamais rencontrés dans un lit, toi et moi, je suis prête à le jurer publiquement, mais, en échange de cette annulation de notre amour, donne-moi du fric, beaucoup !" »

La meilleure façon de couper tous liens ?

Élie l'a de nouveau invitée à marcher pour l'entraîner sans avertissement jusqu'à l'extrémité de l'île de la Cité. Un jardin sévère, dit de l'Île-de-France, ceint d'une haute grille, est ouvert à leurs pas. Sans un regard pour l'admirable panorama, Élie se dirige vers une volée de marches et s'arrange pour passer devant Clotilde. Comme il est prescrit dans le code des bonnes manières lorsqu'il y a danger : l'homme va en avant de la femme.

« Mais quel danger peut-il y avoir ici ? » se demande Clotilde en dévalant une à une les marches de pierre, il est vrai étroites et sans rampe, qui mènent au sous-sol.

Lequel n'en est pas un : deux lourdes grilles verticales superposées, l'une lancéolée, toutes deux noirâtres, scellées dans les murs épais, marquent l'infranchissable.

À travers les barreaux, on voit le fleuve. Lumineux, ce matin-là. Symbole d'une liberté perdue. De la vie refusée.

Ici, par un coup de génie de l'architecte, on se sent irrémédiablement séparé du monde extérieur. Comme si l'on n'était pas en ce lieu de son plein gré, mais poussé par des forces obscures. L'escalier qui permettrait de retourner à l'air libre, en surface, ne se distingue plus.

Dans la paroi opposée à la Seine, une sorte de trou ombreux, prêt à vous aspirer. C'est une enfoncée sans porte, comme celles des blockhaus désaffectés. Élie s'y introduit d'un pas délibéré. Clotilde entre à sa suite, hésitante. L'éclairage est réduit, elle n'y voit rien, ce qui engendre la peur : toute cette pierre, ce plafond bas, si cela s'écroulait, les ensevelissait ? Viendrait-on les rechercher ? Ils n'ont vu personne et l'endroit paraît désert. Mort.

À peine a-t-elle pensé le mot qu'elle se le reproche : qu'attendre d'autre d'un monument destiné à évoquer les camps de la mort ? Quelque raffinement de l'art funéraire, de flatteurs éclairages, des fleurs ?

Rien de tout cela ici : « Laissez toute espérance... » Rien que la nudité du sol et des murs, une humidité de cave.

Ses yeux un peu habitués à la pénombre, elle discerne des mots gravés dans la pierre. Elie s'immobilise devant l'une des inscriptions et commence.

Sa voix est sourde ; il a les mains derrière le dos. Clotilde s'aperçoit qu'il a fermé les yeux : il sait le poème par cœur.

J'ai rêvé tellement fort de toi
J'ai tellement parlé
J'ai tellement marché

*J'ai tellement aimé ton ombre qu'il
ne me reste plus rien de toi
– il me reste d'être l'ombre
entre les ombres
L'arbre qui viendra et reviendra
dans ta vie ensoleillée.*

Son compagnon s'est tu. Clotilde cherche quoi dire et ne trouve que l'évidence :

– C'est admirable.

Élie précise comme pour lui-même :

– On a trouvé ce poème écrit sur un lambeau de papier dans la poche de Desnos, à Buchenwald. Le camp était libéré, mais lui venait de mourir. Du scorbut.

Puis il la pousse du corps, comme un animal qui veut en faire avancer un autre, vers une sorte de couloir barré par une grille également sans merci.

On lit au-dessus de l'ouverture : « *Deux cent mille Français sont morts dans les camps de concentration.* » Une infinité de petits plots de pierre couvrent les parois du couloir et Clotilde devine qu'il doit y en avoir deux cent mille : chacun symbolisant la mort d'un déporté.

Sur un autre mur, cette litanie : *Auschwitz Buchenwald Struthof Maidanek Neuengamme Mauthausen Stutthof Flossenburg Birkenau...*

Élie appuie son front contre la grille qu'il a agrippée à deux mains. « Comme s'il était prisonnier et cherchait à s'évader, se dit Clotilde. Pourtant, lui est libre ! »

Elle s'approche. Se colle à son dos.

Un geste qu'elle n'a pas prévu de faire. Une façon silencieuse de lui dire : « Je suis avec toi. »

Élie se retourne, la prend dans ses bras, l'embrasse violemment sur la bouche, long-temps.

– Tu es mon soleil, murmure-t-il à son oreille.

En ce lieu, peut-il y avoir déclaration plus forte ?

Rien n'égale le sentiment d'irréalité que donne la passion. C'est le reste du monde qui paraît ne plus être « vrai », la passion devenue la seule chose véritable qui ait jamais existé sur terre.

L'entourage semble décor, fariboles, motif à fous rires, dérision. Les pauvres, ils ne savent pas ce qu'ils manquent ! Nous deux seuls existons pour de bon.

Jours d'exception qui ont pour particularité de paraître sans fin. C'est fait, on est entré de plain-pied dans l'éternité !

Rien n'inquiète plus Clotilde depuis qu'elle aime Élie et qu'elle en est aimée ; elle se sent assez forte pour triompher de tout : obstacles, manque d'argent, opposition des uns ou des autres.

Plus que forte : au-delà !

Ils ne campent plus sur la même planète que le reste de l'humanité. Et rien ne pourrait leur laisser entendre qu'il ne s'agit peut-être que d'une illusion. Puisque leur cœur affirme que non. Le cœur n'a-t-il pas toujours raison ?

Même les enfants savent ça...

– J'ai du mal à vivre une heure sans toi, lui répète Élie. J'aime te savoir au centre, même si je ne te vois pas.

– Et moi donc ! lui répond Clotilde. C'est un supplice quand je dois te quitter...

Car elle rentre chez elle, le soir, après qu'ils ont fermé l'établissement, puis fait l'amour dans un coin de son bureau, une autre salle, parfois dans un couloir, contre la cloison.

Clotilde court jusque chez elle, volant presque, songeant déjà au lendemain et à ce qu'elle lui dira.

Elle se sent toujours en retard d'un aveu, d'une nouvelle façon d'exprimer son amour, comment il a pris naissance, la première fois qu'elle en a pris conscience, bien avant leur promenade au Monument de la Déportation.

Dès qu'ils ont quelques heures de loisir, Élie suggère d'y retourner. Quelle joie de revenir en ce lieu où ils se sont embrassés, où ils ont découvert qu'ils s'aimaient ! Mais l'île de la Cité est loin de leur banlieue, il faut prendre le RER, puis un autobus, ou alors marcher. Clotilde finit par s'avouer qu'elle préférerait, certains week-ends, qu'ils restent chez elle ou chez lui à faire l'amour. Élie n'est guère friand des longues heures passées au lit. La chose faite, il lui faut s'activer. Ils pourraient aller au cinéma, voir ou revoir un vieux film ? Rien à faire : Élie tient à son haut-lieu. Et il n'a pas à insister pour la décider, Clotilde ne voit pas comment dire non, exprimer un désir dont elle devine qu'il lui paraîtrait dérisoire. Elle espère seulement qu'Élie renoncera de lui-même à son pèlerinage un jour ou l'autre.

En arrivant sur le terre-plein qui surplombe la crypte, Élie pousse chaque fois le même soupir : « Ce que je me sens bien ici ! »

Clotilde parvient d'habitude à aligner ses sentiments sur les siens, mais, pour ce qui concerne le Monument, elle y réussit de moins en moins. Certes, c'est « leur » endroit, mais n'est-ce pas un peu sinistre pour des amoureux ? La pensée de ces centaines de milliers de gens morts au bout d'un monstrueux supplice est à vous dégoûter de l'espèce humaine. De l'amour aussi, si l'on n'y prend garde.

Clotilde aimerait qu'Élie oublie.

La dernière fois, à peine étaient-ils sortis de la crypte qu'elle l'a pris par la main pour lui indiquer un bateau-mouche qui remontait la Seine avec des gens sur le pont, des drapeaux, de l'allégresse.

– Si on en prenait un ? Il paraît qu'on peut déjeuner à bord...

Élie s'est dégagé aussitôt :

– Je n'en ai pas envie, a-t-il décrété d'un ton sans réplique.

En dépit du calme de son amant, Clotilde s'est sentie rejetée. Comme si elle avait commis un sacrilège. Manqué de respect.

À qui ? Aux morts ? Ou à cet homme vivant qu'elle aime par-dessus tout ?

Clotilde a préféré ne pas parler à Élie de son prochain rendez-vous avec le notaire. Lorsqu'elle saura de quoi il retourne, ce que lui veut de si important le tabellion, au point de se rendre chez elle, lui qui ne s'éloigne jamais de son étude, elle trouvera alors la façon de lui présenter les choses afin qu'elles lui soient acceptables.

Une voix en elle, qu'elle cherche à faire taire, déplore qu'elle ait à ce point besoin de ménager son amant alors qu'elle ne fait rien de mal.

Mais c'est ainsi.

D'ailleurs, depuis qu'il lui a parlé de ses origines, de cette béance dans son histoire familiale, elle ne lui en veut plus de rien : Élie, elle l'a compris, ne peut faire autrement qu'être à bout. Comme une corde continûment tendue. Perpétuellement en refus. Sur le point de verser à tout instant dans l'absurde, le néant, la non-vie.

Pareil à ces enfants dont il s'occupe – et elle comprend maintenant pourquoi il a choisi ce métier. Plus exactement cette tâche : s'occuper d'êtres aussi malheureux que lui, encore moins doués de possibilités d'expression, de défense. Les enfants handicapés, difficiles, meurtris, mutilés, sont sa sauvegarde.

Du fait qu'il peut se comparer à eux – qui parfois ont connu pire, persécutés non par des étrangers, mais par leurs propres parents –, il peut se dire qu'il n'est pas seul à assumer un martyre.

Ces enfants-là sont dans la même situation que lui, hors de leurs gonds, luttant en permanence pour ne pas sombrer tout à fait. Reste à savoir d'où leur vient cette énergie qui les pousse, lui comme eux, à combattre. D'un désir de s'en sortir ou d'un besoin de revanche ? D'un ressentiment qui ne peut s'assouvir que dans le remâchement de la haine ?

Ce que Clotilde ne comprend pas non plus, c'est pourquoi Élie l'a choisie, elle, pour être à ses côtés. Pourquoi il l'aime – car il l'aime, c'est évident.

Alors qu'il devrait la détester.

Ne représente-t-elle pas ce monde extérieur si vaguement concerné, à peine ému quand on lui met les faits, les images sous le nez : les chambres à gaz, un enfant battu ou qui s'est suicidé ? Ce monde si désireux de passer outre ? De se retrouver en terrain sûr ? Ces choses-là faisant partie, à ce qu'il veut croire, de l'exceptionnel, de l'anormal ?

C'est ainsi que les hommes vivent : niant ce qui les dérange.

Élie compte-t-il sur Clotilde pour l'entraîner

de son côté, le hisser à son bord, sur le merveilleux bateau de l'indifférence ? Du côté des spectateurs ? De ceux qui regardent et ne voient pas ?

À moins que le but d'Élie ne soit pas d'utiliser Clotilde dans le rôle d'Ariane pour le guider hors de son labyrinthe, loin du Minotaure, mais, au contraire, de l'y ensevelir avec lui.

Pour faire d'elle une mort-vivante, à son exemple ?

Ces pensées la traversent par courtes fulgurations tandis qu'elle écoute Marcel Valois lui tenir son petit discours sur un ton courtois, policé, avec des phrases balancées qu'il doit prendre pour le fin du fin de la rhétorique, alors qu'elles ne sont que grossières.

Du fait que ses objectifs le sont.

Car aucun art de la parole n'est jamais parvenu à dissimuler le fond d'une pensée.

Celle de Valois, aujourd'hui, est de suborner Clotilde pour qu'elle accepte de lui rendre un considérable service : d'argent, bien sûr, d'intérêt !

– Diane est une femme si sensible, une écorchée vive. Et fine ! Elle sait parfaitement que tous ceux qui l'entourent n'en ont qu'après sa fortune, y compris ce pauvre Henri. Enfin, son neveu est excusable, il est l'héritier présomptif et ne s'en cache même pas... Mais les autres ! Dernièrement, Diane avait engagé une sorte de demoiselle de compagnie, une veuve à qui elle avait d'emblée assuré une position confortable au cas où elle viendrait à disparaître subitement. Eh bien, cette femme, qui avait un amant en la personne, tenez-vous bien, ma chère, d'un marchand de vin, a levé le pied en emportant tous ses diamants ! Pour l'Argentine où elle avait déjà transféré le petit capital dont Diane l'avait nantie... Qui aurait pu croire que cette quinquagénaire avait le diable au corps ? Décidément, les femmes sont impénétrables...

— Donc, moi aussi ?

— Justement, chère Clotilde, Diane a confiance en vous.

— Elle se trompe peut-être, comme pour la maîtresse du marchand de vin !

C'est plus fort qu'elle, elle a envie de le déstabiliser, cet homme important, puisque, pour une fois, elle est en position de force.

Un peu par jeu, beaucoup par indignation : s'imagine-t-il qu'elle est dupe ? Qu'elle ne sait pas que le notaire pense d'elle ce qu'il pense de *toutes* les autres ?

— Je ne comprends pas ce que vous attendez de moi !

Qu'il aille donc jusqu'au bout de sa requête, pour une fois que c'est lui le solliciteur !

— Il faut que vous reveniez auprès de Diane. Oh, on ne vous demande pas de vous mettre complètement à son service, vous n'aurez nul besoin d'être présente toute la journée ni tous les jours, vous pourrez garder votre habitation, aménager vos horaires à votre gré. Elle dort beaucoup, désormais... Mais la voir, lui parler, accepter qu'elle vous téléphone parfois la nuit, l'accompagner – le chauffeur vous conduira –

chez son médecin, son coiffeur. De plus en plus rarement : la coiffeuse vient désormais à domicile, le médecin aussi... Les beaux jours, faire avec elle un petit tour au Bois, à Bagatelle...

– Elle vit en Suisse ! Moi, je vis à Paris.

– Diane est prête à renoncer à Genève, elle a retenu une grande maison à Neuilly, avec un parc. Bien entendu, si cela vous convient...

Autrement dit, on la demande en mariage !

Clotilde a toujours senti qu'il en était ainsi : c'est Diane qui la voulait, pas Henri.

– Que devient Henri ?

– Pas très brillant. L'alcool. Arrêté plusieurs fois pour conduite en état d'ivresse. On lui a épargné la prison de justesse, il avait renversé une vieille femme.

– Qui s'en est tirée ?

– Pas tout à fait. Heureusement, ses enfants ont retiré leur plainte.

– Combien ?

– Pardon ?

– Cela a coûté combien à Diane ?

– Clotilde ! Ce n'est pas l'objet de notre conversation.

– Je ne l'ai pas très bien saisi, cet objet... En tout cas, je ne vois pas trop en quoi cela vous concerne, vous, Marcel.

– Je suis venu en négociateur. Je connais votre situation, Clotilde, et elle n'est pas...

– Elle n'est pas quoi ?

– Enfin, elle pourrait être infiniment plus brillante ! Je sais que vous travaillez pour des enfants anormaux...

– ... handicapés.

– Handicapés. Que vous désiriez améliorer leurs chances d'avenir, là, vous auriez tout loisir de le faire. Vous disposeriez d'une fortune. Et tout de suite !

– Contre quoi ?

– Rien. Un engagement.

– Écrit, oral ?

– Mieux vaut écrit. Comme ça, tout le monde sait où il va.

– Cet argent, je l'aurais entièrement à moi dès la signature ?

– En fait...

« Nous y voilà », se dit Clotilde.

– Il vous serait versé tous les mois...

– Je vois : en échange de ma bonne conduite ! Si je m'absente, tombe malade, pars en voyage avec mon amant, plus de sous ! Marcel, comment pouvez-vous ?

– Mais enfin, Clotilde, c'est normal, Diane a besoin d'être sûre...

– Qu'elle ne dépense pas son argent en vain, qu'elle me tient ?

– C'est une question de vocabulaire. Pourquoi êtes-vous si dure ?

– Parce que je vis seule, Marcel, parmi des hommes comme vous. Et comme Albert. Vous a-t-il parlé de la dernière visite qu'il m'a faite ?

– Non, enfin oui, un peu...

– Et vous trouvez ça admissible ?

– À vrai dire, je n'étais pas pour.

– J'ai refusé. J'ai encore le droit de dire non. Mais cela ne m'a pas laissée indemne... Je n'ai plus confiance.

– Même en moi ?

– Voyons, Marcel...

Sa décision est prise : elle va raconter la proposition du notaire et de Diane Boussekine à Élie. Ils en riront ensemble. Non, ils ne riront pas : il la serrera contre lui et il sera peut-être heureux un instant. Il sentira qu'elle est passée dans son camp.

Toutes les femmes, toujours, sont peu ou prou dans le camp des persécutés.

Mais Diane Boussekine, n'est-elle pas une femme ? Pourtant, c'est elle qui persécute les autres ! Reste à savoir ce qu'elle a vécu depuis sa naissance. Qu'elle n'avoue pas. Contre quoi, peut-être, elle se défend.

Clotilde revoit le regard bleu noyé sous les fards, perdu, implorant – alors même que la voix ordonnait. Les mains lourdement baguées aux ongles griffus, si bien manucurées, qui avaient l'air de chercher à s'agripper comme celles des mourants...

– Vous direz à Diane...

– Quoi ? dit le notaire, qui s'est repris à espérer.

– Que je l'aime beaucoup.

Charles et elle sont assis à la cafétéria du studio de Boulogne-Billancourt parmi les techniciens, quelques assistants-réalisateurs, des acteurs. Du coin de l'œil, Clotilde a reconnu Vincent Perez et la petite, là-bas, doit être Juliette Binoche. Ici, personne ne joue la vedette ni n'est traité comme tel : on est au travail, dans un lieu où nul n'est admis sans autorisation.

Lorsque Charles lui a déclaré au téléphone : « Cela me ferait plaisir que vous me racontiez comment ça se passe pour vous, mais je n'ai pas une minute pour me déplacer, je monte mon film. Auriez-vous le temps de venir au studio à l'heure de la pause-déjeuner ? », Clotilde a dit oui sans hésiter.

À peine ont-ils convenu d'une date et raccroché qu'elle s'est sentie gênée vis-à-vis d'Élie : elle va devoir lui annoncer qu'elle ne sera pas disponible, ce jeudi-là, pendant une couple d'heures. Et qu'elle va voir Charles.

Bien sûr, c'est le cinéaste qui les a faits se

rencontrer, mais il semble à Clotilde – rien ne
s'est jamais dit – qu'Élie est jaloux.

Pas de la petite jalousie ordinaire qui se
monnaie au jour le jour : « Pourquoi as-tu
regardé cet homme ? Qu'est-ce que tu lui
veux ? Qu'as-tu fait hier soir ? Tu es bien belle
aujourd'hui, c'est pour qui ? Dis-moi que tu
m'aimes et que tu n'aimes que moi ? »

Jamais Élie ne lui a posé de questions sur
son passé, ses amis, hommes ou femmes, et il
ne lui demande pas si elle l'aime. Il se conduit
comme s'il n'avait aucun pouvoir, aucun droit
sur elle, qu'elle était libre.

Tout en laissant entendre que lui-même peut
rompre, s'éloigner, se retirer d'un coup. Sans
mots. Un bloc d'abîme.

Clotilde le perçoit si fort qu'elle passe son
temps à se justifier alors même que son amant
ne la questionne pas, n'a pas l'air d'écouter.

Qu'elle ait un quart d'heure de retard, un
dîner qu'elle ne peut esquiver chez Jaja, une
visite à Christiane qui se morfond toujours de
la disparition d'Éric, et la voici qui explique,
donne des détails, assure qu'elle sera vite de
retour.

Qu'en plus, cela l'embête !

C'est ce qui lui vient le plus spontanément
aux lèvres : tout ce qu'elle ne fait pas en
compagnie d'Élie ne représente pour elle
qu'une corvée dont elle se passerait volontiers,
mais qu'elle est obligée d'accomplir par devoir,
fidélité...

Élie ne répond pas directement.

Quelque temps plus tard, il se livre à l'un de

ces monologues dont il a l'art, sur la stupidité du devoir comme de la fidélité. On voit bien ce qu'il en est dans les situations extrêmes : ainsi dans les camps de la mort. Que reste-t-il alors de ces manigances ?

Rien de tel pour renvoyer au néant les liens établis dans la société prétendument « normale ».

Clotilde se sent subtilement visée. C'est désagréable. Un peu douloureux. Puis elle se dit qu'elle aime cet homme et qu'il l'aime. Qu'il souffre sûrement, même si elle ne sait pas exactement de quoi, et qu'elle doit l'accepter tel quel.

En passer par où il veut, comme s'il était... Le mot lui vient malgré elle : un handicapé.

Les handicapés supportent mal qu'on cherche ouvertement à les aider.

Dans ces conditions, son rendez-vous avec Charles n'est pas une affaire simple. Élie sait-il même que le cinéaste est à Paris, rentré de son dernier tournage ?

Charles, parlant d'Élie, lui avait dit : « Allez voir de ma part mon ami Élie Fourrest. » Elle s'était présentée en son nom. Élie et elle n'en ont plus jamais reparlé depuis lors. Élie sait seulement que Charles et Clotilde se sont connus au haras de Millevaches, sur un tournage auquel elle a participé comme figurante...

– Élie, j'ai eu un appel de Charles. Charles Estaque. Une surprise !

– Il t'a appelée ici ?

– Non, chez moi.

– Il a ton numéro ?

– Je le lui avais donné, au haras.

Et c'est le plongeon dans un lac glacé, tête la première, souffle coupé :

– Je le vois jeudi.

– Chez toi ?

– Bien sûr que non...

(Pourquoi réfute-t-elle aussi énergiquement ?)

Puis elle s'évertue à minimiser :

– Il a à peine le temps de me voir, ce qui fait qu'il m'a donné rendez-vous à la cafétéria du studio de Boulogne-Billancourt, juste pour un instant...

– Il veut quoi ?

– Il doit se sentir responsable du fait que je travaille ici avec toi, mon amour. Je présume qu'il désire demander de mes nouvelles...

– En avoir au téléphone ne lui suffit pas ?

La voix est lasse, comme à bout.

– Je crois qu'il souhaite me montrer quelque chose...

Ouille !

Clotilde enchaîne avec précipitation :

– Les plans qu'il a tournés au haras. Il ne pense pas les utiliser, ce qui fait que je ne peux les voir que sur la table de montage. Après, ils risquent d'être mis au rebut...

– Il t'a demandé de tourner à nouveau pour lui ?

– Tu plaisantes ! Il sait fort bien que ce n'est pas ma voie.

– C'est quand ?

– Jeudi.

– Dommage.

– Pourquoi ?

– Je voulais t'emmener quelque part...

– Où ?

– Peu importe, ce n'était pas très intéressant. Sauf pour moi.

– Tu sais bien que tout ce qui te touche m'intéresse ! De quoi s'agit-il ? Dis-moi...

– Non. Une autre fois. Peut-être.

Élie se lève, part dans son bureau.

L'annonce est faite. Au lieu d'en être soulagée, Clotilde se sent un énorme poids sur le cœur. Et si elle décommandait Charles ?

Elle téléphone au studio. Charles se révèle injoignable. En attente au bout du fil, Clotilde revoit son visage sur le plateau de Millevaches, illuminé par la contemplation de ce paysage si dénudé l'hiver, où la vie se poursuit en secret au ras du sol. Elle réentend sa voix chaleureuse au téléphone : il avait l'air si heureux à l'idée de la revoir. Elle ne va pas le décevoir.

Et puis, elle ne fait rien de mal, Élie la comprendra.

Le jour venu, Clotilde y va. Elle se sent bien.

Clotilde ne dira pas à Charles qu'elle a une liaison avec Élie. Cette conviction lui vient à la cafétéria du studio de Boulogne-Billancourt, à mesure que se déroule leur conversation.

Charles a une mémoire extravagante, il se souvient de tout le personnel du haras, de chacun des chevaux, il veut savoir ce que devient ce petit monde. Clotilde ne peut guère le renseigner. Elle n'a revu que René, et une fois seulement. Elle rougit malgré elle en prononçant son nom : elle n'a pas envie que l'homme franc, confiant, assis en face d'elle, sache qu'avec son ancien employeur elle s'est conduite comme une pute.

Une pute ? Ce n'est pas vrai, elle ne le pense pas : elle a mené sa vie de femme libre, sexuellement active, c'est tout ! Elle en a bien le droit ! Et lui, l'homme qui lui parle, que fait-il pour satisfaire les appétits de son corps ?

N'empêche qu'une vieille tradition fait que les femmes ont toujours envie de se faire passer pour vierges. Au point même de se sentir gênées face au médecin qui leur demande si elles ont eu récemment « des rapports ». Fût-ce avec leur mari !

Tant pis si elle se conduit en bonne femme arriérée, mais elle ne dira rien.

D'ailleurs, pour ce qui est de René, leur rencontre ne regarde personne. Pour Élie, c'est plus délicat. Leur liaison est en quelque sorte officielle. Bien sûr, ils ne sont pas mariés, pas même « promis », et ils ne vivent pas ensemble, mais ils nourrissent une passion et Clotilde en est fière. D'habitude, elle le crie sur les toits ! Elle l'a fait auprès de Jaja, Christiane, Raymond. Elle découvre qu'elle n'a aucune envie d'en parler à Charles.

Comme s'il risquait de penser que tout ce qu'une femme cherche, où qu'elle travaille, c'est coucher avec le patron. Pareille à toutes les autres...

Il doit en avoir l'habitude, avec les monteuses, les scripts, les secrétaires, bel homme comme il est ! Il ne faut guère d'imagination pour les voir toutes suspendues à son cou. Même la serveuse l'aguiche, tournant autour d'eux pour prendre leur commande, l'appelant « Charles » avec insistance... Afin que Clotilde sache qu'il y a quelque chose entre eux ? Elle divague...

— Ça doit vous changer, de vivre à Paris, enfermée toute la journée parmi vos jeunes patients ?

— Ils me donnent tellement que je n'ai guère le temps d'y penser ! Vous savez, ces enfants-là sont si heureux quand ils ont fait un progrès... Si on a besoin de se sentir utile, on est comblé...

– Vous avez besoin de vous sentir utile ?

– Je crois que oui. Ce n'est pas bien ?

– En fait, moi aussi... J'aime me dire que je fournis du travail à toute une équipe pendant plusieurs mois à cause d'une idée que j'ai eue dans mon coin.

– Une impression de pouvoir ?

– La création est un pouvoir, c'est vrai... Mais vous aussi, vous créez, là où vous êtes...

– Comment pouvez-vous dire ça ? Ce que je fais n'a rien à voir...

– Tout ce qui consiste à établir du nouveau entre les êtres relève de la création... Vous permettez à ces enfants d'acquérir de la liberté, ils pourront créer à leur tour, ne serait-ce que leur vie, l'aménager à leur façon. Il y faut bien de l'amour...

– Oui, reconnaît Clotilde.

Elle aime ce qu'il dit, elle n'a pas un mot à y reprendre, ni besoin d'intervenir. Cela la change. D'habitude, avec les autres – Élie en particulier –, elle est toujours à soutenir, consoler, remplacer ce qui fait souffrir par une pensée, une formulation qui feront moins mal, voire qui feront du bien. Cet homme-là a l'air de se passer d'elle pour exister pleinement – et c'est délectable.

Clotilde se rejette en arrière et – puisqu'elle n'a pas à agir ! – se sent délivrée. Sourit.

– C'est la première fois que vous souriez depuis que nous sommes là, constate Charles.

Vous aviez l'air un peu triste en arrivant... Je me trompe ?

— Peut-être pas.

— Vous êtes dans la solitude, c'est ça ?

Clotilde s'entend répondre « oui ».

Et Élie, alors, qu'est-ce qu'elle en fait ?

La vérité, dont Charles lui fait prendre conscience, c'est qu'elle se sent seule avec Élie. Ils ne forment pas un couple. Élie ne l'a pas admise dans son saint des saints... C'est pourquoi elle n'a pas eu envie de parler de lui à Charles comme de son compagnon : le mot n'aurait pas été juste.

Elle reste seule face à la vie, seule en face de cet homme. Mais lui, Charles, où en est-il ?

— Et vous ? lui demande-t-elle.

Puis elle se rappelle qu'il est marié.

— Je suis en train de divorcer... Je sais que vous l'avez fait, Clotilde ; je l'ai appris en me renseignant sur vous avant de vous recommander à Élie Fourrest. Vous ne m'en voulez pas ? Dans ce métier, il faut savoir à qui l'on a affaire...

— Je comprends, dit Clotilde. Mais je n'avais pas envie d'en parler, là-bas, au haras ; je me sentais mieux protégée ainsi.

— Pauvres femmes ! soupire Charles.

— Pourquoi dites-vous cela ?

— Vous devez encore vivre derrière des persiennes, des barricades...

— Je sais, acquiesce Clotilde.

Charles pose la main sur la sienne, juste pour dire qu'il partage.

— Pourquoi divorcez-vous ?

Il a réussi à établir un tel climat de confiance entre eux deux que la question ne lui paraît pas indiscrète. Pourtant, elle n'a jamais osé en demander autant à Élie sur sa vie privée !

— Nous avons fait un bout de chemin ensemble, un peu à l'aveuglette, comme lorsqu'on se rencontre très jeunes. À présent, nous ne réagissons plus du tout pareil. Arlette a besoin de vie sociale, de ne point trop se poser de questions. Quand je reviens de mes tournages, si je me mets à raconter ce que j'ai vu ou vécu, je sens que je la perturbe. C'est une femme charmante, mais sans doute trop délicate pour ce que je deviens. Elle a rencontré un « protecteur », quelqu'un de plus âgé, prêt à la prendre en charge. Moi, je ne suis pas un protecteur...

— Vous êtes un homme, souffle Clotilde.

— Un père... Ce qui m'a retenu, c'est que mon fils, Vivien, n'avait pas encore dix ans. Maintenant, il en a douze, il est tout à fait capable d'évoluer entre des parents divorcés, et même d'en tirer profit... Non pas en nous faisant chanter, comme trop d'enfants du divorce, mais en prenant ce qui est bon chez chacun. Il adore sa mère, qui l'amuse, le fait rire, l'aide à découvrir les charmes de l'existence. Quand il est avec moi, il me pose toutes les questions qui le préoccupent...

— Vous avez les réponses ?

— Je les cherche avec lui. Comme avec vous en ce moment.

Il a retiré sa main ; sa chaleur manque à Clotilde.

Il faut qu'elle s'en aille. Charles a déjà regardé par deux fois sa montre. « On m'attend au montage, a-t-il dit la première fois, mais nous avons encore du temps, je vous dirai quand il faudra que j'y aille. » Désormais, Clotilde le devine, l'heure est venue. Elle resserre son foulard autour de son cou, ramasse son sac. Son blouson est suspendu au portemanteau près de l'entrée. Charles signe sa note. Il l'accompagne à travers les longs couloirs jusqu'à la sortie.

– Ils vont bientôt démolir le studio...

– Mon Dieu ! s'écrie Clotilde.

– C'est ce que nous avons tous pensé : un lieu où se sont déroulés tant de chapitres de l'histoire du cinéma ! Mais nous nous sommes battus, et nous avons gagné : on va le reconstruire de façon plus moderne, ce qu'il n'était pas, soyons juste. Plus rentable, aussi... Enfin, l'essentiel est que nous restions sur les lieux.

– Vous êtes conservateur ?

– J'ai de plus en plus besoin de racines. Et de souvenirs forts et féconds. Celui de ce déjeuner en sera un !

Là encore, Clotilde ne trouve rien à ajouter.

Charles se penche vers elle et l'embrasse rapidement sur la joue, sans plus. Tout se lit dans le regard.

Que va-t-elle bien pouvoir raconter à Élie ?

Quand sa mère lui dit au téléphone : « Écoute, Papa ne va pas très bien », Clotilde comprend d'emblée que c'est sérieux. À cause de quelque chose de cassé dans sa voix, de défait.

Jusque-là, Marguerite s'imposait par une assurance qu'on aurait pu croire indéfectible, qui lui donnait le pas sur tout son entourage. Dans une maîtrise totale d'elle-même.

Son ton est si altéré que Clotilde manque de ne pas la reconnaître, d'autant moins qu'elle ne s'est pas présentée en lui assénant comme à l'accoutumée : « C'est ta mère. » Ce qui équivaut, dans leurs rapports, à : « Écoute ce que j'ai à te dire, et écrase-toi. »

Marguerite ne pleure pas, mais elle est en morceaux. Complètement dépassée. Pourtant, Xavier a déjà été malade. Chaque fois, Marguerite prenait, comme elle disait, « la situation en main ». Renforçant encore son autorité sur son « bonhomme » qui n'avait plus qu'à se laisser faire, soigner, guérir.

– J'arrive, Maman, dit Clotilde.

Elle ne lui a pas laissé le temps de l'en prier.

– Par quel train ? implore la voix affaiblie.

– Le premier. Compte sur moi. Ne t'en fais pas, je suis bientôt là.

– Je t'attends, murmure Marguerite.

Clotilde s'aperçoit qu'elle n'a même pas demandé de quoi souffrait son père, s'il était à la maison ou hospitalisé. Le temps de prévenir Élie, qui ne dit rien mais se propose de l'accompagner à la gare en voiture, et Clotilde saute dans un TGV en partance. À Nîmes, elle prend un taxi jusqu'à Alès : pas le temps d'attendre la correspondance.

Le râle s'entend depuis l'entrée. Marguerite vient au-devant d'elle, les joues rentrées, le chignon défait, un mouchoir en boule dans son poing.

– Le médecin a dit...

– Quoi, Maman ?

– Il croit qu'il n'y a plus d'espoir.

– Mais qu'est-ce qu'il a ?

– Il a commencé par une attaque, on l'a fait hospitaliser, puis il a fait un œdème du poumon. Ils me l'ont ramené hier. Le cœur tient bon.

Clotilde la prend par la main, gravit l'escalier, se dirige vers leur chambre.

Xavier est à demi assis, calé sur des oreillers, sans doute pour aider sa respiration difficile, des bouteilles à oxygène près du lit, un respirateur dans les narines. Les yeux fermés. Les bras le long du corps, les mains blanches.

Terriblement émouvant, comme toute créature ramenée à l'état d'impuissance.

Clotilde lâche sa mère, s'agenouille, pose la main sur le front tiède, noue ses doigts à ceux du malade inconscient.

— Mon petit Papa... Je suis là...

Derrière elle, Marguerite, d'une voix enfantine :

— Il va peut-être s'en tirer !

La supplication est si forte que Clotilde, en dépit de l'évidence, ne peut que murmurer :

— On ne sait jamais...

L'autre, encouragée par ces seuls mots, poursuit :

— Il me semble qu'il respire plus facilement que ce matin. Et puis, il est moins pâle.

Elle s'approche du bord opposé du lit, se penche :

— Xavier, réponds-moi, tu m'entends ? Tu te sens mieux ?

Autant parler à une momie, Clotilde le sait bien.

Elle se relève, s'assied dans le fauteuil tout proche du mourant.

— Maman, si tu allais te reposer un peu ? Je suis là, je ne bouge pas, je t'appellerai s'il se passe quelque chose...

— Non, c'est impossible...

— Pourquoi ?

— Il a tellement l'habitude de moi... De ma voix... Imagine qu'il se réveille et que je ne sois pas là !

— Maman, je ne suis pas une étrangère, je suis sa fille !

Sa mère pose sur elle un regard vide, incompréhensif. En ce moment, il n'y a plus qu'elle avec cet homme qui s'en va. Plus personne d'autre ne compte. N'existe.

Clotilde sent son cœur se serrer doucement.

Est-ce ainsi que se terminent toutes les vies, toutes les histoires ? Le reste n'étant qu'illusions, contes pour enfants ? Du pas-vrai ?

Il n'y aurait donc de vérité que dans l'horreur ?

C'est au lit qu'Élie a commencé à lui raconter.

Pour une fois, il ne s'est pas levé tout de
suite après l'amour pour se rendre dans la salle
de bains.

Aux premiers temps de leur liaison, Clotilde
se renfonçait dans les draps chauds, l'odeur
de leurs corps, convaincue que son amant, ses
ablutions terminées, viendrait la rejoindre.

En fait, sitôt lavé, Élie se rhabille et quand
il revient dans la chambre, il a sa veste pliée
sur le bras et la dépose sur un siège avant de
se pencher au-dessus de Clotilde. C'est pour
l'embrasser sur le front, puis se diriger vers la
porte d'entrée en remettant sa veste.

Les premières fois, Clotilde, stupéfaite, sor-
tait du lit toute nue, enfilait le premier peignoir
venu pour l'accompagner jusqu'à la porte,
l'entourer de ses bras, l'embrasser sur la
bouche. C'était moins froid comme adieu !
Moins abrupt.

A-t-elle demandé : « Tu ne restes pas ? » Elle

ne s'en souvient pas et ne le ferait pas aujour-
d'hui.

Les humains se dressent aussi bien que des
animaux, s'habituant aux manières, bonnes ou
mauvaises, de leur compagnon. Et Clotilde a
fini par se faire une raison : sitôt après l'amour,
Élie s'en va.

Pense-t-il s'être souillé en couchant avec
elle ? Ou alors, en possession de forces neuves,
éprouve-t-il le besoin d'aller les utiliser à ses
tâches habituelles ?

Elle a pris désormais l'habitude, dès qu'il est
sorti du lit, de ramener les draps contre elle,
décidée pour son compte à prolonger la béa-
titude. S'endormant parfois dès la porte claquée, rêvant, fantasmant. Après tout, elle est
une femme bien et souvent baisée, que veut-
elle d'autre ? De plus ?

Ce jour-là, pourtant, Élie ne sort pas du lit.
Il ne va pas se laver. Il passe son bras autour
des épaules de Clotilde, se blottit contre elle.

— Il faut que je te dise... Ma mère est morte
à Auschwitz. Mon père, lui, s'en est tiré. Mais
il avait perdu la raison. Nous ne l'avons
retrouvé que des années après la Libération.
Entre-temps, quelqu'un m'avait adopté, qui
n'était pas juif et qui m'a donné son nom.

— Mon Dieu, Élie, pourquoi n'en parles-tu
jamais ?

— Pour quoi faire ?

— Pour partager... Ce que tu as dû souffrir !

— Non.

— Comment ça, non ?

— Quand la Gestapo a débarqué pour arrêter

mes parents, en Alsace, je n'étais pas là. Je me trouvais en classe. Une voisine est venue à ma rencontre, elle m'a dit qu'il ne fallait pas que je rentre, que mes parents étaient partis. Elle m'a conduit chez d'autres gens, des cousins à elle. Qui m'ont envoyé à la campagne chez des cultivateurs. J'y ai passé presque toute la guerre... C'était bien, ajoute Élie de cette voix un peu syncopée que Clotilde a appris à connaître et qui veut dire qu'il ment !

Il poursuit :

— Il y avait de quoi manger, des animaux. J'allais à l'école communale, je m'appelais Fourrest, je ne sais pas si l'instituteur était au courant, mais personne ne me posait de questions... On m'avait recommandé de ne rien dire ; je n'ai rien dit.

Son bras se fait plus léger, il s'écarte d'elle dans le lit.

— D'ailleurs, qu'est-ce que j'aurais pu raconter ? Je ne savais rien. » Plus bas : « Si ce n'est que mes parents m'avaient abandonné...

— Tu as cru ça ?

— Bien sûr... Là où j'étais, on n'était pas informé de l'existence des camps. On ne parlait pas des lois antijuives...

— Tu savais que tu étais juif ?

— Pas vraiment. Mes parents n'étaient pas croyants... Les gens qui m'hébergeaient m'ont fait passer pour un petit cousin éloigné, le curé m'a baptisé, puis je suis allé au catéchisme. Comme les autres. Avec les autres.

— Quand as-tu su ?

— Plus tard. Après la Libération, une tante

qui s'était cachée pendant toute la guerre est venue me chercher. Scandalisée, c'était drôle, quand elle a su qu'on m'avait baptisé ! C'est elle qui m'a appris que ma mère était morte. « Pour ton père, m'a-t-elle dit, on ne sait pas, on le cherche... Des gens l'auraient vu... » Puis j'ai découvert ce qui s'était passé dans les camps, j'ai vu des images, des films...

– Cela a dû te bouleverser...

– Pas sur le moment. C'était comme si ça ne me concernait pas. Mais je me suis mis à faire des cauchemars. Surtout quand j'ai revu mon père. C'était... un déchet. Il ne s'est jamais rétabli... Il racontait indéfiniment la même chose, des histoires qu'on ne comprenait pas bien, tantôt avec colère, tantôt avec un air malin que je ne supportais pas... C'était le pire... Des histoires de nourriture, de pain qu'il cachait, qu'on lui volait, qu'il revolait... Il avait conservé cette habitude, on trouvait de la nourriture sous son matelas, son oreiller. Il ne pouvait s'empêcher de faire des provisions. J'aurais préféré...

– Quoi ?

– Qu'il ne revienne pas.

– Élie, comment peux-tu dire ça ?

– Il m'a imposé des images que je n'aurais pas eues sans lui... C'était quand même mon père. Mais ce n'était plus un homme. Un jour, il est mort. Comme ça, sans être malade. Moi, je l'étais, j'ai fait une dépression.

Clotilde ne sait que dire, elle sent que la blessure est si profonde qu'il ne parvient même pas à la sonder.

– Puis tu t'en es remis.

– Non...

– Pourquoi dis-tu ça ?

– Il me semble que je n'ai pas le droit...

– De quoi ?

– Tout le monde les a oubliés. Si je les oublie, moi aussi, que leur restera-t-il ?

– Mais que tu vives !

– Pour quoi faire...

– Pour que les autres n'aient pas gagné.

– Qui ?

– Les nazis.

– Ils ont gagné.

Cette fois, il s'est complètement écarté d'elle, les bras le long du corps, les yeux au plafond.

– Mais c'est faux, Élie, c'est faux ! Regarde ce qui se passe en Israël, partout : le peuple juif continue...

– Pas moi. Moi...

Il n'a nul besoin d'achever sa phrase, elle sait ce qu'il veut dire : Élie est resté dans les camps. Où il n'a pourtant jamais été.

– C'est ma place, achève-t-il dans un souffle.

Puis il se lève, quitte la pièce. Une fois habillé, il revient l'embrasser sur le front. Et s'en va.

Clotilde se redresse, s'appuie contre l'oreiller ; elle croise les bras sur sa poitrine. Quelque chose en elle a commencé de se révolter. C'en est assez de la mort !

– Il refuse de se lever, il reste au lit.

– Qu'est-ce qu'il dit ?

– Justement, rien...

– Tu as fait venir le médecin ?

– Éric ne lui a pas répondu un mot. C'était un jeune de *SOS médecins*, les autres ne se déplacent pas. Il lui a soulevé les manches...

– Et alors ?

– Aucune trace de piqûres. Il m'a dit : « S'il ne se drogue pas, tout va bien. Il est commotionné, il va en sortir... Donnez-lui des vitamines. »

– Il les prend ?

– Je lui prépare de la nourriture avec les gouttes dedans ; je laisse l'assiette près de son lit... Tantôt il la vide, tantôt pas.

Elles sont assises à la cuisine. Christiane leur a servi un verre de porto.

Elle a appelé Clotilde au centre, en milieu d'après-midi :

– Éric est de retour.

– Quel bonheur ! Depuis quand ?

– Huit jours...

– Mais pourquoi ne m'as-tu rien dit ?

– Parce que...

Elle s'est interrompue, s'est mise à pleurer.

– Que se passe-t-il ? Il est malade ?

– Je ne sais pas...

– Je viens ce soir.

Clotilde n'a pas encore aperçu le garçon, elle interroge d'abord Christiane. Laquelle, en fait, monologue. Et parle d'elle : elle a cru, elle a pensé, elle est bien malheureuse, elle ne dort pas ; si ça continue, elle va faire une dépression, personne ne l'aide ni ne la comprend... Finalement, le cri du cœur : « Il pourrait quand même penser à moi ! »

Dès qu'un adolescent ne va pas bien, fait une fugue, des bêtises, « coûte » de l'argent – tant qu'un jeune est mineur, quoi qu'il arrive, ce sont les parents qui paient –, c'est la même antienne : « Il pourrait penser à nous ! »

Et d'énumérer les « sacrifices » consentis pour l'élever. À croire qu'on en tient la liste perpétuellement en mémoire : les vacances qu'on n'a pas prises, les voitures qu'on n'a pas achetées, l'appartement qu'on n'a pas rénové... Quoi encore ?

Tout ça pour lui payer des études qu'il n'a pas faites ! L'amener à une vie honorable – aux yeux des parents – dont il ne veut pas, refusant de vivre « normalement » – selon les normes qu'ont définies pour lui ses géniteurs.

Tellement classique !

– Tu lui as parlé de lui ?

– Bien sûr !

– Qu'est-ce que tu lui as dit ?

– Je lui ai demandé pourquoi il m'a laissée tomber, s'il se rend compte du mal qu'il me fait...

– Tu lui as demandé pourquoi il est revenu ?

– Ben non, c'est normal qu'il soit revenu !

– Je peux le voir ?

– Si tu veux, mais ça ne servira à rien. Il fait le cadavre, ferme les yeux, ne bouge pas... Te fout dehors, en fait.

– On va bien voir. Accompagne-moi, pour qu'il sache que tu es au courant de ma visite, que tu l'approuves ; puis laisse-nous.

– Tu crois ?

Clotilde sourit, pose la main sur l'épaule de Christiane. Comment le garçon pourrait-il dire quoi que ce soit si sa mère est là à pleurer encore sur elle-même ?

Éric détourne la tête à l'ouverture de la porte. Pour signifier qu'il ne veut voir personne. Sans violence, cependant.

Clotilde reste un instant debout, avise une chaise le long du mur, s'y assied sans la rapprocher du lit. Le regarde : son menton est noir, ses joues aussi.

– Qu'est-ce que ta barbe a poussé ! Tu n'étais pas comme ça, la dernière fois que je t'ai vu. Tu deviens un homme. Ça te va bien.

Silence, immobilité.

– Tu dois commencer à plaire aux filles...

Léger tressaillement sous le drap.

– C'est toujours un moment difficile, quand on entre dans la sexualité.

Elle tente d'imaginer : il est beau, il va l'être davantage encore. Avec tous ces types qui vont et viennent dans le lit de sa mère... Le draguent aussi, pendant qu'ils y sont !

– Quelquefois, les autres s'en aperçoivent avant vous...

Éric ramène sa tête droit devant lui.

– Parfois des filles, parfois des garçons...

Il serre les poings. Clotilde continue :

– À chacun de choisir ce qu'il veut être. Qui il veut aimer.

Pause.

– Je préférerais que tu aimes les femmes. D'ailleurs, je crois que toi aussi...

– Les salopes !

Son premier mot. L'important, c'est qu'il ait parlé.

– Parce qu'elles ont des désirs sexuels, elles aussi ? Elles ne sont pas seulement...

Clotilde va pour dire : « ... des mères », mais quelque chose la retient. Elle sent que c'est là que ça achoppe : sur le mot « mère ». Éric ne doit plus trop savoir où il en est avec la sienne. Qui circule presque nue dans l'appartement. Ne ferme pas la porte de la salle de bains. Désirable...

Elle se risque ?

– Tu sais, Éric, c'est normal d'avoir envie de coucher avec sa mère... Tous les enfants, devenus grands, désirent faire l'amour avec leurs parents un jour ou l'autre. Les filles avec leur père, les garçons avec leur mère... Quelquefois, c'est même les filles avec les mères, les garçons avec les pères...

– C'est dégueulasse !

– On en passe par là pour se développer.

Prendre son élan. Aux parents de mettre l'interdit, de dire : « Non, mon vieux – ou ma vieille –, pas avec moi, avec ta copine – ou ton copain ! » Mais il y a des familles où cela n'est pas dit.

Cette fois, le garçon s'est redressé sur un coude, il fixe le paysage par la fenêtre.

Clotilde a vérifié, au centre, que c'est souvent lorsque l'enfant paraît complètement ailleurs qu'il écoute le plus intensément. Éric n'est plus un enfant, mais c'est l'enfant en lui qui a besoin de ses mots. Des mots que personne n'a pu ou su lui prodiguer.

– Alors, dans ces familles-là, c'est aux enfants eux-mêmes à faire la loi. La loi sexuelle. À eux de dire aux parents : « Je t'aime, mais tiens-toi à distance. Ce n'est pas avec toi que j'ai envie de coucher, et je ne le ferai jamais. Va de ton côté, je vais du mien ! »

Énorme soupir du côté du lit.

Clotilde continue à voix plus basse :

– La petite fille, l'enfant, ici, c'est ta mère...

Elle se lève :

– On va se faire du thé, tu viens ?

Éric ne répond pas.

Clotilde sort sans fermer la porte. Autant qu'il entende ce qu'elle va dire à Christiane, laquelle est aux aguets.

– Alors ?

– Ça va. Il est un peu las, c'est tout. C'est qu'il est devenu un homme. Ça fatigue.

– Ah bon, bon... Qu'est-ce que je dois faire ?

– Rien. Si : fais-nous du thé.

À peine la théière est-elle posée sur la table

qu'Éric apparaît, minci, grandi, mâle dans son jeans un peu trop serré et son T-shirt au nom d'une université texane.

Il balaie du regard les deux femmes, les trois tasses.

Se dirige vers le Frigidaire, prend une bouteille de lait, du fromage, puis va chercher du pain. S'attable. Fixe sa mère.

– Ferme ton peignoir.

Le ton est sans réplique.

Subjuguée, Christiane resserre la ceinture de son déshabillé rose, un peu lâche, ouvert sur ses cuisses.

Éric mange avec appétit.

– Je me suis trouvé un petit boulot dans un garage. Un début, on verra ensuite. Mais il faut que tu me prêtes de l'argent pour m'acheter un nouveau jeans, j'éclate dans celui-ci.

– Combien te faut-il ? Je te donnerai tout ce que tu voudras !

– J'ai pas dit « donner », j'ai dit « prêter ». Je te rembourserai sur ma première paie. En attendant, merci de m'héberger, Maman. Il faut encore que j'habite ici.

Christiane pleurniche.

– Je suis si heureuse que tu sois là. Si tu savais comme j'ai été mal... Tu peux rester indéfiniment.

Il la coupe :

– Je sais, ne t'en fais pas. Je t'aimerai toujours, mais je dois mener ma vie, maintenant. Et toi aussi...

– Oui, oui, bredouille Christiane que Clotilde devine éberluée.

Qu'est-ce que c'est que ce miracle ? Ce nouveau fils qui lui parle sur un ton d'adulte, presque d'étranger ? Comme dans l'Évangile : « Femme, qu'y a-t-il de commun entre toi et moi ? »

Clotilde a envie de rire ; elle se lève. On n'a plus besoin d'elle dans cette maison. Christiane l'accompagne jusqu'à la porte.

– Comment as-tu fait ? Que lui as-tu dit ?

– Rien, je l'ai écouté...

– Mais il ne parlait pas !

– Si, il parlait. Dans son silence...

Si elle pouvait être aussi habile à écouter les hommes qui l'entourent ! Élie, par exemple.

Marguerite n'est plus la même. C'est ce qui frappe Clotilde depuis l'arrivée de sa mère chez elle.

Tout de suite après l'enterrement de Xavier, elle lui a proposé de la ramener pour qu'elle ne demeure pas dans la maison vide, mais Marguerite a refusé : elle voulait « ranger ».

– S'il s'agit de papiers, lui a dit Clotilde, je peux rester un jour de plus, nous nous en occuperons ensemble. Après, tu pourras partir. Je ne pense pas que ce soit bon pour toi de rester toute seule.

Rien n'y fait : il n'y avait pas que les papiers, mais des affaires à porter chez le blanchisseur, d'autres à y reprendre. Des visites pour remercier de l'aide qu'on lui avait fournie. Le curé qui avait promis de passer la voir – elle qui ne fréquentait plus l'église ! Enfin, elle désirait se rendre chaque jour sur la tombe.

C'est l'argument qui a paru le plus convaincant à Clotilde. Le chagrin a besoin de s'user, comme tous les sentiments aigus, et c'est à se frotter contre le granit des caveaux que le deuil perd ses angles, se mue en douce nostalgie.

– Dans ce cas, Maman, je te téléphonerai tous les jours.

Ce qu'elle a fait. Montrant une patience d'ange à écouter Marguerite, d'une voix désormais confinée dans le registre de la plainte, égrener les menus embêtements du jour. Ce n'était jamais autre chose : elle ne retrouvait plus une couette que lui avait prêtée la voisine, qu'elle devait rendre ; la banque continuait d'écrire à Xavier comme s'il était vivant ; elle ne savait plus que faire de tous ces médicaments. « Porte-les au pharmacien ! – Mais nous sommes brouillés, il n'a pas été gentil ! – Alors, demande à quelqu'un de le faire pour toi... – C'est gênant... »

La vie des gens ! Plus exactement, la vie parlée des gens. C'est ce qui stupéfiait Clotilde : tant de logique, d'astuce, d'invention, d'intelligence, même, gaspillées pour rien.

Si, tout de même : pour traverser la douleur.

Il lui arrivait de bloquer le téléphone sans fil contre son épaule tout en s'activant à classer des dossiers, sortir les ustensiles du lave-vaisselle, voire épousseter, refaire son lit. Dès lors que sa mère parlait, si elle-même conservait assez de disponibilité pour vaquer à ses affaires, où était le mal ?

Quand la tâche se compliquait, elle posait le récepteur pour être plus libre. Elle n'entendait plus que les inflexions de la voix, sans distinguer les mots, mais elle devinait que la litanie se poursuivait. Marguerite parlait pour elle-même, à elle-même.

Peut-être en avait-il toujours été ainsi et Xavier s'occupait-il lui aussi à autre chose, mine de rien, pendant que sa femme débitait des mots qu'elle lui lançait depuis une autre pièce, du cabinet de toilette, du lit. Lui-même lisant son journal, bourrant sa pipe, songeant à ce qu'il ferait le lendemain...

Peut-être n'est-ce que cela, le rapport à autrui : on s'invente des interlocuteurs ?

« Et l'amour ? se demande Clotilde. Est-ce qu'on s'invente aussi des amants ? » Poussé par le besoin, le désir d'aimer, décrétant brutalement : c'est celui-ci, et le parant alors de toutes les vertus afin de pouvoir s'abandonner à son sentiment en toute bonne conscience. Avec fierté, même.

Elle avait trouvé Albert si extraordinaire ! Juste avant de le rencontrer, elle rêvait tellement d'être amoureuse... En ce qui concerne Élie, elle est peut-être aussi en train de l'inventer ? Comment appelle-t-on ce lieu bizarre où de multiples glaces vous renvoient en abîme des images reflétées jusqu'à ce que vous ne sachiez plus quelle est la « bonne » ? Le Palais des illusions ?

« Je ne sais même plus quelle est mon image à moi », se dit Clotilde. Au bout du fil, elle entend soudain sa mère déclarer :

– J'arriverai mercredi, par le train du soir...

Presque tous les jours, Clotilde propose à Marguerite de venir séjourner chez elle, y achever de se remettre. Chaque fois, sa mère élude, reporte. Brusquement, la voici qui accepte !

Clotilde est si saisie qu'elle se demande si elle est vraiment prête à la recevoir. Elle verra bien. Elles verront ensemble... Mais peut-elle se sentir « ensemble » avec sa mère ?

Très vite, il appert que non. Marguerite, comme au téléphone, continue son monologue. Évoquant le passé, sa vie commune avec Xavier, à croire qu'elle n'a rien connu avant et que tout s'est arrêté depuis.

Elle ne l'appelle jamais par son prénom, mais dit « Ton père », comme pour marquer qu'elle englobe Clotilde, par faveur, dans son malheur. Car c'est de cela qu'il s'agit indéfiniment : de la perte qu'elles ont toutes deux subie.

– Un tel homme... Il parlait peu, mais il savait tout. Si bon, si accueillant... Tu aurais vu les gens à l'enterrement, comme ils pleuraient...

– J'y étais, Maman !

– C'est vrai, pardonne-moi. Le chagrin m'abrutit...

Et de repleurer.

Les jours passent et Clotilde ne reconnaît pas, à travers le récit qu'en fait sa mère, la vie qu'elle a connue à ses parents. Reprenant chaque événement par le menu, Marguerite en fait une sorte de conte de fées. Les colères parfois terribles de Xavier, ses moments de fermeture, sa mesquinerie face à l'argent, son injustice même, tout cela est oublié. N'a jamais existé.

« Je suis en train d'assister à la canonisation d'un saint ! » se dit Clotilde.

Mais peut-être Marguerite élaborait-elle déjà cette légende du vivant de son époux ? Même s'il leur arrivait de se disputer, de s'opposer, jamais Clotilde ne lui a entendu dire : « J'en ai marre de cet homme ! Il m'empêche de mener ma vie. Je veux divorcer !... » Tous deux faisaient bloc – en particulier contre elle, leur fille. Jamais elle n'a pu mettre sa mère ou son père dans son camp, l'un la protégeant de l'autre.

Odieux, parfois. Grandiose, aussi. Un couple, un vrai ?

Voilà ce qu'il en reste : cette pauvre moitié d'orange, cette fragile libellule amputée d'une aile et qui se débat pour recouvrer son unité, reprendre son envol...

D'évidence, c'est impossible. Sauf par la folie, le délire. De jour en jour, Marguerite verse dans l'irréel.

Le soir où elle déclare à Clotilde : « Tu sais, ton père est venu me rendre visite cet après-midi, il a dit qu'il reviendrait, mais pas tout de suite. Dommage que tu n'aies pas été là... », Clotilde comprend qu'une frontière vient d'être franchie.

Sa mère sourit aux anges, sa voix est douce, mais l'œil reste fixe, vide, comme celui des hallucinés.

– C'est bien, Maman. Va te coucher, nous en parlerons demain.

Il va falloir prendre des mesures. Élie, consulté, parle d'une maison où Marguerite sera surveillée jour et nuit. À partir d'un certain âge, on ne doit pas, on ne peut pas vivre seul. Il faut pouvoir parler, à défaut d'être écouté.

– Et moi, se dit Clotilde, est-ce que ça m'arrivera aussi ? Est-ce qu'un moment viendra où il faudra me « placer » pour que je puisse bourdonner parmi d'autres, comme, l'été fini, les abeilles au bas de leur ruche qui bruissent indéfiniment pour dire quoi : qu'elles sont encore un tout petit peu vivantes ?...

Ces maisons de vieux, ces cliniques, ces asiles d'un genre ou d'un autre, où la vie diminuée continue de se manifester dans un bruit de source qui meurt...

Clotilde en a le cœur serré.

Et l'amour, qu'est devenu l'amour ? Y en a-t-il encore de reste pour ces cœurs de vieux ?

– Ma petite Maman, je reviendrai te voir souvent ! dit Clotilde en embrassant Marguerite, assise près de la fenêtre de ce qui risque d'être sa dernière chambre.

– Avec ton père ! N'oublie pas d'amener ton père ! répond sa mère en lui rendant son baiser.

« C'est drôle, se dit Clotilde, mon père et ma mère s'engueulaient sans arrêt tout en s'adorant. Moi, je n'ai jamais un mot plus haut que l'autre avec Élie, et, au lieu de nous rapprocher, nous nous éloignons... »

Elle n'a même plus le courage ni l'envie de lui dire, comme elle l'a fait au début : « Pourquoi ne viens-tu pas habiter chez moi ? Il y a assez de place pour que tu y aies tes aises... »

Chez lui, c'est trop petit et trop encombré pour qu'on y cohabite. Après un silence, Élie répondait : « C'est que j'ai tant d'affaires : mes livres, mes dossiers... » De cette voix d'agonisant qu'il prenait chaque fois qu'il se sentait acculé, menacé d'intrusion.

Les premières fois, Clotilde a mal encaissé son refus : il ne l'aimait donc pas assez – moins, en tout cas, que ses papiers, puisqu'il ne voulait pas faire l'effort de les transporter pour vivre avec elle ?

Peu à peu, sans qu'elle comprenne comment, elle s'est retrouvé du même avis que lui : Élie ne *peut* pas quitter son lieu. Il ne *peut* pas s'aventurer dans l'inconnu : il a déjà tant de mal à se maintenir tel qu'il est.

Si Clotilde imagine Élie débarquant chez elle, ses valises au bout des bras, elle en éprouve un malaise : il ne saura pas où s'installer ! Ce sera elle, responsable de son déménagement, qui se retrouvera la plus misérable des deux !

Et elle ressent si distinctement la douleur que représente tout changement, pour Élie, qu'elle en vient à penser comme lui : « Non, impossible : il ne peut pas vivre avec moi ! »

La conviction lui en est venue après le bref séjour qu'ils ont fait au bord de la mer, dans ce petit hôtel les pieds dans l'eau.

Dès le train, elle s'est sentie inquiète : Élie avait les traits tirés, les épaules remontées, et, sitôt le convoi démarré, il s'est plongé dans l'amas de journaux achetés à la gare.

L'arrivée du contrôleur, demandant à voir leurs billets, a déclenché son anxiété. Dans quelle poche avait-il mis le sien ? Avait-il pensé à le composter ? Était-ce le bon ou celui du retour ?

L'arrivée à l'hôtel n'a pas été simple. Leur chambre était retenue, mais Élie a éprouvé le besoin de demander d'un air suppliant – espérait-il qu'on lui dirait « non » ? – s'il y avait encore de la place ! Clotilde a dû rectifier en déclinant leur nom.

C'était une belle chambre à un lit, sa large baie ouvrant sur l'immense plage de Saint-Jean-de-Monts battue par le vent de l'Atlantique. Sans ôter son manteau, Élie est allé droit à la fenêtre, a appuyé son front contre la vitre. Regardé affluer les vagues, voler les mouettes. Son attitude en rappelait une autre à Clotilde : celle qu'il avait eue au Monument de la Déportation lorsqu'il s'était immobilisé contre la grille.

Tout son corps signifiait : « Je ne suis pas libre. »

Mais, sur l'instant, Clotilde n'a pas voulu interpréter. Elle s'était tant réjouie de se retrouver avec lui en vacances pour la première fois ! À profiter de sa présence vingt-quatre heures sur vingt-quatre !

Ce qui fait qu'elle a commencé à défaire leurs valises, à accrocher les vêtements, à déposer les affaires de toilette dans la salle de bains. S'efforçant par la parole de dénouer, rassurer, mettre les choses au mieux ! Comme on fait avec un enfant qui a peur de ce qui l'attend et à qui on affirme : « Tout va très bien se passer, tu vas voir : c'est une très belle maison, les directeurs sont gentils, tu vas avoir de bons camarades, tu pourras jouer, on a d'ailleurs emporté ton nounours... »

Le nounours d'Élie, ce sont ses dossiers.

– Je mets la mallette avec tes papiers sur la table.

– Je ne sais pas si je vais pouvoir travailler...

– Pourquoi ?

– La table est trop petite.

– Eh bien, on va en demander une plus grande !

– Je crois que j'ai oublié les notes que je devais lire avant de commencer mon rapport.

– On peut se les faire envoyer ! Par chronopost, cela arrivera demain...

– De toutes façons, avec l'air marin...

– Qu'est-ce qu'il a, l'air marin ?

– Rien. C'est moi. Je suis comme ça.

Au bout de deux jours de récriminations à demi formulées, qu'elle tente de réfuter ou contenter une à une, Clotilde a fini par admettre ce qui se passait : Élie était en train de lui faire comprendre de toutes les manières possibles qu'il était in-dé-pla-ça-ble !

Où qu'elle cherchât à l'emmener, campagne, montagne, mer, lac, ce serait pareil. Il serait mal, prétendrait s'en vouloir à lui-même de son inadaptabilité, en fait la détesterait, elle, de l'avoir contraint au voyage.

Pas de voyage pour Élie ! Aucun changement. Aucun progrès. Aucune rencontre...

Il l'aime, il lui fait l'amour, mais il ne l'a jamais rencontrée.

À peine Clotilde est-elle à nouveau chez elle, dans sa solitude retrouvée – l'a-t-elle jamais quittée ? –, qu'elle pleure toute les larmes de son corps. Effondrée devant sa valise qu'elle n'a pas envie de défaire, qu'elle n'aurait jamais dû faire.

Élie et elle ne sont pas partis. Le dépaysement n'a pas eu lieu.

Entré derrière sa femme, Jacques Meunier la dévisage comme s'il s'était attendu à tout, sauf à la trouver ici, elle, Clotilde Morand, à s'occuper de leur enfant.

Elle aussi est suffoquée.

Meunier est un patronyme relativement courant et lorsque Angela Meunier s'est présentée seule avec le petit Hervé, il n'est pas venu à l'idée de Clotilde de faire le moindre rapprochement entre cette consultante et son ex-avocat, Me Meunier.

Son attention était captée par ce que lui disait cette femme à propos de son fils ; aussi par le comportement absent de l'enfant, tandis que sa mère parlait.

Conformément à ses attributions, Élie les avait reçus en premier. Mais il n'était pas parvenu à déceler s'il s'agissait d'un cas d'autisme relevant d'une véritable psychothérapie, ou d'un blocage momentané susceptible d'être levé grâce à une certaine écoute et aux activités diverses que le centre proposait aux enfants.

Toujours est-il qu'à trois ans, Hervé ne par-

lait pas. Ou plus. D'après sa mère, il commençait à prononcer des mots, des bouts de
phrases, quand il s'était arrêté pile sans qu'on
pût repérer, au cours des jours précédents, un
quelconque événement traumatique. Clotilde
voulait-elle les recevoir pour confirmer ou
infirmer son avis ? avait demandé Élie.

La jeune femme lui avait paru sur la défensive, inquiète, mais sans excès, comme si,
inconsciemment, elle avait recherché avant
tout une raison de consulter des thérapeutes.
Sans que ce fût expressément pour elle-même,
mais en alléguant qu'il s'agissait de son enfant.
En fin de visite, Clotilde avait demandé à rencontrer le père.

Huit jours plus tard, Jacques Meunier entre
dans le bureau.

Ce n'est pas à elle à prendre l'initiative de
la reconnaissance. Après un bref silence – ils
sont tous quatre debout, Hervé tenant la main
de sa mère –, Meunier prend la parole :

– Vous êtes bien Clotilde Morand ?

– Oui.

– Je ne m'attendais pas à vous trouver ici
depuis que...

– Depuis que vous m'avez divorcée ? J'ai en
effet fait du trajet !

Comme ça, la situation est claire. Enfin,
presque. Elle ne va pas laisser entendre qu'elle
a couché avec Meunier ; inutile de blesser sa
femme. Reste que Clotilde ne se sent plus en
position de « neutralité », comme on dit en
psychanalyse, et elle place l'entretien sur un
terrain plus amical que professionnel.

Tournant autour de la question : que s'est-il passé pour que Hervé cesse brusquement de vouloir communiquer par le langage ? Pour le reste, en effet, l'enfant n'est pas coupé de son entourage, au contraire.

– Il sait parfaitement se faire comprendre, dit Angela, et il comprend tout !

– Y aurait-il eu un décès dans la famille, même lointain, ou peut-être une naissance ?

– Je ne vois pas, répond Angela.

Toutefois, Clotilde a le sentiment que Jacques Meunier a tiqué. D'ailleurs, il se lève pour écourter la séance, au soulagement de Clotilde qui se sent en position fausse.

Pour Hervé, dit-il, ils vont encore réfléchir, ils verront. Angela ouvre la bouche, puis choisit de se taire. Hervé s'empare à nouveau de la main de sa mère au moment de partir.

Le soir, Meunier lui téléphone :

– Pouvons-nous déjeuner ensemble ?

Clotilde hésite : il ne va pas lui refaire la cour !

L'avocat doit percevoir sa réticence, car il reprend aussitôt :

– J'ai besoin de vous parler. De moi. Et de Hervé.

Clotilde accepte. Elle croit justifier aisément ce rendez-vous auprès d'Élie : Jacques Meunier a été son avocat, ce qui l'empêche, elle, de continuer à s'occuper de son fils ; elle va le lui dire.

L'argument est tout à fait recevable d'un point de vue déontologique, mais, en l'exposant, Clotilde s'aperçoit qu'elle n'a pour autant aucune raison, aux yeux d'Élie, de déjeuner avec cet homme.

Élie s'est d'ailleurs braqué, raidi. Il se cloître dans le silence – comme Hervé !

Au lieu de s'en émouvoir, Clotilde est exaspérée : à la différence du petit Hervé, Élie a les moyens d'analyser et d'exprimer ce qu'il ressent ! Pourquoi ne le fait-il pas ? Une lassitude s'empare d'elle, comme de plus en plus souvent : elle n'est pas la « nounou » de cet homme, ni d'ailleurs sa femme, à peine sa compagne. Elle a le droit de mener sa vie comme elle l'entend, et elle sent qu'elle a envie de déjeuner avec Jacques Meunier.

C'est au cours de leur rencontre qu'elle comprend pourquoi.

D'entrée de jeu, Meunier la tutoie. Cela commence par la choquer, puis elle devine qu'il a besoin de faire appel, pour se confier, à ce qui fut leur intimité, même brève.

– Je voulais ton avis, Clotilde, sur quelque chose qui concerne ma vie privée... L'autre jour, tu as mis le doigt dessus sans le savoir, quand tu as parlé de naissance, d'une naissance qui aurait pu perturber Hervé...

– Tu sais, je ne suis pas analyste, j'ai dit ça parce que j'ai remarqué que le cas est fréquent chez les enfants : quand survient un nouveau petit frère ou une nouvelle petite sœur, certains se remettent à faire leurs besoins sous eux, d'autres cessent de parler...

– Le fait est que j'ai un enfant naturel. Personne ne le sait, sauf moi et la mère. C'est quand il est né que Hervé a sombré dans le silence...

Clotilde a beau savoir qu'il en va ainsi, dans l'inconscient familial, que les enfants savent tout, surtout ce qu'on leur cache ou voudrait leur cacher, chaque fois, elle est stupéfaite.

Il y a là quelque chose de beau et de terrifiant. Pas d'exclusion entre les humains, seulement du malheur. Des choses tues, cachées, déniées, qui réapparaissent sous une autre forme. D'autant plus dramatique que la dénégation a été plus totale. Dans ce cas précis, le silence de l'enfant répond au silence du père : un jeu de miroirs.

– Comment a-t-il pu savoir ?

– Je l'ignore ! Rien n'a été dit. Je suis très heureux de la naissance de ce bébé, une petite fille, je vais la voir tous les jours. Hervé l'a-t-il senti ?

– As-tu l'intention de divorcer ?

– C'est une question que je me pose encore...

– Qu'est-ce qui te retient ? Angela ?

– Je pense que c'est Hervé. Je ne voudrais pas qu'il soit élevé sans père, c'est un garçon !

– Et alors ?

– Il me semble que c'est plus difficile, pour un garçon...

– Ce qui est difficile, dans tous les cas et pour tout le monde, c'est le mensonge ! Il doit se demander où tu en es avec sa mère. D'ailleurs, où en es-tu ?

– Je la sens si fragile...

Clotilde se met à rire.

– Et tu lui fais supporter ce qu'il y a justement de plus dur : le mensonge !

– Tu crois ?

– Bien sûr, Jacques. Face à la vérité, n'importe qui – même les êtres « fragiles », comme
tu dis – trouve des forces, fait appel à son
énergie profonde, s'invente et se crée des
armes... C'est ainsi qu'on se forge soi-même,
que...

Il la regarde bizarrement, l'interrompt :

– Ce que tu as fait, toi !

Clotilde fait non de la tête :

– Écoute, je ne parlais pas de moi en ce
moment, je ne pensais pas à moi...

– Je l'ai tout de suite senti en te revoyant :
tu es une autre personne que celle que j'ai
connue. Toi aussi, tu n'étais qu'un petit animal
fragile... Tu avais l'air incapable de supporter
la réalité telle qu'elle est.

– Vous m'y avez fichtrement aidée, Albert et
toi ! Grâce à vous, je me suis tout de suite
retrouvée face à ce qu'il y a de plus féroce en
ce monde... Dans une société qui prétend libé-
rer les femmes et, en fait, les abandonne toutes
seules au milieu du gué...

– Cela te réussit d'être seule, tu n'as jamais
été plus belle !

– Je te remercie, Jacques, mais, aujourd'hui,
le problème n'est pas moi : c'est Angela, Hervé
et toi...

En prononçant ces mots, Clotilde se dit :
« Mais il s'agit aussi de moi ! Si j'ai accepté
de déjeuner avec Jacques, c'est que j'ai quelque
chose à lui demander... Il faut que... »

Alors elle fonce. Du moins a-t-elle appris cela : à ne pas renier ni différer ses élans quand elle en a conscience et qu'ils sont l'expression de son désir.

– Je veux quitter le centre.

– Toi ? Mais tu y réussis pleinement, me semble-t-il, ce serait dommage...

– Raison personnelle. Peux-tu m'aider ?

– À quoi ?

– À me trouver du travail. Je n'ai pas de réelles qualifications, je vais avoir quarante ans.

Jacques Meunier la dévisage.

– Veux-tu travailler avec moi ?

Clotilde le questionne du regard : encore une proposition ?

– Non, Clotilde, ce n'est pas pour t'annexer... Mais, avec ton expérience psychologique, ta façon d'aborder les problèmes des couples et des enfants, tu pourrais être très utile dans mon cabinet. Moi, je connais la loi, je sais comment présenter une cause ou une autre devant les tribunaux, mais je ne sais pas toujours me débrouiller avec mes clients... Quand une femme s'effondre en sanglotant dans mon bureau après un jugement, je ne sais pas toujours pourquoi ni quoi lui dire. Il n'y a pas que les femmes, d'ailleurs : certains hommes sont tout aussi perdus face à une séparation qu'ils ont pourtant demandée...

– Tu voudrais faire de moi la préposée au bureau des consolations ? Avec une pile de mouchoirs ?

Elle l'a dit en riant, car, en fait, elle a

compris le sens de son offre et elle en est touchée. Prête à accepter.

Meunier pose la main sur la sienne.

– Tu sais bien que non ! Toi, tu es capable de faire ce que je ne sais ni ne peux faire : voir, sentir, comprendre, en dehors du but à atteindre, de la défense de la cause qu'on m'a confiée et qui a généralement une visée d'ordre économique. Nous aurions des approches différentes en fonction d'un objectif commun : remettre les gens d'aplomb. Tu comprends ?

– Oui, je comprends.

– La preuve que je te fais confiance, c'est que je vais tout de suite dire la vérité à Angela et demander le divorce. Tu es sûre qu'elle ira mieux ensuite ?

– Connaître enfin la vérité va la soulager, parce qu'elle doit percevoir un danger – qu'Hervé exprime à sa façon – sans savoir d'où il vient, donc sans pouvoir se défendre ni contre-attaquer... Pour ce qui est du divorce, tu verras comment l'aménager au mieux des intérêts de tous – si c'est vraiment ce que tu désires. Nous verrons.

– J'aime que tu aies dit *nous*.

On leur apporte le dessert : des poires Melba.

Plongeant sa cuillère dans la boule de glace à la vanille recouverte de chocolat tiède, Meunier fixe Clotilde droit dans les yeux :

– Au fond, tu es une femme heureuse !

C'est à la radio que Clotilde apprend l'accident.

Une collision comme il en arrive tant, particulièrement en Espagne où les conducteurs, fougueux, ne prennent pas la peine de tenir leur droite, surtout sur les routes de montagne.

La faute en est au véhicule qui venait en sens inverse, a d'ailleurs précisé la radio, et malgré l'embardée qu'a faite la voiture de Charles pour tenter de l'éviter, il lui est rentré dedans.

L'imprudent, un jeune homme, a été tué sur le coup. Le chauffeur du cinéaste aussi. Quant à celui-ci, assis à l'arrière avec sa secrétaire, il s'en est tiré avec plusieurs fractures et une commotion cérébrale. La jeune femme est indemne.

« Le cinéaste Charles Estaque vient d'être transporté d'urgence à Paris et doit être opéré dans la journée à l'Hôpital américain, à Neuilly. » En soirée seulement, le journal télévisé reprendra la nouvelle : « Ses jours ne semblent plus en danger... »

Toute la journée, au bureau, elle a vécu dans une sorte de transe, ne pensant qu'une chose : « Pourvu que Charles ne meure pas ! » Les heures s'écoulant, elle a poursuivi ses rendez-vous, nombreux ce jour-là, et une lente décomposition s'est accomplie en elle.

Elle était à sa toilette quand elle a entendu l'information, issue du petit poste posé en permanence sur son lavabo. « Mon Dieu ! » a-t-elle murmuré tout en continuant à se nettoyer le visage avant de se maquiller. Elle pouvait se voir dans la glace : elle n'a pas pâli.

Son café avalé sans autre aliment, elle s'est aperçue qu'elle ne tenait pas en place et a débarqué au bureau plus tôt que d'habitude, sa radio dans son sac. Entre chaque rendez-vous, elle l'a réglée sur *France-Info*. Mais l'information n'a été redonnée que vers midi : Charles était bien arrivé à l'hôpital de Neuilly.

Puis plus rien, et Clotilde s'est défaite petit à petit. Sans raison précise, comme si une sorte de liant, dont elle n'avait pas conscience jusque-là, l'avait tenue ensemble, et qu'il était en train de se désagréger.

Elle pourrait se dire qu'elle connaît à peine cet homme, que sa mort éventuelle, si elle risque d'être ressentie comme une perte dans les milieux du cinéma, n'affectera en rien sa vie personnelle. Elle ne se le dit pas, car elle n'est pas en mesure de penser. Elle écoute pourtant, répond, tient son rôle dans le dialogue avec les clients que Meunier lui demande de recevoir, comme tous les jours depuis qu'elle travaille à l'étude.

Cela fait un mois qu'elle est là et l'avocat a eu raison : il y a place pour Clotilde dans ce qu'on peut appeler la « relation humaine ». C'est du temps gagné : sachant que quelqu'un est disposé à les écouter autant qu'ils en ont besoin, les clients de tous ordres ne harcèlent plus directement Meunier pour savoir où en est la préparation de leur dossier, quand aura lieu leur procès, oubliant d'un jour sur l'autre qu'ils ont déjà posé la question, cherchant à tout propos du réconfort, un nouveau contact que Clotilde est là pour leur fournir.

À l'heure de la pause-déjeuner, incapable d'avaler quoi que ce soit, elle demeure à son bureau, la radio près d'elle, et, par la porte ouverte sur le couloir, elle surprend la conversation de deux secrétaires.

— Tu as entendu, pour l'accident ?

— Lequel ?

— Celui qui a eu lieu en Espagne. Il y a un Français dans le coup, un cinéaste, le type d'en face lui est rentré en plein dedans...

— Ça ne m'étonne pas. J'ai passé des vacances en Espagne avec mon fiancé, on s'est juré qu'on n'y retournerait pas, du moins en été : on a manqué dix fois de se faire tuer.

— Espérons qu'il s'en tirera ! Ils l'ont ramené en France...

— Comment tu dis qu'il s'appelle ?

— Attends, ça ne me revient plus...

Pour ce qui est de nos douleurs les plus vives, à supposer qu'elles soient connues d'autrui, elles n'affectent véritablement que nous. Charles n'est qu'un élément statistique dans la longue série des faits divers.

Les bras serrés contre sa poitrine, Clotilde s'aperçoit qu'elle souffre là où paraissent se concentrer les énergies : le plexus. Elle n'a rien ressenti de tel lorsqu'elle a quitté Élie, et elle se demande si ce n'est pas la douleur de leur séparation qui se manifeste à retardement à l'occasion de l'accident de Charles.

Tout s'est fait si simplement... Un matin, elle est entrée dans le bureau d'Élie et, après l'avoir embrassé sur le front, elle s'est assise en face de lui et lui a sorti la phrase qu'elle avait préparée :

– Je quitte le centre, j'ai trouvé une place ailleurs, chez un avocat. Je crois qu'il est temps pour moi de changer.

– Tu démissionnes ?

– Si tu veux.

– Nous sommes au milieu du mois, mais tu n'as pas besoin de revenir demain matin...

Un silence.

– Ni même cet après-midi...

– Bien.

Clotilde est retournée à son bureau mettre en ordre ses dossiers et les laisser à Élie pour le cas où ils lui seraient utiles.

Dans les quelques mots prononcés, plus exactement dans leur non-dit, il était implicite que si elle quittait le centre, c'était pour s'éloigner d'Élie. Dès lors, c'est lui qui n'a plus voulu d'elle.

Élie est de cette race d'homme qui considère toute mise à distance comme une trahison.

Impardonnée. Impardonnable. Tout en devient simple : pas de scène, pas de dispute. Le contraire de ce qui se passe d'ordinaire – qu'elle voit ici tous les jours – entre époux ou amants qui se séparent.

En même temps, c'est terrifiant.

Abominable.

Une douleur blanche, si violente qu'elle ne parvenait pas à s'exprimer. « Comme chez ceux qui entraient en silence dans les chambres à gaz pour en ressortir en fumée ?... » s'est demandée Clotilde malgré elle.

Cette légère fumée contre le bleu du ciel, dont tous les survivants ont gardé l'image... C'est donc si peu, un être humain ? Une émanation de vapeur vite dissipée dans l'immensité du cosmos... Pas de quoi faire un événement.

C'est ce qu'Élie lui a jeté au visage, dans une violence muette, en acceptant sur-le-champ son départ. Comme s'il n'y avait pas eu cet amour entre eux, cette passion de plus de deux ans. Comme s'il n'y avait rien eu du tout.

Dès le lendemain, Clotilde travaillait chez Meunier. À la fin du mois, elle a reçu, sans un mot, l'intégralité de son dernier salaire au centre. Elle avait exprimé le désir de prendre la porte, et, à sa façon, Élie l'a jetée dehors. Comme elle avait besoin de cet argent, elle l'a gardé. Au demeurant, en renvoyant à Élie le montant qu'elle n'avait pas vraiment gagné, elle lui aurait ôté la possibilité de reprendre le dessus sur elle. Comme Clotilde l'aimait encore – elle l'aimerait toujours –, elle pouvait lui faire ce cadeau.

Il devait souffrir infiniment plus qu'elle, même s'il n'avait pas la faculté (ou la volonté) de s'en rendre compte. Comme les gens atteints de cette étrange maladie qui abolit la sensibilité à la douleur : ils se mutilent ou se laissent estropier sans même s'en apercevoir...

Aujourd'hui, cueillie au creux de l'estomac, Clotilde se dit que c'est leur séparation qu'elle est en train de payer à l'occasion de l'accident de Charles.

Dans un redoublement de solitude et de silence.

De ce qui s'est réellement passé entre Élie et elle, elle n'a rien révélé : « Nous nous sommes quittés d'un commun accord, a-t-elle déclaré à son entourage. Élie et moi étions arrivés au bout de ce que nous avions à vivre ensemble... »

L'échec n'appartient qu'à elle.

Élie, quant à lui, n'a personne à qui parler. Pas même lui, dans son for intérieur.

Clotilde souffre de le savoir dans un tel état d'absence à lui-même. Mais, à moins de se résigner à son propre dépérissement, elle devait s'éloigner.

Maintenant, elle a à faire le deuil de cet amour mort-né.

Est-ce pour cela qu'elle prend si mal l'annonce de l'accident de Charles, lequel n'est qu'un ami ? Parce qu'elle n'est pas en état de supporter un deuil de plus ?

Heureusement, ce soir, le cinéaste est hors de danger.

C'est Jaja qui trouve la solution.

– Je connais parfaitement le personnel de l'Hôpital américain. Après les nombreux séjours que j'y ai fait, ce serait malheureux !... La surveillante, Marie-Françoise, m'adore. Tu sais quoi ? Ils m'attendent pour mon check-up annuel, je vais prendre rendez-vous – Dieu sait si ça me barbe ! – et tu m'accompagneras. Une fois à l'intérieur, ce sera bien le diable si Marie-Françoise ne nous arrange pas ça...

Jusque-là, Clotilde n'est pas parvenue à entrer en communication avec Charles. Ni par téléphone, ni en se présentant à l'entrée de l'hôpital : « Vous faites partie de la famille ? – Je suis une amie... – Toutes les visites amicales sont interdites... – Mais il va bien ? – Il est sorti de la réanimation. »

Plus Clotilde est rassurée, plus elle a envie de le voir. Besoin. « Moi qui croyais n'avoir plus besoin de personne, se dit-elle, moi qui me pensais une femme "heureuse", c'est-à-dire complète ! Et voilà que cet homme presque inconnu me manque... »

Jaja, à qui elle s'en ouvre, éclate de rire :

– Enfin, mon petit, une femme n'est pas complète si elle n'a pas sur elle le regard d'un homme ! Un cinéaste, au surplus : je comprends ton attirance, ces gens-là ont un projecteur dans l'œil ! Qu'ils te fixent une seconde, et te voilà tout illuminée...

– Ce n'est pas ce que vous croyez, Jaja.

– Je ne crois rien, je m'abandonne au courant, et le courant, si j'ai bien compris, nous entraîne vers Neuilly... Appelle un taxi, on ne peut jamais se garer dans ce quartier de richards !

À peine Jaja installée dans sa belle chambre, avec vue sur les arbres pleinement feuillus depuis quelques semaines, Marie-Françoise, l'impérieuse surveillante du service, entre tout sourire pour la saluer.

Toutes deux s'apprécient, c'est évident, et la venue, ou plutôt la visite de Jaja fait plaisir à Marie-Françoise. Toujours belle pour son âge, drôle, intelligente, une femme comme Jacqueline de La Forgerie donne du courage aux autres femmes : il n'y aurait donc pas que la dégradation annoncée au bout du chemin ?

Toutes lui sont reconnaissantes de leur présenter cette belle image, surtout Marie-Françoise qui a plutôt l'occasion de rencontrer l'inverse dans son travail : des femmes à bout qui se sont laissé atteindre par la maladie, la dépression, l'envie d'en finir.

Jaja, elle, s'amuse de la vie et fait son miel de tout, y compris d'un séjour à l'hôpital.

– Ma petite Marie-Françoise, nous avons un

problème. Cette jeune femme que vous voyez
là aimerait rendre visite à l'un de vos patients...

— Où est la difficulté ?

— Il s'agit de Charles Estaque, le cinéaste. Il
paraît qu'on le maintient au secret, ou presque,
et Clotilde n'est pas de sa famille...

— Je vois... Ce n'est pas mon service, mais
je vais vous arranger ça avec Géraldine. Je
vous enverrai une infirmière pour vous dire où
elle doit se présenter, et à quelle heure.

— Vous êtes un ange, ma chère, et revenez
me voir, s'il vous plaît, quand vous en aurez
terminé. Je tiens à savoir où vous en êtes avec
votre Victor !

— Bien sûr. Je vous dirai. En fait, ça s'arrange un peu...

À peine la surveillante a-t-elle quitté la pièce
que Jaja commente :

— Cette femme généreuse a pris pour amant
un jeune drogué, tu imagines le calvaire...

— Elle savait ?

— Elle l'a rencontré ici, en cure de désin-
toxication. Il s'est accroché à elle comme à
une planche de salut, et dès qu'il s'est aperçu
que ça marchait, il a replongé : plus d'effort,
il avait trouvé quelqu'un pour endosser la res-
ponsabilité à sa place ! J'ai conseillé à Marie-
Françoise de le laisser tomber, mais tu penses
bien qu'elle n'en a rien à faire, de mes conseils !
Elle s'est donné pour mission, il n'y a pas
d'autre mot, de le tirer de là... Si elle y parvient,
tu peux imaginer ce qui va se passer !

— Quoi ?

— Il la quittera...

Clotilde observe qu'en ce qui la concerne, elle a fait l'inverse : c'est elle qui a quitté Élie, lequel l'avait prise, elle aussi, pour planche de salut. Mais Élie n'est pas un drogué : il vit dans l'ailleurs, un monde imaginaire dont il ne tient pas à sortir et où elle n'avait pas vraiment sa place.

Une infirmière vient les trouver de la part de la surveillante : Clotilde peut se présenter à onze heures, chambre 142.

– M. Estaque est-il au courant ?

– On lui a demandé son avis, bien sûr. Il vous attend.

Charles l'attend ! Clotilde s'enfonce dans son fauteuil tubulaire : plus qu'une heure !

Quelqu'un se présente, une seringue à la main, pour faire une prise de sang à Jaja.

– Faut-il que je t'aime pour m'offrir de moi-même à des supplices pareils ! Moi qui ai horreur des piqûres...

Clotilde s'approche, prend sa main demeurée libre, l'embrasse. Quand il existe, il n'y a rien de meilleur que l'amour des femmes entre elles. Si léger et en même temps si sûr...

Au moment où Clotilde pousse la porte pour pénétrer dans la chambre de Charles, mi-assis contre un oreiller, l'homme passe rapidement la main dans sa chevelure. Noirs, drus, ses cheveux sont abondants, même si les heures de lit et les soins n'ont pas dû les arranger. Clotilde est touchée par ce vif mouvement de coquetterie chez un homme qui en affiche si peu.

– Vous allez bien ? lui dit-il en guise de salut.

Clotilde ne peut se retenir de rire :

– C'est à moi que vous demandez ça ?

– Bien sûr ! Moi, je sais parfaitement comment je vais, c'est inscrit au pied de mon lit, et des individus en blanc viennent m'en informer trois fois par jour. Mais vous, je ne sais pas... Je vous trouve un peu pâlot...

Charles, s'il a les traits amaigris, un bras dans le plâtre, une jambe aussi, arbore un teint hâlé. Sans doute un reste d'Espagne...

– Je n'ai pas quitté Paris, mais je vais bien.

Elle a envie d'ajouter : « La vérité, c'est que

je me suis inquiétée pour vous. » Mais elle énonce tout autre chose :

– J'ai changé de métier !

Charles a l'air surpris, il se redresse sur son lit en tirant sur une poignée de sa main valide, puis lui fait signe de s'asseoir sur la chaise la plus proche.

– Vous avez quitté le centre ?

« J'ai quitté Élie », songe-t-elle, mais elle ne le dira pas.

– S'occuper d'enfants en difficulté n'est pas vraiment ma vocation, même s'ils m'ont appris beaucoup de choses, en particulier sur moi-même. Cela me sert pour mon nouveau poste dans un cabinet d'avocat.

– Vous êtes avocate ?

– J'ai une licence en droit, mais Me Meunier, qui m'a défendue au moment du divorce, m'emploie autrement : il a fait de moi un bureau des lamentations ! Les gens en instance de procès me confient leurs angoisses et finissent par révéler des choses qu'ils n'ont pas pensé à lui dire, capitales pour leur cause. En outre, ils se sentent un peu mieux de m'avoir rencontrée...

– Je n'en doute pas, répond Charles en souriant. Moi aussi, je me sens mieux de vous voir.

Douceur...

– Mais vous ne me parlez pas de vous... De votre accident...

– Est-ce vraiment important ?

– J'imagine que vous n'avez aucune envie de le revivre en détails, et je ne vous en demande pas. Dites-moi plutôt ce que vous faisiez en Espagne et quand vous pensez reprendre votre travail...

De sa voix chaude, avec des mots qui font toujours image, Charles entreprend de raconter. Dans les monts ibériques, il n'était pas encore en tournage, mais en voyage de repérage, en quête d'un lieu désert – « Un plateau de Millevaches espagnol ! » – pour y réaliser un western d'un genre nouveau. Il s'apprêtait à regagner Madrid quand...

Quand la porte s'ouvre sur une femme que précède un jeune garçon. L'enfant se précipite vers Charles, du côté non plâtré, et s'allonge à demi sur lui pour l'embrasser : « Papa ! »

– Doucement, fils ! Tu es plus fort que moi en ce moment...

– Où tu as mal ?

– Je n'ai plus mal. Mais je suis bien embarrassé, ça oui !

– Tu t'es cassé ! Comme à skis !

– C'est ça. Tu te rappelles quand ça t'est arrivé ?

– Et comment ! J'en ai eu pour des semaines et des semaines. Les copains venaient me voir...

– C'est ce qui m'arrive. Voici Clotilde Morand. Ma femme, Arlette. Mon fils, Vivien.

« Mais je le croyais divorcé ! » songe aussitôt Clotilde. Puis elle se dit qu'il doit encore la présenter comme sa femme, par élégance, parce qu'elle est la mère de Vivien et que le jeune garçon doit préférer cela.

Elle s'abandonne à sa rêverie tout en considérant cette jeune femme élégante, aux grands yeux verts trop maquillés, dont Charles lui avait dit qu'elle était « délicate ». Clotilde la trouve forte, au contraire, presque dédaigneuse, à en juger par le regard qu'elle lui a jeté. Il est vrai que Clotilde, venue sans sac ni manteau depuis la chambre de Jaja, ne porte qu'un chandail noir sur une jupe de tweed.

Dans le silence qui s'est installé, elle prend conscience qu'elle est de trop, qu'elle devrait s'en aller, qu'elle aurait déjà dû le faire.

– Veuillez m'excuser, il faut que je retourne auprès de ma vieille amie, hospitalisée à l'étage au-dessous. C'est ce qui m'a permis de venir vous voir, dit-elle à l'intention de Charles comme pour ôter du poids à sa visite.

– Comment s'appelle-t-elle ? s'enquiert Charles.

– Jacqueline de La Forgerie. À bientôt.

– Merci d'être venue, Clotilde, cela m'a fait très plaisir.

Elle va pour s'éloigner, mais Charles lui tend la main, et elle se rapproche pour lui donner la sienne, qu'il garde serrée.

– Vous reviendrez ?

– Quand vous voudrez.

– Alors, dans pas longtemps.

Clotilde salue brièvement la mère et le fils, et sort.

Dans le couloir, elle ne sait plus où elle en est : heureuse, malheureuse ?

L'évidence la foudroie : jalouse, voilà ce qu'elle est. Jalouse !

– C'était bien ?

Jaja lève le nez de sa lecture, un gros ouvrage sur le Grand Siècle, l'époque qu'elle préfère dans toute l'histoire de France.

– Oui, il va bien.

– Ta visite n'a pas duré longtemps...

– Sa femme et son fils sont arrivés.

– Je vois...

– Vous voyez quoi ?

– Que tu es de mauvaise humeur !

– Moi ? Quelle idée !

– À ta place, je le serais, et comment ! Tout ce chambard, y compris le fait d'entraîner ta vieille Jaja à l'hôpital, pour tomber sur une pimbêche et son rejeton ! Pas la peine ! Ou pas de chance...

– Elle est arrivée impromptu...

– C'est ce que je déteste, avec les légitimes.

– Quoi donc ?

– Elles ont des antennes...

Ce qu'il y a de merveilleux, avec Jaja, c'est qu'elle transforme les événements de l'existence en comédie légère pimentée d'un jugement implacable sur les uns et les autres. Une sagesse qu'elle s'est forgée en cours de route, au fil des épreuves ?

Clotilde n'y résiste pas et finit par éclater de rire.

– En plus, dit-elle, je l'ai trouvée ravissante !

– Cela ne doit pas suffire...

– À quoi ?

– À attacher un homme, puisque celui-là divorce.

– C'est juste. Merci, Jaja.

– Cette manie que nous avons toutes...

– Laquelle ?

– De partir perdantes. Lorsqu'on est une femme de cœur et de tête, il suffit de le décider pour vaincre. Décide !

Le téléphone sonne. Jaja décroche, tend l'écouteur à Clotilde.

– C'est pour toi.

– Pour moi ?

Personne ne sait qu'elle est là !

– Un homme, lui souffle Jaja. Belle voix.

Clotilde prend l'écouteur, retenant sa pensée.

– Quand revenez-vous me voir ? dit la voix. Vous me manquez déjà...

Elle laisse passer une seconde, le cœur battant, savourant qu'il la réclame :

– Quand vous voudrez...

– Ce soir, juste avant dix-neuf heures ? Après, les visites sont interdites, mais ceux qui sont là peuvent rester...

– Entendu. À ce soir.

Son interlocuteur raccroche et Clotilde tend l'appareil à Jaja pour qu'elle en fasse autant.

– Dis donc, comment a-t-il fait pour te trouver ?

– Il m'a demandé ton nom... Sur l'instant, je n'y ai pas prêté attention...

– Habile homme ! Ce soir à sept heures, si j'ai bien entendu ?

– Oui.

– En somme, il t'a sifflée...

– Pardon ?

– Tu sais bien, dans ce film avec Humphrey Bogart et Lauren Bacall : *If you need me, just whistle*... Tu n'a plus qu'à accourir ! Un homme au lit et qui a si terriblement besoin de toi...

– Mais je ne lui ai jamais dit de me siffler !

– Même d'ici, mes vieilles oreilles en ont vibré ! Coquine...

– Que faites-vous ce soir ?

– J'attends des amis...

– Beaucoup ?

– Attendez, je vais compter : Raymond, Christiane et Éric, mon patron, Jacques Meunier avec une dernière conquête que je ne connais pas, ma vieille amie Jacqueline de La Forgerie...

– Vous fêtez quelque chose ?

– Eh bien oui, mon anniversaire ! En fait, je change de dizaine et c'est pour cela que je les ai invités.

– Est-ce que je peux venir ?

– Vous, Charles ? Mais bien sûr. Seulement...

– Vous savez, je suis tout à fait capable de m'adapter aux gens que je ne connais pas. Ce sera ma première sortie nocturne depuis l'hôpital...

Quand Clotilde raccroche après lui avoir précisé son adresse, elle s'aperçoit qu'elle n'aurait jamais pensé d'elle-même à l'inviter en compagnie de ses propres amis. Préjugés ? Pour elle, le cinéaste a besoin d'un cercle à la mesure de sa célébrité. Enfin, il n'est rentré chez lui que depuis huit jours et doit prendre encore beaucoup de repos, même s'il s'est remis à travailler avec son assistant et par téléphone.

Au surplus, il n'est jamais venu chez elle. Entre eux, il n'est question que d'affection réciproque. Même pas : aucune déclaration sentimentale n'a eu lieu. Charles s'intéresse à elle, lui semble-t-il, comme à une personne différente de lui, la questionnant sur son travail, écoutant ce qu'elle a envie d'en dire. Comme le secret professionnel lui impose certaines limites, ce sont plutôt des réflexions qu'elle lui livre, celles qu'elle tire de la fréquentation des humains dans l'une de leurs activités favorites : les procès !

– À quoi cela leur sert-il ? Ils règlent de vieux comptes ou bien ils cherchent l'avis d'un juge ?

– En réalité, ils ont besoin de la loi. Ils la critiquent, la raillent, la déclarent inique, mais lorsqu'on la leur énonce ou la leur applique, ils se calment. Même les assassins, parfois, sont apaisés par la sentence qui les condamne, comme s'ils avaient besoin que l'ordre finisse par prévaloir.

– L'ordre, quel ordre ?

– Il y en a un dans la nature ; il en faut un dans les sociétés humaines. À défaut, c'est la jungle, la panique...

– Je me demande...

– Quoi ?

– Nos histoires à nous, y en a-t-il de justes et d'autres qui ne le sont pas ?

Charles s'est mis à rire, lui a saisi la main, l'a embrassée avec légèreté. Il est assis dans son fauteuil d'hôpital, ses plâtres sont allégés, il a commencé de longues séances de rééducation qui le fatiguent.

– Venez me voir autant que vous le pourrez ... ou le voudrez ! a-t-il dit à Clotilde. Je ne peux pas encore me concentrer suffisamment pour travailler, mais parler avec vous m'y entraîne...

– En somme, je vous tiens lieu de rééducation mentale ?

– Si vous le voulez bien.

Pendant trois semaines, elle est venue le voir presque tous les soirs, après la fermeture du cabinet. Sauf les jours où il y avait surcharge, nécessité de rester sur les dossiers au-delà des heures d'ouverture. Elle prévenait alors le convalescent par téléphone :

– Il n'y aura pas d'exercice mental aujourd'hui !

– Je vais donc régresser ?

– Vous pouvez vous entraîner tout seul...

– Donnez-moi un thème !

Elle inventait : quelles différences entre les femmes et les hommes ? Pourquoi les gens qu'on aime sont-ils toujours beaux ?

Charles riait :

– Je vous rendrai ma copie demain. Vous viendrez, n'est-ce pas ?

– Je pense que oui. Et puis, le week-end

approche, j'aurai du temps, même dans la journée.

Quelques jours plus tard :

– J'ai réfléchi à votre question : savoir si les histoires des gens sont justes...

– Et alors ?

– Je crois que si on est heureux, c'est que l'histoire est juste ; si on est malheureux, c'est qu'elle est fausse... Il y a une erreur quelque part. Cela vous va ?

– Ça me va.

Eux deux, sont-ils heureux de se retrouver ?

Pour l'heure, Clotilde songe aux préparatifs de son dîner. Elle ne veut que des choses simples, délicieuses mais faciles à présenter, afin qu'il n'y ait pas d'embarras dû au service. Qu'il puisse se créer un climat de libre affection. Autour d'elle, bien sûr, puisque ses amis viennent pour fêter son anniversaire, mais aussi autour de Charles, lequel renaît peu à peu à la vie.

Elle ne va pas avertir les autres de la présence du cinéaste, afin qu'ils ne se fassent pas d'idées préconçues à son propos, mais soient d'emblée confrontés à ce qu'elle aime chez lui : son oubli de soi, sa disponibilité à autrui. Son charme.

Appuyé sur une canne anglaise, Charles arrive le premier et demande aussitôt à Clotilde de bien vouloir l'en excuser :

– Je marche encore mal et je ne voulais pas faire une entrée trop remarquée parmi vos amis ! Et puis, je suis curieux et j'avais envie de jeter un petit coup d'œil sur votre intérieur avant que les autres ne soient là. Je peux ?

– Bien sûr, j'y vis depuis mon mariage. C'est plutôt grand pour moi toute seule, mais j'apprécie de retrouver un certain espace en fin de journée. Mon bureau à l'étude a tout du cagibi...

– Moi aussi, j'ai besoin d'espace, dit Charles en s'enfonçant résolument dans le couloir qui conduit à la cuisine, où les plats préparés pour le dîner attendent sur la table et les plans de travail.

En un clin d'œil, il a tout balayé du regard ; Clotilde a même le sentiment qu'il saurait déjà où planter sa caméra en cas de tournage...

Il ressort de la cuisine en boitillant, trouve tout seul la porte de la salle de bains, celle de la chambre, puis du bureau dont deux des murs sont couverts de rayonnages surchargés de livres.

– Que de savoir accumulé !

– Il est vrai que j'ai tout lu, mais pas tout retenu... Sauf quelques poèmes : Aragon, Saint-John Perse, Éluard...

– Éluard : l'homme qui parle le mieux de l'amour.

Charles s'est tourné vers elle, il se cale entre le bureau gainé de cuir, le meuble le plus imposant de la maison. Il jette avec adresse sa canne anglaise sur le fauteuil club, tend un bras vers Clotilde pour qu'elle se rapproche.

Près, tout près.

Il prend son visage entre ses deux paumes.

UNE FEMME HEUREUSE

   – Il fallait bien qu'un visage réponde à tous les noms du monde...
Puis l'embrasse.

Un premier baiser peut revêtir bien des significations. Celui que Charles vient de donner à Clotilde est une promesse.

Elle le sent à la paix qui s'installe en elle sans que rien n'ait été dit. Ils reculent pour se dévisager tout en restant enlacés, quand la sonnette de la porte retentit.

Clotilde quitte doucement les bras de Charles, va ouvrir. Il ne tente ni de la retenir, ni de l'embrasser à nouveau : ce n'est pas la peine, ils sont ensemble.

En fait – Clotilde s'en aperçoit en laissant entrer Raymond, derrière lequel se profilent déjà Christiane et Éric –, Charles, du fait qu'il est le premier, paraît recevoir avec elle.

Il a regagné le salon et reste debout, le temps des présentations. « Charles », se borne à dire Clotilde. Puis elle ajoute : « Christiane, Raymond, Éric. »

Pas de cérémonie, tous sont sur le même plan : c'est ce qu'elle voulait. Bref coup d'œil réciproque, aucun étonnement n'est manifesté, et chacun lui tend qui un paquet, qui des fleurs.

– J'ai cru comprendre que tu prenais un coup de vieux, ma vieille ! lui lance Raymond. Tu me rejoins chez les « quadras ». Cela devient difficile, tu vas voir : la vraie quadrature du cercle !

Ses arums sont somptueux.

Christiane lui offre un grand foulard de soie multicolore de chez Christian Lacroix et Éric, qui a du goût pour la peinture, une reproduction d'un dessin de Nicolas de Staël encadrée de bois blanc.

Jacqueline arrive à son tour. Apercevant Charles, elle marque le coup : « Ah, c'est vous ! » Elle ajoute :

– Mon concurrent de l'hôpital... Nous nous sommes partagés Clotilde, si j'ai bien compris !

– Même une moitié de Clotilde est tout à fait délectable, réplique Charles.

– Bien dit, monsieur. Restez donc dans ce fauteuil. Pour mon dos, je préfère les chaises droites, comme celle-ci.

Et de s'asseoir à côté de lui.

– Tiens, petite, je t'ai apporté un de mes colliers. Je ne le porte plus, car je ne reverrai jamais celui qui me l'avait offert ! Lui est mort, et son joujou est comme neuf... Il est temps que tu lui refasses une histoire...

Clotilde apprécie le tact de Jaja qui ne lui offre pas l'une de ses plus somptueuses joailleries, qu'elle ne pourrait pas porter, mais un collier d'or articulé, rehaussé d'un léger motif en brillants. « Un petit collier pour aller travailler... », précise la vieille dame.

– Je vois, Madame, que vous pratiquez le féminisme ! commente Charles.

– Moi ? s'exclame Jaja, surprise. Qu'est-ce qui vous fait dire ça ?

– Vous trouvez normal que les femmes travaillent...

– Il n'y a plus de salons à notre époque, alors où voulez-vous qu'elles rencontrent des hommes, si ce n'est là où ils s'activent ? Ou bien sur un terrain de sport, mais ce n'est pas trop le genre de Clotilde. Restent les bureaux !

– Ou le plateau de Millevaches, murmure Charles à l'intention de Clotilde.

Elle sert le champagne, du jus d'orange, ou, à ceux qui préfèrent, un verre de vieux bordeaux.

Avec chacun de ceux qui sont là, elle a une histoire, un lien intime. Même avec Éric, le plus jeune, qui l'accompagne à la cuisine sous prétexte de s'emparer des biscuits d'apéritif, en fait pour lui confier :

– Tu sais, ça y est, Maman a compris, elle me fiche la paix ; elle va même me donner un coup de main pour louer une chambre à part.

– Bravo !

– Tu m'as bien aidé !

– À t'apercevoir que tu avais grandi, c'est tout.

– Pas si simple...

Éric a raison. Chacun a du mal à savoir à quelle étape de sa vie il en est : manque de recul, peur de faire mal à ceux qui l'entourent, culpabilité. Il faut parfois que quelqu'un d'extérieur le formule à la place de l'intéressé... Ça ne marche pas toujours : Élie, par exemple. « Comme s'il était heureux d'être malheureux... »

Penser à Élie l'attriste, mais voici Jacques Meunier et sa nouvelle amie. Christiane leur a ouvert. L'avocat est fringant, comme il arrive aux hommes mûrs qui s'entichent d'une jeunesse. Longtemps, Clotilde a nourri des préjugés contre ce genre d'accouplement. Une trahison, lui semblait-il : à la cinquantaine, certains lâchent leur épouse « usagée » pour une plus « neuve », comme ils font pour leur voiture. Mais, depuis qu'elle travaille à l'étude, l'expérience lui a montré que, parfois, c'est bien : un homme mûr a quelque chose à apprendre à une jeune fille, si celle-ci est disposée à en profiter. Lui-même refourbit ses réflexes : il doit s'adapter à des situations nouvelles, voire à un autre vocabulaire.

Mais l'épouse quittée ? Pour elle, c'est plus difficile. Jusque-là, elle a trop souvent vécu en « moitié », et elle se sent incomplète, tronçonnée. Si elle parvient à surmonter cette amputation, elle peut néanmoins se créer elle aussi une autre existence, profitant d'une liberté qu'elle n'avait pas connue. Une deuxième tranche de vie, parfois meilleure que la première. Ainsi Jaja : divorcée une fois, deux fois veuve, la voilà parfaitement sereine, qui rit de bon cœur avec Charles.

Elle, Clotilde, s'est laissé absorber deux fois :

par Albert, puis par Élie. Maintenant, c'est fini.
Elle résistera.

Même à Charles ?

Il tend justement son verre pour qu'elle lui
reverse du vin – en fait, pour qu'elle se rapproche.

– Vous savez qu'ils sont charmants, vos
amis ? J'ai l'impression de les connaître depuis
toujours.

– C'est parce que c'est la fête ; ils se sont
faits beaux, à l'extérieur comme à l'intérieur.
Et puis, ils sont heureux d'être réunis, comme
une famille...

– Je suis heureux d'être là, dit Charles. Moi
aussi, je me sens en famille.

– Alors, bienvenue chez vous ! murmure
Clotilde avec tendresse.

Charles a accepté de présider le jury d'un festival de cinéma à l'Est ; un moment, il a craint de n'être pas en état de s'y rendre, mais quand il a constaté qu'il allait beaucoup mieux, marchait sans canne anglaise, appuyé sur un simple jonc à pommeau d'argent, il a dit à Clotilde : « J'ai confirmé ma venue, je pars dans quinze jours. »

Un instant, le cœur de Clotilde s'est serré. Déjà ? Elle allait donc à nouveau se retrouver seule ?

Et puis, elle s'aperçoit que leur relation est devenue si confiante qu'il n'est pas question qu'elle s'inquiète. Ni qu'elle tente de le materner en disant : « C'est trop tôt, vous êtes encore en convalescence », ou : « Vous ne voulez pas que je vous accompagne ? »

Charles mène sa vie professionnelle à son gré. Comme sa vie tout court. Il voit son fils quand il lui plaît, et Clotilde se garde bien de lui demander ensuite : « Que vous êtes-vous dit ? »

Elle attend qu'il ait envie de se confier, de

se rapprocher encore, ce qu'il fait de jour en jour. Par petites étapes, à petits pas, comme s'il tâtait le terrain avant de s'y avancer.

Ce que Clotilde apprécie aussi, c'est qu'il n'ait pas cherché à donner un cadre à leur relation par des avertissements du genre : « Vous savez, mon métier passe avant tout... », ou : « Je n'aime pas qu'on intervienne dans mes affaires... », pis encore : « Nous ne vivrons jamais ensemble », ou : « Je ne vous épouserai pas. »

Rien n'a été dit. Le contrat s'écrit de lui-même, en fonction de leurs désirs respectifs, sans limites préalables. Avant tout, Charles est soucieux de ce qu'elle pense, de ce qui lui convient.

Jamais il ne débarquerait chez elle à l'improviste, et la première fois qu'ils partent en week-end ensemble – ils ne sont pas encore amants –, il lui demande si cela ne la gêne pas, pour son travail, d'aller passer deux jours dans un petit hôtel qu'il connaît pour y avoir séjourné le temps d'un film, à Trouville.

– Ce n'est pas loin de Paris, ce qui a guidé mon choix : vous avez la charge de nous y conduire. Et il y a la plage : pour l'instant, je préfère marcher sur du plat... Cela vous va ?

Ce qui lui va, c'est de contempler la mer avec lui. L'hôtel donne sur la jetée, et c'est la première chose qu'ils font en arrivant : s'accouder côte à côte à la rambarde du petit balcon de fer forgé.

La mer est basse, avec quelques baigneurs pas frileux, des mouettes criardes poursuivies par deux chiens, des voiles lointaines et les changements incessants de la lumière à travers les légers nuages.

— J'ai souvent tourné des scènes de ce genre en studio, dit Charles. Je croyais que cela n'existait qu'au cinéma ! Je choisissais mes cadrages, j'envoyais de la lumière dans les yeux de mes acteurs pour qu'ils aient l'air transportés... Je ne savais pas qu'on pouvait le vivre pour de vrai, ce bonheur. Sans caméra ni projecteurs !

Il la saisit dans ses bras, puis ils rentrent dans la chambre, enlacés, vers le grand lit.

Ils s'entendent aussitôt, ce qui n'étonne pas Clotilde. Depuis qu'ils se fréquentent, son corps a eu le temps de se familiariser avec celui de Charles même chastement. Elle sait qu'elle éprouve du plaisir à son contact, à humer l'odeur de sa peau. Elle aime sa façon de se déplacer, de l'étreindre, le rythme de sa respiration.

Il leur est arrivé d'échanger quelques baisers, toujours brefs. Tant que Charles ne se sentait pas en forme, il était manifeste qu'il ne souhaitait pas faire l'amour avec elle. Clotilde l'avait perçu : le rapprochement sexuel, pour lui, n'était pas qu'un besoin de sa chair – celui-là, il savait le différer –, mais de son être tout entier.

Charles a attendu d'être suffisamment prêt, et dans un cadre où rien ne saurait les distraire d'eux-mêmes. Ici, ils se sentent protégés, bercés.

Consolés, aussi, de se rencontrer un peu tard dans la vie. Après d'autres expériences.

En regardant la mer aux côtés de Charles, Clotilde a songé à Élie et à leur séjour raté à Saint-Jean-de-Monts. Elle n'entend pas rayer cet homme de sa mémoire. Au nom de son nouvel amour, elle ne va rien rejeter de ce qu'elle a vécu.

Charles aussi, elle le sent, conserve le souvenir – qu'il soit douloureux ou précieux – de ses anciens liens. Tout autant que la pensée de ses attachements actuels : son fils ; une mère âgée vivant dans le Cantal, dont il lui a parlé ; l'affection pour son ex-femme, Arlette. Il y a aussi sa tendresse à l'égard d'une sœur aînée, morte à vingt ans.

C'est leur « famille » à l'un comme à l'autre, composée d'êtres visibles et invisibles. Ils ne chasseront personne de leur cœur et de leur esprit sous prétexte que, désormais, ils sont ensemble. Leur terreau d'origine leur reste nécessaire.

– Quelle chance nous avons, lui dit Charles.

– C'est vrai.

– Le mérite t'en revient plus qu'à moi !

– Que veux-tu dire ?

– C'est rare, une femme qui ne cherche pas tout de suite à vous cerner, vous agripper pour vous séparer de tout ce qui n'est pas elle. Bien sûr, dans un élan d'amour, et généreux jusqu'au sacrifice... Mais quelle entrave ! Toi, tu restes légère...

– Tu ne crains pas que je ne devienne à mon tour exigeante ?

– Mais tu l'es ! Exigeante pour toi-même, dans ton travail, pour ce que tu penses, ce que tu fais. Tu es sans cesse en recherche, en devenir... Tu l'as conquis par toi-même, ton mouvement : tu y tiens, et je sais que tu ne changeras pas.

– Qu'est-ce qui te rend si sûr de moi ?

Elle s'est dressée sur un coude.

Au-delà du visage de Charles, apaisé, rajeuni, elle aperçoit la mer, le ciel, et cette ligne de partage, douce comme celle qui, en ce moment même, réunit et sépare leurs corps nus serrés l'un contre l'autre : l'horizon.

Qu'est-ce qui fait dire à cet homme qu'elle ne va pas chercher à l'absorber, se l'approprier, comme font la plupart des femmes avec celui qu'elles aiment ?

– Parce que tu es heureuse ! Heureuse d'être toi-même. C'est cela qui me rassure et me permet de t'aimer : que tu sois heureuse d'être toi. En dehors de moi... Je crois que tu continuerais à l'être, même si je n'existais pas, même si je te quittais ! Que tu le seras quand nous serons éloignés l'un de l'autre, la semaine prochaine...

Clotilde se penche pour l'embrasser sur les lèvres, pose sa tête sur son épaule.

– En confidence, je suis encore plus heureuse quand tu es là !

– J'espère bien ! Cela me donne un objectif : faire en sorte que tu sois toujours plus heureuse avec moi que sans moi. Ce n'est pas facile, mais j'y parviendrai, tu verras...

Il se rapproche pour la serrer tout entière contre lui. Clotilde s'abandonne, confiante.

Ils ont des années devant eux pour savourer, amplifier le bonheur d'être deux. Mener ainsi leur vie à bon port. Peut-être auront-ils un enfant ?

Lequel pourra lui aussi la quitter.

Clotilde sait déjà comment elle s'y prendra pour rester heureuse.

Cet ouvrage a été composé par
PARIS PHOTO-COMPOSITION
75017 Paris

Impression réalisée sur CAMERON par
BRODARD ET TAUPIN
La Flèche

pour le compte des Éditions Fayard
en mars 1995

Imprimé en France
Dépôt légal : mars 1995
N° d'édition : 6821 – N° d'impression : 1828 L-5
ISBN : 2-213-59420-1
35-33-9420-01/7